英美女性小说创作探究

YINGMEI NÜXING XIAOSHUO CHUANGZUO TANJIU

王红丽 著

四川大学出版社

责任编辑:杨　果
责任校对:孙明丽
封面设计:王国会
责任印制:王　炜

图书在版编目(CIP)数据

英美女性小说创作探究 / 王红丽著. —成都:四川大学出版社,2018.6
ISBN 978-7-5690-2048-9

Ⅰ.①英…　Ⅱ.①王…　Ⅲ.①妇女文学-小说研究-英国②妇女文学-小说研究-美国　Ⅳ.①I561.074
②I712.074

中国版本图书馆 CIP 数据核字(2018)第 152584 号

书　名	英美女性小说创作探究
著　者	王红丽
出　版	四川大学出版社
地　址	成都市一环路南一段 24 号(610065)
发　行	四川大学出版社
书　号	ISBN 978-7-5690-2048-9
印　刷	郫县犀浦印刷厂
成品尺寸	170 mm×240 mm
印　张	11.5
字　数	219 千字
版　次	2018 年 9 月第 1 版
印　次	2018 年 9 月第 1 次印刷
定　价	50.00 元

◆读者邮购本书,请与本社发行科联系。
电话:(028)85408408/(028)85401670/
(028)85408023　邮政编码:610065
◆本社图书如有印装质量问题,请
寄回出版社调换。
◆网址:http://press.scu.edu.cn

版权所有◆侵权必究

前 言

世界文坛涌现了大批优秀的女性作家,她们通过细致入微的体认与灵巧细腻的笔触塑造了许许多多个性鲜明、深入人心的女性角色,并以此来表达对长期居于创作主导地位的男性文学桎梏的突破与抗争。女性作家及其创作是世界文学中不可分割的重要组成部分,也是人类在争取自由和民主的历史进程中不可忽略的重要环节。女性作家们卓越的才华和不懈的努力体现了女性在性别意识和文化身份上的积极建构。

女性小说是一种崇尚独立的知识女性用于描写女性的社会角色和命运,反映其生存环境和人际关系以及探索其身份和意识的文学体裁,大多极其生动地记载了代表主流文学的男性文本通常无法反映的女性经验和意识。本书旨在深入探讨英美女性小说中包含的思想主题、表现形式、创作技巧、语言风格和美学价值,既有相关的历史背景、文化氛围和社会现实的论述,又客观地介绍了当代女性主义文学批评理论的发展,内容丰富,视野广阔。

全书共分为七章。第一章主要阐述了与英美女性小说相关的一些基础理论,只有在熟悉这些理论的基础上,以这些理论为方法和依据,我们才能对英美女性小说进行深入的分析。第二章研究了简·奥斯丁的小说创作,根据奥斯丁居住地的迁移,将奥斯丁小说分为斯蒂文顿小说与乔顿小说,并在此基础上深入研究了奥斯丁小说的艺术特色。第三章对勃朗特姐妹的小说创作进行了探究,分别研究了夏洛蒂·勃朗特、艾米莉·勃朗特和安妮·勃朗特的小说创作,最后总结性地阐述了勃朗特三姐妹的小说创作艺术。第四章研究多丽丝·莱辛的小说创作,从母亲记忆、女性人格等几个方面入手探索多丽丝·莱辛的小说创作特点。第五章论述20世纪初的美国女性小说创作,选取了伊迪丝·华顿、伊迪丝·伊顿、埃伦·格拉斯哥和薇拉·凯瑟四位女性小说家代表进行分析。第六章研究第二次世界大战后至20世纪60年代的美国女性小说创作,选择的研究人物分别是玛丽·麦卡锡、蒂莉·奥尔森、卡森·麦卡勒斯和弗兰纳里·奥康纳。第七章是关于当代英美女性小说创作的研究,对几位当代女性小说家的作品进行了分析,希望能给读者提供一个当代女性小说创作的概貌。

  本书在撰写过程中参考和借鉴了诸多专家、学者的前沿研究成果与文献资料,在此向相关作者表示诚挚谢意。由于著者自身水平有限,书中错漏之处在所难免,恳请广大读者批评指正。

著 者

2017 年 12 月

目 录

第一章　英美女性小说基础理论 ⋯⋯⋯⋯⋯⋯⋯⋯⋯⋯⋯⋯⋯⋯⋯ 1
　　第一节　女性小说艺术面面观 ⋯⋯⋯⋯⋯⋯⋯⋯⋯⋯⋯⋯⋯⋯ 2
　　第二节　文学与妇女:女性主义批评 ⋯⋯⋯⋯⋯⋯⋯⋯⋯⋯⋯ 10
　　第三节　英美女性小说理论探析 ⋯⋯⋯⋯⋯⋯⋯⋯⋯⋯⋯⋯ 18

第二章　简·奥斯丁小说创作探究 ⋯⋯⋯⋯⋯⋯⋯⋯⋯⋯⋯⋯⋯ 27
　　第一节　无与伦比与无人知晓的奥斯丁 ⋯⋯⋯⋯⋯⋯⋯⋯⋯ 27
　　第二节　伟大的起点:斯蒂文顿小说 ⋯⋯⋯⋯⋯⋯⋯⋯⋯⋯ 30
　　第三节　完美的延续:乔顿小说 ⋯⋯⋯⋯⋯⋯⋯⋯⋯⋯⋯⋯ 37
　　第四节　散落的华章:其他作品 ⋯⋯⋯⋯⋯⋯⋯⋯⋯⋯⋯⋯ 41
　　第五节　奥斯丁小说的艺术特色 ⋯⋯⋯⋯⋯⋯⋯⋯⋯⋯⋯⋯ 43
　　第六节　奥斯丁文化 ⋯⋯⋯⋯⋯⋯⋯⋯⋯⋯⋯⋯⋯⋯⋯⋯ 49

第三章　勃朗特姐妹小说创作探究 ⋯⋯⋯⋯⋯⋯⋯⋯⋯⋯⋯⋯ 52
　　第一节　夏洛蒂·勃朗特 ⋯⋯⋯⋯⋯⋯⋯⋯⋯⋯⋯⋯⋯⋯ 52
　　第二节　艾米莉·勃朗特 ⋯⋯⋯⋯⋯⋯⋯⋯⋯⋯⋯⋯⋯⋯ 64
　　第三节　安妮·勃朗特 ⋯⋯⋯⋯⋯⋯⋯⋯⋯⋯⋯⋯⋯⋯⋯ 71
　　第四节　勃朗特姐妹的小说艺术探究 ⋯⋯⋯⋯⋯⋯⋯⋯⋯⋯ 75

第四章　多丽丝·莱辛小说创作探究 ⋯⋯⋯⋯⋯⋯⋯⋯⋯⋯⋯ 79
　　第一节　追寻传统母亲的记忆 ⋯⋯⋯⋯⋯⋯⋯⋯⋯⋯⋯⋯ 79
　　第二节　女性人格的多棱镜 ⋯⋯⋯⋯⋯⋯⋯⋯⋯⋯⋯⋯⋯ 86
　　第三节　两世怨女魂,空有梦相随 ⋯⋯⋯⋯⋯⋯⋯⋯⋯⋯⋯ 89
　　第四节　表象的背后 ⋯⋯⋯⋯⋯⋯⋯⋯⋯⋯⋯⋯⋯⋯⋯⋯ 94

第五章 20世纪初美国女性小说创作探究 … 103
第一节 伊迪丝·华顿——"欢乐之家"中的"智者" … 103
第二节 伊迪丝·伊顿——种族歧视污泥中的水仙花 … 111
第三节 埃伦·格拉斯哥——美国南方女性史诗的编纂者 … 119
第四节 薇拉·凯瑟——来自荒野的缪斯女神 … 124

第六章 第二次世界大战后至20世纪60年代美国女性小说创作探究 … 127
第一节 玛丽·麦卡锡——独具风骚的女性 … 127
第二节 蒂莉·奥尔森——打破缄默的工人阶级母亲 … 135
第三节 卡森·麦卡勒斯——孤独的心灵猎手 … 142
第四节 弗兰纳里·奥康纳——迷失灵魂的猎手 … 147

第七章 当代英美女性小说创作探究 … 155
第一节 劝导与反劝导 … 156
第二节 建立无法联系的联系 … 159
第三节 对男性单向思维快照式的揭示 … 162
第四节 父权话语的始终在场 … 163
第五节 超越双重樊篱 … 169

参考文献 … 176

第一章　英美女性小说基础理论

　　在以男性作家为绝对主流的小说传统中,女性小说家的声音或被淹没或被认可接纳。女性小说家的声音被淹没,因为它与主流话语相悖逆,不和谐;女性小说家的声音被认可并接纳,因为它充分体现了主流话语的审美意识与道德观念。取得立锥之地的女性作家倘若能进一步凸显女性意识,她们的作品真可谓上乘之作,既不违背父权文化,又不压制女性特有的声音。无论如何,就小说艺术或理论而言,女性小说与男性小说总是存在数步之遥。因此,长时间以来,关于多数女性小说的批评,与其说是烛照其美,倒不如说是以示其异质性。

　　只有当小说艺术进入了20世纪60年代以后,伍尔夫等女性先哲的艺术呼声发展成声势浩荡的变革之音的时候,女性小说艺术才在自我认可和自我消解的过程中实现了升华,女性小说理论也随之得到了进一步的发展。女性小说的批评不仅可以完全采用属于女性(但并不狭隘)的视角与话语,而且也包容了变化中的男性批评话语,以此正视以女性或者人类生活为中心的小说创作。

　　女性小说艺术的发展可大体分为三个阶段,这种划分未必与肖瓦尔特对女性文学的历史划分相一致,倒更像她对亚文化提出的三段划分。第一是以男性艺术标准为理念的模仿阶段,这个时期的代表人物有奥斯丁、勃朗特姐妹、爱略特和盖斯凯尔夫人。她们在不同的方面为英国文学传统留下了瑰丽的艺术财富,甚至超越了许多男性作家。第二是与传统现实主义相背离的意识流阶段,这个时期的代表人物有理查逊、伍尔夫。尽管她们的艺术革新与乔伊斯等人的艺术革新实践不谋而合,但她们的改革动机与男性意识流小说家有着本质的区别。第三是小说艺术的实验主义与女权主义相结合阶段(女性小说家的实验主义与女权思想大多筋骨相连),包括重写传统文本以及全面解构小说人物、情节的真实性乃至书写手段。女性小说的实验主义精神与男性小说艺术的激进革新彼此交融,共同造就了英国后现代主义小说艺术的辉煌。

　　女性自觉地探索小说叙事理论的努力从19世纪末的女权主义小说家开始,但她们的探索多属于世界观的改变,而非艺术性的变革。然而,即便是这般可贵的努力也令人遗憾地以失败而告终。直到多萝西、理查逊和伍尔夫的出现,女性变革传统小说艺术的努力才取得了第一次成功,其标志性文献当属伍尔夫的《论现代小说》。此后,随着女性小说家队伍的不断壮大,越来越多的人在创作之余致力于小说理论的探索。默多克以柏拉图、萨特和维特根斯坦的文学观和哲学观为基础,阐述了她对现实主义小说的偏爱和对浪漫主义的批判。布鲁克·罗斯的《虚幻修辞学》则探索了虚幻与现实主义的关系,而鲍温的《小说家的艺术》更多地体现了对传统小说艺术的依恋。其他女性作家虽然鲜有理论专著,但并没有停止对小说创作理论的探索。毫不夸张地说,她们的小说创作观念犹如晶莹的宝石,以分散的形式镶嵌在小说叙事或访谈当中。此外,在如火如荼的女权主义运动中,其他国家的女性小说理论成为超越国界的艺术财富,对英国女性小说创作产生了重要的影响。

对女性小说最早的批评是父权主义的,符合父权标准的则被推崇,反之则被无情地贬抑和打压。虽然女权主义文学运动在19世纪末风靡一时,伍尔夫也做出了应有的努力,但女性小说批评一直等到20世纪中期,当肖瓦尔特的处女作《她们自己的文学》一夜之间成为女性小说批评经典之时,才摆脱了受父权操控的单极格局。这部女性小说批评巨著标志着一个以女性小说为中心的文学传统从此诞生了,并形成了与男性作家为主体的父权文学相抗衡的局面。随着法国女权主义批评理论的崛起,拉康的精神分析和德里达的解构主义也纷纷成为解读女性小说的重要批评手段。马克思主义理论的加入更加丰富了批评的角度,增强了文本剖析的深度。女性小说批评由此进入了百家争鸣的鼎盛阶段。

第一节 女性小说艺术面面观

小说艺术的鲜明特色及其变革总是表现在固定的几个要素上,例如,人物的命名与刻画、情节、语言、文本与现实的关系、体裁以及文本存在的方式等。曾经占主流地位的艺术表现形式,因为读者过于熟悉或者被二流作家所滥用而逐渐退居二线,与此同时,曾经被排斥的艺术形式由于审美情趣的变化开始进入读者的视野,成为合理的形式而被接纳。小说艺术手段的更替并无优劣之分,亦非生死之争,每次更迭之后,新的艺术形式总是以不同的方式或多或少地保留了旧的艺术精华,女性小说艺术概莫能外。此外,从表面来看,三个时期的小说艺术成就并没有鲜明的性别特征,很难分辨哪个是女性的,哪个是男性的,但具体艺术实践的动机则成为重要的艺术区分,承载着许多的文化和历史蕴含。

第一时期的女性小说除了成功的模仿之外,所取得的主要艺术成就在于两方面,即发扬与创新。女性作家的成功仿佛在告诉世人,无论操持着哪一种文化艺术符号,她们都有能力掌握并熟练地运用它,取得可以与男性作家相媲美的艺术成就。总的来说,她们的创作从三个方面将传统小说技巧发扬光大。

第一,现实主义手法的运用炉火纯青。到了笛福和菲尔丁时代,英国小说已经走向成熟,写实成为18世纪小说的基本特征,而现实主义再经狄更斯等小说大家的努力发展成了批判19世纪上叶黑暗社会现实的有力武器。浸淫在伟大的现实主义传统之中,乔治·爱略特把写实手法推到了一个新的巅峰。当时,现实主义以描写中下层社会的日常生活为主,把人物的命运与社会现实及环境紧密结合起来。现实主义反对浪漫主义的诗化语言、理想化境界、夸张、抒情等,强调细节的重要性,追求描写的生动与真实性,主张作品以反映社会现实为主要目的。爱略特对人物和景色的描写可以说是英国小说中最自然、最富有感染力的。

第二,反讽手法,青出于蓝而胜于蓝。毫不夸张地说,在18世纪的英国,人们离开了幽默和反讽几乎难以自我表达,菲尔丁、斯泰恩和斯威夫特的小说便是最好的佐证。然而,以玛丽、雪莱和奥斯丁为代表的女性小说家将反讽手法的运用推到了一个新的高度。沃斯通克拉夫特塑造的弗兰肯斯坦已成为全人类的讽刺象征。奥斯丁的反讽艺术则赢得了批评家利维斯和小说理论家瓦特的高度赞扬。他们称赞奥斯丁把菲尔丁和理查逊的内心描写与反讽、写实和挖苦结合在一起,并超越了两位前人的艺术成就。

第三,心理现实主义把人物的刻画推向了一个新的高度。众所周知,菲尔丁对人物心理活动的揣摩准确到位,斯泰恩对项狄兄弟意识流动的驾驭娴熟自如,理查逊对女性心理的把握细腻直接。由此可见,英国传统小说从来不缺少经典的心理妙笔。但是,若论能够大篇幅而又细腻地描写人物的心理活动的作家,爱略特当属第一人,《亚当·比得》中的第15章便是典型的例子。在第15章里,爱略特对人物的心理描写相当成功,甚至有些感伤主义的色彩。海蒂的心理活动暴露了她的虚荣与幼稚,黛娜则展示了她的真挚与善良,她们性格的对立仿佛就是罪人与圣人之间的对立。这部作品的心理描写十分成功,对心理现实主义产生了重要的影响,经梅瑞狄斯、伍尔夫和乔伊斯之手发展成名噪一时的主流小说形式。

女性作家在继承并熟练地运用男性叙事艺术的同时不断地进行小说艺术的创新。女性小说艺术的创新性主要体现在以下四个方面。

第一，叙事层次的多元化。在菲尔丁和笛福之后，第三人称和第一人称叙事技巧已经比较成熟，但叙事视角都是单一的。相比之下，19世纪的女作家开始把两个人称的叙事糅在一起，创造了多视角、多层次的叙事模式，既增加了作品的复杂性和神秘性，又赋予作品生动性，让读者仿佛亲临其境。以《呼啸山庄》为例。洛克伍德的叙事是第一人称的外部叙事，客观、毫不掺杂个人情感因素。但是，要了解事件的全部过程，作为一个房客的洛克伍德只能将叙事的部分权力转让给耐丽。耐丽的叙事较之洛克伍德离真相更进一步，因为她既是故事的叙事者，又是故事中的人物，即叙事的对象。所以，在她的叙事里，第三人称和第一人称并存。由于耐丽在自己的叙事里多采用直接引语，叙事的效果十分真实、生动，人物仿佛就出现在读者眼前。因此，小说中俨然又存在着第三个层次的叙事，即希斯克厉夫、伊莎贝拉、凯瑟琳和齐拉的话语。三个叙事层次依次递进，然后依次退出，形成了后现代小说颇为钟情的中国式套盒结构。

第二，女性小说中频频采用倒叙手法而形成的非线性叙事结构令人折服。也许，最早运用倒叙手法的作品当属《一千零一夜》中的《三个苹果》。在英国文学史上，运用倒叙手法较早并且成就最大的当属艾米莉。在她之后的小说家福特也广泛地使用过这种手法。我们再以《呼啸山庄》为例来说明小说采用倒叙手法而形成的非线性叙事结构的魅力。由于第一层叙事是整部小说的出发点，并且始于故事后30年，整部小说的结构必定建立在倒叙的基础上，然而，艾米莉的倒序手法又与众不同。传统的倒叙一般是为了补充必要的细节，或因事件并行发生，只能逐一叙述，或为了取得悬念，作家有意延宕某些重要的信息，这种叙事手法带有明显的艺术斧痕。艾米莉使用倒叙的理由更令人信服。叙事者洛克伍德因事务在身，不得不离开呼啸山庄。待他返回之时，山庄又发生了新的变化，变化的过程只能通过倒叙的方式加以追忆。同时，洛克伍德还依照自己的兴趣点向耐丽追问更远的事件。这样，整部小说的叙事逻辑实质上是以叙事者认知的顺序为基础的，认知的内在时序和逻辑最终决定着小说的结构。《呼啸山庄》的非线性叙事结构可称之为"认知叙事"。

第三，巧妙地运用直接引语与间接引语来揭示人物的性格特征。如何利用不同的引语形式来表现人物不同的态度及性格，已经成为小说文体学研究的重要内容。在这方面，引用最为广泛的例句来自奥斯丁的《傲慢与偏见》。在这部小说的开头部分，奥斯丁直接引用班内特太太的话语，转述班内特先生对太太问话的答复。通过这两种不同的引语，奥斯丁把对话中的语气巧妙地转换出来，使妻子毫无原则的热情与丈夫无奈的冷漠跃然纸上。

第四,家庭生活成为女性小说的重要主题。众所周知,菲尔丁的叙事是全景式的,他展示的几乎是当时的整个社会,叙事的场面十分宏大。司各特以历史为叙事对象,小说展示的画卷可谓波澜壮阔。19 世纪的其他男性作家的叙事也大多采取了较宽的社会视角。相比之下,19 世纪的女作家则立足于自己熟悉的爱情与婚姻,以此揭示人物性格与命运的关系。然而,人物的刻画并没有置于重要瞬间之中,而是透过日常生活中人与人之间的细琐事件来实现自己的艺术目标。她们坚信,生活实质上是由琐事组成的,通过剖析一系列的琐事完全可以揭示人物的道德观念和品质。女作家的艺术实践证明了自己的信条,也为 20 世纪鲍温、佩姆和康普顿·伯内特的小说创作开辟了一条切实可行的道路。

女性小说艺术的第二个时期以意识流小说的叙事艺术为主。意识流技巧成为小说叙事的主要形式源远流长,它发端于斯特恩与塞缪尔·理查逊,成长于爱略特,成熟于 20 世纪的多萝西·理查逊和伍尔夫。意识流小说具有以下六个主要特征。

第一,从外部可视的物理世界转向人物丰富的内心世界。现实主义和浪漫主义都注重人物及物体的外在物理特征,它们认为表象与本质之间存在着直接或必然的联系。意识流小说家则反其道而行之,认为只有透析人物的内心活动才能最有效地揭示人物性格与事件本质,换言之,从表象到本质存在着诸多可变因素。结果,在意识流小说中,人物的外貌模糊了,环境的细节更少了,重要的是难忘的瞬间和五味的感受。对于女权主义小说家来讲,描写女性人物的意识流动具有革命性的意义。从外部描写女性,小说家只能揭示女性的社会属性,而她们的社会属性是由父权文化所界定的,是扭曲的自我。通过描写女性内心的真实活动,小说家揭示了女性的真实自我,以此来颠覆父权文化对女性身份的书写。

第二,心理时间取代物理时间成为小说的主要组织者。在传统小说那里,物理时间是故事赖以生存的主要框架,倒叙和悬念等审美诉求所形成的"休热特"(sjuzhet)并没有解构和否定物理时间,线性逻辑是小说欣赏的最终落脚点。在意识流小说中,心理时间完全不同于物理时间,它没有过去、现在和将来的概念区分,三种时态可以并存,形成蒙太奇。记忆(意识中的事件)的呈现是以联想的方式首尾相接,它可以是直线,也可以是任何曲线。其逻辑与其说是内在的倒不如说是表面的,随意而非必然的,脆弱而非牢固的,个性化而非集体式的。因此,"杂乱"成为心理时间(意识流小说)的典型特征。个体意识在相同物理单位内的活动内容远远超过物理时间所允许的范围,因此,在较短的物理时间内,意识的活动内容十分丰富,足以与人物数年乃至数十年的现实活动相抗衡。女权主义小说家认为,线性时间是理性的产物,是父权文化的思维方式,并不能代表女性的思维习惯。女性的思维定式是发散式的、随意性的以及重复性的。因此,在心理时间的框架下描述女性人物,小说家能更好地刻画女性的心理活动。

第三,物理时间失去了主体地位之后,并没有从小说中完全消失,反而成为绵延不断的意识之流的容器。它的长度已经失去了意义,关键之处在于物理时间有一个起点和终点。同样,物理世界的各种实体(人物、事件)成为触发意识流动的第一动力,但它的作用也仅限于此。尽管如此,物理时间在女性作家的小说里所留下的痕迹远远大于乔伊斯等男性作家的作品。伍尔夫的《达罗卫夫人》以及多萝西·理查逊的《朝圣》中的物理时间痕迹还是比较明显的,所以,这两部作品的可读性仍然较大。如果说,女权主义小说家之所以颠覆物理时间的统治地位,是因为物理时间排斥了女性所钟爱的心理时间,那么,女性意识流小说之所以保留物理时间,是因为她们并不完全否定物理时间的重要性。对于女性来说,物理时间和心理时间都是必要的,只是心理时间更适合她们。

第四,情节从意识流小说中消失。在意识流小说里找不到像样的情节,但是小说还是表现了对结构的一定留恋。例如,伍尔夫的《到灯塔去》的结构设计得十分巧妙,令人拍案叫绝,它的确掩饰不住作家对结构的追求与执著。此外,情节内部的节奏也发生了质的变化。现实主义小说强调情节环环相扣,悬念迭起,高潮此起彼伏,而意识流小说的事件之间关系松散,不仅缺乏因果关系,而且根本体验不到悬念的乐趣。虽然不能完全否认高潮的存在,如果有的话,高潮也仅仅出现在小说的结尾处,这与传统的叙事模式明显相背离。归结来说,意识流叙事的节奏极为舒缓,完全取决于叙事者的心境,而他(她)的心境如何又取决于外界给予怎样的触发。从理论上讲,女权主义者认为,颠覆了传统的情节观就意味着颠覆了父权为女性确立的身份与地位。在传统的情节中,女性往往被定格为男人的战利品,永远处于被动的地位,等待着男人的营救。当然,对于女权主义作家来讲,最重要的是如何创造新的小说情节,而不是一味地解构旧的情节;如何改革,而不是一味地讽刺。她们清醒地认识到,在父权情节从她们的小说中退出的时候,女性情节尚处在襁褓之中。

第五,从理论上讲,意识流小说容纳的信息繁多杂乱,很难确定较为清晰的主题思想。从另一方面讲,生活是细琐和多头绪的,一旦确定了主题,作品就有可能显得过于单薄。如果一位作家意欲在有限的篇幅里尽可能地容纳更多的信息,意识流这种形式可能是更好的选择了。

在读者积累了更多的公共信息后,片言只语也许来得更加简捷有效,共谋的乐趣,诚如布思所言,足以补偿期望落空后的损失。面对纷至沓来的无数信息,读者必须具有强大的记忆力,尽可能多地储存信息。然后,将众多关联的信息汇集一起予以筛选、加工,在想象力的催化下,从中得出有益的结论。女权主义小说家之所以追求意义的多元化,是因为她们反对父权文化的单一性言说,主张不同声音之间的平等对话。她们深知,有了发言权就有了界定自我身份的权力;失去了发言权,她们只能忍受父权的压制,永远处于社会、政治和经济活动的边缘位置。

尽管如此,伍尔夫和多萝西·理查逊的意识流小说并不像乔伊斯的《尤利西斯》走得那么远,她们的小说主题仍然具有较强的向心力。

第六,与现实主义叙事相比较,意识流叙事更加个性化。在摒弃了男性线性逻辑的束缚之后,女性作家可以放纵自己的思绪,任凭厚积的记忆按照属于自己的思维方式快乐地、无拘无束地涌来。各种敏锐的主观感受以及瞬息万变的念头都找到了释放的理由,进入向来成为禁地的文本。女性意识流小说因此各具特色,争奇斗妍。伍尔夫的意识流似乎受到了理性的驯化,或刚刚摆脱了枷锁尚不完全适应突如其来的自由,但她的语言如诗如画,令人陶醉。多萝西·理查逊更是以颠覆固有的句式结构为乐。可见,意识流小说似乎成为女性自由言说的理想天地。

总的来看,意识流小说是传统小说中的个体元素放大后形成的叙事模式,它引起了人们的足够关注,让未来的小说家认识到新的小说创作可能性。意识流既可作为宏观上的一种小说形式,又可作为微观上的一种辅助性叙事手段,与其他小说传统相辅相成,相映成趣。在现代主义高潮过后,许多女性作家把意识流手法加以改造并成功地将其融入其他小说形式之中,收到了较好的效果。应当指出的是,女性小说家用意识流取代现实主义,其主要目的是反对父权文化的霸权。因此,女性意识流小说的突出特征就是从一开始它们就打上了女权主义的烙印。

到了第三个时期,女性小说艺术开始呈百花齐放的局面。进入后期,女性小说家与男性作家在艺术创作上堪称比翼齐飞。概括地讲,第三个时期的女性小说艺术可以归结为以下三个主要方面:虚幻小说、改写或重写以及后现代主义叙事技巧。它们或多或少地带有女权主义的颠覆性或价值取向。

第一,虚幻小说因其能够充分展示女性作家丰富的艺术想象力而受到追捧。一般说来,作为古老的艺术形式,虚幻小说是一种不以真实地再现现实世界为目的的虚构艺术形式。虚幻小说拥有令人信服、节奏合理的完整故事,其中心人物具有普通人的品质,富于冒险精神,面临危机之时,又表现出能够克服困难的英雄主义精神。虚幻小说的世界里充满了魔力和各种不可能性,但这些神奇的力量都遵守统一的规则,成为善与恶较量的重要外在因素,虚幻小说总是以善的胜利而结束,并以此向读者传达一定的道德信息或人生经验。

第二，改写或重写经典作品。改写是颠覆经典作品主题思想的主要技巧。经典作品世代相传，影响广泛，它所要宣扬的伦理道德观念在人们的意识里根深蒂固。改写的目的在于解构男权中心主义的元叙事，释放被父权文化长期挤压或边缘化的妇女之声，让父权与女权两种声音共存并实行民主对话。换言之，经典作品中的原班人马演绎着几乎截然相反的生活方式，尤其是女权主义"性"的理念。

颠覆父权文化的主要手段就是解构元叙事的二元对立。传统的二元对立包括果敢寡断、刚强柔弱、理性感性、主动被动等，每组对立的两项并不处于对等的平衡关系，而是前项优于后项，前项属于男性，后项属于女性。简言之，男女的对立实质上是灵与肉的对立，肉体即物质世界一直被视为女性的象征，它同男性的精神世界处于完全不同的两个层次上。在颠覆之后的对立关系中，女性拥有了传统男性的精神品质，男性反而落入传统女性的肉体状态。但是，后现代主义的颠覆手法并非为了取代，而是告诫人们，文化应该是多声部的对话，应该处于多元并存的和谐状态。

改写之后的文本具有鲜明的互文性或文本间性。根据后结构主义理论，一个文本是建立在另外一个文本之上的，文本的词汇或句子都来自其他文本，但并非把借来的语言材料简单地堆砌就可形成新的文本，要形成新的文本，作家必须赋予借来的材料新的意义。这样，新文本失去了一定的自足性，其意义必须在与其他文本的相互参照、相互指涉的过程中才能产生。可见，对话性成为互文性的重要本质。

从女权主义的角度重写经典作品已成为女性小说家创作的时尚，例如《藻海无边》《婚姻天使》与《圣贤之不可能》等。这些作品不仅再现了女性作家叙事的艺术才华，而且把经典作品重写这一艺术形式推向了艺术巅峰，使之成为超越性别、集颠覆性与互文性于一身的独特创作形式。

第三，后现代主义小说叙事技巧。后现代主义小说叙事主要颠覆传统小说（先于现代主义的小说）的创作理念，它把某些第二位的叙事技巧无限放大，径直推到叙事的前台，以此上演了一出叙事艺术的狂欢化大戏。女性后现代主义小说虽然没有达到男性后现代主义小说那样的繁荣程度，但她们的后现代主义小说叙事艺术却不让须眉。女性作家似乎有意把女权主义思想与小说叙事的实验主义精神紧密结合，其目的有二。一是表明被边缘化的女性可以与男性作家在小说艺术革新方面分庭抗礼，二是以小说艺术的革新作为女权主义对父权艺术叙事的颠覆。换言之，女性小说家既在艺术上与男性作家合作，又在思想上与他们的父权观念进行斗争。

女性小说的后现代技法主要体现在人物的扁平化、情节的破碎化、信息的复杂化、元叙事、拼贴画法和虚、实一体化六个方面。由于情节的破碎化与意识流小说的情节特征相同,此处不再赘述。

人物的扁平化。扁平人物大多以一个简单的符号,比如8,加以区分,有时根本就没有任何称呼。失去了外部特征的人物也并不像现代主义小说的人物那样具有丰富的内心活动且具有个性特征,后现代主义小说人物只是一个抽象的概念,或共性特征的集合体。可以说,在后现代主义小说人物塑造方面,二维平面代替了三维立体。人物的扁平化以及情节的破碎化都反映了人类生存的普遍困境,超越了女权主义自身的利益。

信息的复杂化。叙事呈现出了大量的信息,作为组织者的情节要么缺位,要么时隐时现,这些信息因而显得游离不定,形成了众多的意义中心。同时,无所归属的信息持续不断地涌来,挑战了人们的阅读习惯,面对如此复杂的信息,读者因太多的选择自由而一时无策,大有被信息掩埋的感觉。后现代主义小说所要传达的就是小说意义的多元化以及人们必须面对来自不同方面尤其是女性的信息。

元叙事。叙事的自我指涉从来就是小说叙事的一个组成部分,乔治·爱略特在《亚当·比得》中继承了菲尔丁和斯泰恩的元叙事传统,布鲁克·罗斯在她的《照》中则把这一叙事技巧发展成叙事内容。元叙事似乎抗议巴特对作者的死亡判决,向世人宣告作者在文本中不可让渡的生存权利。对于女权主义小说家来讲,维护作者的声音也就是维护她们的发言权,有了发言权就有了身份。同时,元叙事也扩大了叙事内容的范畴,揭示了叙事并非单向指向现实的事实,瓦解了作为菲勒斯中心主义的现实主义叙事的稳定性。

拼贴画法。文字虽然没有失去它在叙事中的主体地位,却也不得不接纳图片作为叙事的伙伴。小说中的图片与其说与文字同心同德,倒不如说各自为政,甚至抢文字之风头,它的到来是不情之请。不同体裁的叙事共存也成为拼贴画法的靓丽形式,布鲁克·罗斯的《合并》、奎恩的《三》和《旅行志异》堪称这方面的代表。可以说,拼贴画法不仅消除了阳春白雪与下里巴人艺术间的界限,也再次体现了女权主义包容的艺术指导思想。

虚、实一体化。小说的世界与小说家的世界犹如阳、阴两界,相去万里,不可逾越。然而,后现代主义小说家在自己的主体地位被解构的同时,两界的障碍也随之消失了,小说家与小说人物自由自在地出入彼此的世界。例如,菲吉斯的《乙》就是这样的作品,而布鲁克·罗斯似乎更胜一筹,她的《照》不仅由三层世界构成,而且三个世界彼此相通。女权主义叙事钟情于虚实相间的手法,因为这种手法颠覆了传统叙事的权威性,揭示了真理的相对性。因此,文学史上关于女性的消极论断也就土崩瓦解了。

以上可以说是对女性小说主流叙事艺术的简单概括。事实上,不少叙事技巧颇具新颖性,而且还具有很大的发展前景。比如说,布鲁克·罗斯能够巧妙地把大到不同的学科如化学、天体物理与文学相结合,也能把小到键盘一样的物件与文学相结合,创造出别具一格的小说艺术形式,这不能不说是她天才的一面。拜厄特与菲吉斯在小说结构方面表现出超常的艺术天赋,拜厄特的《占有》把历史与现实中三代人的爱情悲喜巧妙地编织在一起,而菲吉斯则又进一尺,她的《七个时代》以四季为时序,横跨十个世纪,把有关妇女生活与知识的宏大叙事有条不紊地呈现在读者面前。从这个意义上讲,她们都发展了莱辛在《金色的笔记》中所体现的艺术革新精神。不得不提的是,以默多克为代表的女性小说家的理念式小说也取得了可喜的成就。此外,卡特的《聪慧子女》也旗帜鲜明地体现出叙事的唯美主义倾向。凡此种种,不一而足,女性小说艺术的迅速发展与成熟成为英国文学史上令人振奋的一章。

第二节　文学与妇女:女性主义批评

女性小说批评史实质上就是文化的发展史,文化每一阶段的主流审美意识不仅决定了个体作品的艺术地位,而且直接影响着当代小说创作的价值取向。正如文化观念的发展变化之不可逆转,作品在艺术长河中的地位也必定沉浮更替,因为当代的读者可以按照当代的审美价值评价作品的历史意义。当然,当下的道德或艺术标准并不排斥对传统的继承。18、19 和 20 三个世纪以来人们对女性小说的各色批评表明,英国女性小说批评史是一个从单一标准逐渐走向百家争鸣的过程。

18 世纪是英国小说初步走向繁荣的时期,在涌现出的众多小说家之中不乏杰出的女性,如萨拉·菲尔丁、夏洛特·伦诺克斯、范妮·伯尼、夏洛特·史密斯、因契伯德夫人以及安·拉德克利夫等。她们成功的秘诀就是迎合当时父权叙事话语的各种规定,这种亦步亦趋的艺术性屈从不仅表现在作品创作本身,而且还表现在署名艺术上。从小说最初的卑微地位来看,小说创作就应该是女性的私有领域,但自从在大雅之堂获得了正当席位之后,小说创作似乎成为男性作家特有的专利。女性作家如遇技痒,也只能暗中写作,绝不敢明目张胆。若要有人阅读自己的"拙作",她们也只能假托男性作家之名,否则必然无人问津,遭到冷落。尽管女性小说家的成功无疑是对这种偏见的莫大讥讽,但是女性作家无不谨慎行事,绝不敢冒天下之大不韪。

父权小说艺术的批评标准对男性的叙事行为表现出了特殊的偏爱。男性有着特殊的语言优势,能动、直接、理智且有力度、有效率、直率粗犷、有权威感、简明威严。这大概是因为男性是社会活动的唯一参与者,他们的社会话语权当然地体现着真理与权威。在一个追求真实原则的时代,有谁能比男性对小说艺术更具有发言权呢?因此,主导意识形态中受过教育的白人男性的声音便成为小说这块公共领域的权力话语。随着时间的流逝,这种主体地位逐渐得到巩固和加强。具体而言,男性权力话语往往表现为一种全知的视角,充分体现了男性丰富的社会履历和厚重的知识积淀。他们如数家珍般地娓娓道来,旁征博引,高谈阔论,不露声色地讽刺挖苦,而令人捧腹的幽默则无不闪烁着骄人的智慧之光。作为第一人称的男性叙事,更多地体现了勇敢、坚毅、忍耐、睿智等普世的阳刚之气。所有这一切都是女性可望而不可即的。

按照父权的批评标准,女性小说的失败在于它们打上了鲜明的女性烙印。他们认为,女性语言温柔、富于情感与激情、说长道短、言多而不实、千篇一律,适合于茶余饭后的笑谈。显然,在男性作家与读者眼中,女性的语言特色与18世纪启蒙运动对理性、逻辑的狂热追求相违背,根本不适合小说创作。不仅如此,她们创作的小说充其量也只不过是对人物的刻画,阅读类似的小说只能产生强烈的情感,而情感由于缺乏知识含量很快就会消散。由此可见,父权文化对女性艺术创作的偏见根深蒂固。

在当时的人们看来,女性的社会阅历决定了她们与小说艺术之间的鸿沟。她们停泊在家庭的港湾,专心相夫教子,不受外界的风雨、霜雪的侵蚀以及世俗事物的烦扰。无论是人生经验、社会阅历还是思想深度,都远不及风里来雨里去,在商界、政坛的钩心斗角中摸爬滚打的男性。18世纪末期的政治保守主义者把女才子视为政治上的危险分子和道德上的软弱无能之辈而大加讽刺挖苦。女性在教育方面的限制更不利于她们在小说领域大展拳脚,人们习惯把婚姻作为女性的最高追求和最终目的。失去了教育启蒙、社会锻造的机会,再加上生活天地狭小、闭塞,她们必然成为弱者的化身,她们根本不适合参与知识含量较高的文学创作。

父权小说批评标准对女性叙事艺术的打压并没有也不想彻底根除女性的叙事冲动。事实上,与男性的公众叙事领域相对应的是,在具有一定规模且不可忽视的女性私人叙事领域,女性找到了适合她们宣泄情感又不至于危害父权话语权力的独特表现形式,即18世纪广泛流行的书信体小说——一个女主人公用书信体文本私下向一位受述者讲述个人的往往也是自己的爱情故事。这种叙事模式把女性的声音导向一种自我包容或息事宁人的形式,它最大限度地减弱了言论自由动摇男权社会的能量,削弱了女性长久保持文学权威的潜力。当然,并非所有的书信体小说都是女性的专利作品,《摩尔·弗兰德斯》和《克拉丽莎》等书信体小说的女性叙事声音皆出自男性之手。它们的奥妙在于18世纪的书信体热使读者变成具有特权又得到许可的窥淫癖,也可能起到限制对立叙事声音的作用,将其局限于形式与内容私人化的话语范畴之内,同时也把女性(也包括女性作家)作为某种有待窥视的秘密加以重新性别化。由此可见,小说叙事的标准是父权化的,同时也是专制式的,女性的叙事声音必须在父权圈定的范畴之内张扬,不得越雷池一步。无怪乎,当为小说写序言成为时尚的时候,女性作家在序言中不是对自己的社会性别表示歉意,就是对自己的写作类型表示遗憾,同时也免不了为自己拙劣的写作能力向读者再三道歉。然而,女性叙事的民主待遇并没有得到保驾护航,让她们走进英国文学的伟大传统。早期研究小说的著作,如《传奇文学的发展》和《英国小说家》虽然确认了书信体小说的部分女性作者身份,但又认定理查逊是这一题材的创始者。戴维·麦森的《英国小说家及其风格》在谈及18世纪的小说时,仅在"其他小说家"的标题下列举了两位女性小说家。伊恩·瓦特似乎更加决断,他在颇具影响的著作《小说的兴起》中把注意力全部集中在一小部分男性作家身上,而多位优秀的女作家却消隐了。事实是,笛福、理查逊和菲尔丁等革新天才小说家都直接或间接地从广大女性小说家的创作实践中汲取了一定的艺术营养。可是,18世纪女性作家的创作史往往被淹没在单一的男性文学史之中。

应当指出的是,凡是接触过肖瓦尔特的《她们自己的文学》的学者都注意到,她的女性小说文学史撇开了18世纪的女性作家,直接从勃朗特姐妹开始。玛丽琳·布特勒、玛格丽特·伊扎尔和詹尼特·托德等学者对此颇感惊讶和不平,纷纷著述,直接批评肖瓦尔特的某些观点。但在肖瓦尔特看来,她并非对18世纪的女性创作一无所知。事实上,她非常熟悉那个世纪的女性小说创作,因为她的博士论文最初就是从研究18世纪女性小说开始的。她之所以从英国的1840年开始研究,是因为她想从小说创作的职业化、市场化和集体意识成为主导因素的时期开始。她认为在19世纪之前,英国女性不想终生从事小说创作,也不存在女性文人的概念。

19世纪的女性小说家取得了令人瞩目的成就,她们的艺术光芒不仅盖过了众多同时代的男性小说家,而且能够与成名的男性作家相提并论。为此,男性同胞不得不承认女性有些时候也拥有男性小说创作的才华。可是,他们仍然坚信女性小说叙事的成功是例外。维多利亚时代对男性和女性小说家的艺术成就所做的不容置疑的论断是,男性小说家拥有力量、广度和幽默,他们头脑清晰,善于抽象思维,不仅博学多才,而且经验丰富。相比之下,女性作家情感丰富,举止文雅得体,道德意识浓厚。她们熟谙家庭事务,善于观察,尤其擅长于女性人物的刻画。但她们缺少系统的学养,缺乏抽象思维能力,对男性人物缺乏深入的了解。

必须强调的是,女性小说家的意外成功也是在其作品与父权文化认同之后才得到认可的,这也就说明了为什么会出现肖瓦尔特所说的"奥斯丁巅峰、勃朗特峭壁和爱略特山脉"现象。众所周知,奥斯丁在小说中反映了地产者的政治、宗教和道德原则,倡导理性、责任、良好的行为举止和清晰的判断能力,反对情感和个人主义等浪漫主义倾向。她暴露并不遗余力地挞伐人类的愚昧、幻觉、市侩习气、世俗以及粗俗等不良行为,所有这些艺术特色无不迎合了父权文化的理念。而她的叙事艺术堪称男性中心主义的新古典主义的代表,对秩序、理性、均衡以及优雅推崇有加。特别值得一提的是,她的讽刺手法,由于继承了菲尔丁等男性大家的风格,颇得评论界的一致好评。

乔治·爱略特的成功来自三方面的原因,其中的每一项无一例外地折射出父权文化的标准。其一,她是一位博学、善于观察问题和分析问题的女才子,她的人物心理刻画细腻、微妙,对错综复杂的社会现象洞若观火,这是那些深居简出、以厨房和卧室为中心的女性所不可企及的。其二,她的作品到处散发着深邃见解的芳香。爱略特本人强烈反对小说的道德说教,道德说教只有适可而止并在个人特殊的境遇参照中获得意义,才能摆脱谬误与空洞。然而,采撷于她的多部小说并集结而成的《乔治·爱略特妙语录》(*The Wise, Witty and Tender Sayings of George Eliot*, 1871)恰恰就是一本闪烁着智慧之光的非叙事性话语。此外,爱略特的小说具有大量的卷首引语,这些玄奥深邃的格言警句几乎构成了欧洲著名男性文人的正典。同时,卷首语对她来说是一种提高小说思想和道德内涵、显露博学的手段,还能够把叙述者本人的声音转变成某个文学父辈的声音。其三,爱略特采用了欧洲当时流行的现实主义手法,她所创作的小说被誉为"一本与世界相似的书",她本人也取得了与男性现实主义大师齐名的声誉。正是因为爱略特采取了男性化的叙事策略,才使得与她同时代的广大读者把她误作教士,牛津和剑桥的学人都在想象中视她为同仁。真相大白之后,有学者认为她攫取了男性地位之后认同了男人的理念。

在奥斯丁、勃朗特姐妹、盖斯凯尔夫人和爱略特所取得的成功背后,一大批女性作家的作品惨遭男性文学史的掩埋,肖瓦尔特的《她们自己的文学》对此进行了成功的挖掘。但是，在男性叙事标准一统小说天下的时代，女性作家并没有简单地屈从于父权小说的叙事准则，以奥斯丁为代表的一批女性小说家以不同的方式对此进行了有力的抵制。奥斯丁在《诺桑觉寺》后的小说创作中放弃了自己钟爱的叙事方式，但在这部小说中对文学作品和书评家的性别歧视所做的大胆抨击代表了多数敢怒不敢言的女性小说家的心声。事实上，她的这种反抗精神早在13岁时就表露无遗。她曾批评《浪荡儿》(The Loiterer)特刊尽是男人写的有关男人的故事。在另外写给友人的信中，她一语双关，自称只会说"母语"，以此表达自己对小说叙事领域缺失女性中心的不满。19世纪末期，女权主义小说家对小说的男性中心批评标准进行了更为激烈的反叛。由于不掌握批评的话语权，她们对主流小说的批评，只能以独特或叛逆的小说创作来体现。在维多利亚时代，公众对性体验讳莫如深，因为它远不及父权文化所钟情的人文社科知识来得深邃，女性对生活中的性越是冷淡就越是高洁，就连某些女权主义者也不例外。女权主义小说家萨拉·格兰德则反其道而行，把女性的性态度公开化，迈出了前人没有勇气迈出的一步。此外，以奥利弗·施赖纳为代表的女性小说家大兴女性象征主义手法，勇敢地创作粗糙的身体语言，她的反叛性文学行为在女性中间赢得了广泛的赞誉，为伍尔夫、多萝西、理查逊以及莱辛树立了良好的榜样。

不难看出，19世纪的女性小说批评充满了性别斗争，艺术上的较量是在父权文化与女性自由写作权力（写什么，怎样写）之间进行的。女性关注的写作权利不仅仅是自己能否写作，而是书写的内容以及书写的方式问题。她们为了书写的权利不得不做出暂时的让步，但从来没有停止过与父权文化的斗争。虽然她们付出了不菲的代价，但是她们的胜利在逐渐扩大，赢得了越来越多的话语权。进入20世纪以后，这种现象发展成为壮观的局面。

肖瓦尔特对100多年来，特别是19世纪女性小说传统的研究是本节的关注焦点。她的主要贡献在于挖掘出被父权文化遗忘或边缘化的19世纪女性小说家及其作品，把女性小说从历史与文化的角度加以研究，力求梳理出它们之间的传承关系。借助独立于主流的女性小说传统，肖瓦尔特旨在挑战传统的以男性作家为中心的小说正典。这是一件极为有意义的事情，因为肖瓦尔特的研究开始了女权主义批评的新阶段。在此之前，女权主义批评以男性作品为重点，力求通过分析这类小说中的女性形象来论证她们都是男性制造的产物，并进一步阐明她们存在的价值在于成为父权文化的艺术支撑。这是因为女性是自然的、精神的、消极、不稳定、虔诚、温顺，但却不具有沉稳、恒定、充满活力和智慧等男性气质。显然，女权主义批评的前提是文化与文学之间存在着密切的互动关系。然而，肖瓦尔特在《走向女权主义诗学》(*Towards a Feminist Poetics*,1919)中指出,把女权主义批评聚焦于关于女性的男性作品,实质上仍然默认了男性权威,与其关注男性小说如何塑造女性形象,倒不如关注女性笔下的女人形象。因为女性描写自己的形象远比男性塑造的女性形象来得真实。毋庸置疑,《她们自己的文学》一书推动着女权主义批评向前迈出了一大步。

然而,托里尔·莫伊根本不赞成肖瓦尔特的观点。莫伊的批评集中在三点。其一,肖瓦尔特的理论框架不甚清楚,没有详细论述文学与现实以及女权主义政治与文学评价之间的关系。其二,她文中的观点属于传统资产阶级的自由主义人文精神。其三,(莫伊间接地指出)肖瓦尔特没有抛弃生物本质主义,坚持了男性气质与女性气质的对立。在肖瓦尔特看来,莫伊谋求的理论框架是哲学性的,其关心的问题包括解释、阅读以及文本的意义,而她自己的框架则是历史与文化性的,她关注的焦点是主流文化与亚文化之间的关系、亚文化的历史以及其标准。现在看来,肖瓦尔特的文化历史观是合理的,她准确地把握了双方争论的本质。同时,莫伊指出肖瓦尔特的批评方法隐含着男性气质与女性气质的对立也是正确的。显然,肖瓦尔特认为存在着属于女性所特有的叙事艺术。退一步讲,重建女性文学史并不会一劳永逸地解决女性小说创作与批评的全部问题,但女性在父权文化限制下所获得的有限视野以及对父权文化的屈从是不可否认的事实。她们的小说创作在某种程度上必定与男性小说有着明显的区别,从文化与历史的角度构建被掩埋的女性小说传统完全有必要。进一步讲,肖瓦尔特并非没有意识到消除以性别为标记的文学史的可能性。在修订版的导言中肖瓦尔特指出,成熟的女性文学史将不再成为亚文化的一部分,而将与文学主流实现无缝对接。

女性小说在 20 世纪的批评进入了百家争鸣的多元局面,父权主义批评与百花齐放的女权主义批评在共存之中争奇斗妍。父权主义批评仍然是小说领域的主导话语,但它本身的意义已经发生了重大变化,其主要原因是多数女性享受几乎均等的教育机会,越来越多地活跃在公共领域,与男性同胞并肩工作。随着教育的普及和社会活动参与度的提高,女性小说家在视野、思想深度、叙事艺术等方面显现出与男性同行一比高低的趋势。女性小说家的成功仿佛在向世人宣示,在教育与公共领域向所有人开放的今天,无论小说叙事采用何种标准,她们都有勇气与才华攀登并达到艺术的峰巅,而且她们的作品完全经得起现实主义、浪漫主义、结构主义、解构主义、马克思主义、精神分析或者新历史主义等方法的批评。

女性小说家敢于迎接父权文化的挑战,表现在她们拒绝把自己的小说艺术仅仅纳入女权主义批评的范畴。默多克鼓励大学生要多读男性作家的著作,不要盲目地崇拜女性作品,因为并非所有的女性作品都具有阅读的价值。她更不主张把自己的作品当成女权主义的代表作。此外,她对妇女解放运动持有怀疑态度,她认为只有当社会各个领域都可以看到妇女的身影时,妇女才能得到真正的解放。她反对女权主义仅仅研究女性的做法,认为把男人和女人完全割裂的做法是一种倒退。在她看来,女性的能力低于男性,她们应该不断发展自己的才能,逐渐完善自己。莱辛也反对把自己的《金色的笔记》视为女权主义之作,她认为妇女解放运动不会取得多大成就,因为社会政治大动荡已经把世界组合成一个新的格局,女权主义取得些许胜利之时,妇女解放运动的目标也许会显得微乎其微、离奇古怪。拜厄特也曾多次强调自己不是一位女权主义者,她喜欢多元而不是一元的故事和情节。在她看来,20世纪中期英国伟大的女性作家描写的是世界的本质,她们不仅讲述妇女的问题而且更多地探讨其他问题。作为艺术家,她不想介入女权主义运动。德拉布尔早期的作品不同程度地受到女权主义的影响,但她也否认自己的作品是女权主义的,因为她关心的是权力、公正和拯救,而广大妇女并没有得到公平的对待。所以,她从未想到要把它作为小说主题。尽管上述女性小说家反对女权主义标签,但她们的观点并没有妨碍人们对她们的作品进行女权主义批评。实践证明,她们的作品和自信完全经得起对立文化的检验。

　　绝大多数女性小说家的作品是女权主义批评最为适合的对象。女权主义批评从20世纪60年代开始盛行,原因是多方面的。其一,女性小说主要涉及广大妇女在工作、生活各个层面的多种经历和体验。其二,女权主义者普遍认为,女性形象是由父权文化构建的,这种现象一直没有发生本质的改变。女人与男人的天生差异是生物属性的,而所谓女性的气质与美德只不过是父权文化在女性身体上的投射,因而是社会属性的。其三,西方文明是菲勒斯中心主义的,在父权文化中,广大的女性被定义为他者而遭到边缘化和压迫。其四,作为文学的重要形式,小说必然是一种文化的主要载体,通过分析女性小说中的女性形象可以发现父权文化的工作体制和对女性的影响。女权主义小说批评的主要目的是提高人们对女性过去与现在人生经验的理解,展示女性在世界活动中的重要价值。

　　20世纪的女权主义小说批评呈现多元文化的局面。早期的女权主义批评更多地关注小说中的白人中产阶级女性在异性婚姻中的他者地位,受小说创作的影响,这种状况一时不会发生质的转变。尽管如此,随着女权主义运动的深入,人们逐渐认识到所有的女性都不仅不同程度地受到父权文化的伤害,而且她们的需求、愿望以及面临的各种问题都与她们的种族、社会经济地位、性取向、教育背景、宗教和国籍有关。由此,不同派别的女权主义批评应运而生,最具有典型意义的两个女权主义批评流派分别是女权主义种族批评和女同性恋批评。

黑人女权主义者认为,黑人妇女深受父权文化的压迫,这不仅仅是因为她们的性别,更重要的是她们的肤色。历史上,黑人妇女的地位远远低于白人女性,她们的生存方式主要是繁重的体力劳动。按照白人菲勒斯文化的标准,从事体力劳动的女人是得不到保护的,这种观念不仅在白人那里而且在大多数黑人心中根深蒂固。因此,失去了社会伦理道德庇护的黑人妇女只能沦为经济和性的牺牲品。遗憾的是,白人女权主义者却认为给黑人女性带来最大伤害的是性剥削而不是种族主义。但黑人女权主义者则认为,女权主义运动成为分裂黑人社会的罪魁祸首。由此看来,黑人女权主义批评任重而道远。

女同性恋批评关心的主要对象是性霸权主义和异性婚姻主张,它同样以白人中产阶级女性为主。具体地讲,女同性恋批评的关注点有:(1)通过人物刻画和主题思想所表现出来的女同性恋政治;(2)作品的叙事技巧以及它对同类作品叙事艺术的贡献;(3)女同性恋者的经历、女同性恋史以及女同性恋文学史;(4)在同性恋遭禁年代的作品中,女性小说家的同性恋倾向如何巧妙地隐含在异性恋中;(5)女性作家在作品中无意识表露出的同性恋思想;(6)作品对异性恋的态度以及表现方式,对女同性恋恐惧症的程度。

在批评方法上,尽管流行的批评理论皆可为女权主义所用,但女权主义小说批评采用的常见方法是马克思主义、精神分析和解构主义。在马克思主义理论的框架下,女权主义批评揭示了父权文化意识形态对女性的偏见与歧视,指出父权文化的错误观念是导致女性性压迫和边缘化的根本原因。不仅如此,由于不公平的社会分工,妇女丧失了取得独立经济地位的机会,在没有经济保障的情况下,妇女的物质和精神状况持续恶化。精神分析则经过弗洛伊德、拉康、克里斯蒂娃以及其他心理专家的不断努力,发展成较为成熟的主流批评手段。在主体是语言构建的前提下,通过分析小说人物的语言行为,精神分析揭示了主体被压抑的欲望以及他/她所赖以生存的文化特征,实现了批判父权文化的目的。解构主义批评方法,通过颠覆父权文化中的二元对立观念,来批判菲勒斯中心主义,揭示了女性在不同社会领域或生活中被否认或遮蔽的价值,颂扬女性气质和美德,确立女性与男性同等的社会政治地位。上述批评手段的运用主要在于解构与批判父权文化,其次是对女性文化的构建。

尽管女权主义批评流派纷呈,方法各异,但女权主义文本批评的关注点具有如下共性。(1)父权在经济、政治、社会以及心理方面的运作机制,女性形象与当时父权文化的关系,换言之,文本是支持还是批评父权文化。(2)文本对于姐妹关系在抵制父权文化和改善自身地位方面的作用。(3)种族、阶级以及其他文化因素如何与社会性别互动并影响妇女的人生。(4)从个人信息以及历史文化信息来分析作家对妇女的创造性的态度。(5)作家的小说风格对女性特有的写作模式的贡献。(6)读者、批评家对作品的反应与父权文化的关系。也就是说,如果作品过去被忽略,其原因是什么?如果一部作品过去得到认可而现在被忽略,其原因又是什么?(7)作品与女性小说史或传统之间的关系。

女性小说批评逐渐走向成熟和深入,它的发展历程见证了女性小说的沧桑。以20世纪60年代为分水岭,300年来的女性小说批评史可以简单地归结为两个阶段。第一,以男性标准为主的父权文化阶段。第二,以批判父权文化、张扬女性经历、个性和叙事特点的女权主义阶段。在后一阶段中,女性小说的父权主义批评在女性作家自信与宽容下仍然得以正常地持续。可以这么说,在可预见的未来,女性小说的批评史将由父权主义批评和女权主义批评两条并行线构成,两者彼消此长,延续不断。

对女性小说艺术、理论和批评史进行简单的梳理之后,可以看出,三者都随着英国乃至世界文化的发展呈现不同的形态。在父权文化做主导的时候,女性小说创作主要依靠借鉴和模仿男性叙事规范,在模仿中展示精湛的技巧或突出艺术个性。在文化走向民主化的过程中,更多的女性提高了自身素质,获得了更多的创作自由,勇敢地探索叙事理论,自信地展示个性化的叙事艺术。小说批评在文化多元化理念的指引下,海纳百川,对"他者"的叙事艺术予以积极的肯定。小说批评理念的进步极大地激发了女性小说理论研究和小说创作的潜力,小说理论和艺术实践又必将推动小说批评不断提升道德和艺术水准,文化的多元化是小说艺术、理论和批评走向繁荣的不可或缺的基质。

第三节　英美女性小说理论探析

英美女性小说的艺术实践争奇斗妍,但女性小说理论的研究在相当长的一段时间里相对滞后。经过一个世纪,特别是20世纪六七十年代的文学繁荣之后,英美女性小说理论在国内和世界小说环境的影响下,基本上形成了自己的体系,其中不乏真知灼见,不仅对女性小说家的艺术创作产生了不可低估的影响,而且超越了性别与国界,成为仝人类共同的艺术财富。

20世纪70年代,肖瓦尔特在谈到女性美学时曾经指出,如果作品中有女性品质的话,最棘手的问题是把这种特有的女性品质从作品中分离出来。尽管如此,40年又过去了,英国女性美学有了一定的发展,对女性美学做一番探析还是切实可行的。应当指出的是,女性小说理论探析并不仅限于小说中的女性特质。在女权主义或后来的女性主义运动昌盛之时探讨女性小说理论,人们都很容易把女性小说理论中的女权主义或女性主义成分与整个女性小说理论等同起来。事实上,女性小说理论不仅包括女权主义和女性主义的特殊成分,而且还包括超越性别主义的那一部分。

本节将从作者(的使命感)、文本(的真实与虚构、体裁、题材、人物等)以及读者(的类型)三个层面对女性小说理论的不同观点进行梳理。

绝大多数的女性小说家认为作家应有一定的社会责任感,主张用小说反映社会现实,并积极地发挥小说的教育作用。维多利亚时代的女性小说家大多是妇女参政权论者,尽管她们的艺术成就比不上她们的女权主义思想。第一次世界大战之后,在穆勒的倡导下,妇女参政权论者开始把女权主义的政治主张与文学创作的技巧有机地结合起来,主张对词汇、句式和作品结构进行变革。到了20世纪六七十年代,女性作家、批评家和理论家义无反顾地承担起更大的社会责任,高举批判父权文化的大旗。此后,她们又主张女性主义,希望在批判父权文化的基础上建立女性自己的文化。在经历了1000多年的文化钳制之后,英国女性开始发出自己的声音,这不得不说是文化进步的有力体现。

与此同时,一些女性作家也发出了与反对父权文化不同的声音。她们不赞成孤立地解决广大妇女所面临的各种问题,主张把女性问题放在全人类共同福祉的框架下加以解决。莱辛、德拉布尔和默多克等女性小说家都被普遍地誉为女权主义小说家,但她们都明确反对女权主义思想。其中的主要原因是,如果男性不自由,而女性自由了,女性自由的结果只能是苦涩的,因为女权主义者提出的问题是一个综合性的文化问题。在解决女权主义者提出的各种压迫的问题上,莱辛主张男女双方互相忍让。

放弃女权主义之后,女性小说家认为,作家必须依靠美德来指引自己的艺术创作。美德就是明白他人的确存在,自由也正是知道、领悟并尊重不同于我们自己的事物。从这个意义上讲,美德就是知识,它把我们自己与现实联系在一起。在女性小说家看来,美德派生于善,而善是最高的现实。善既是内在的又是超验的。所谓内在性是指善体现在日常生活的每一个侧面,而善的超验性是指它的存在不局限于每一个具体的事物,是以现世性为基础的。女性小说家必须依靠美德来指引自己的艺术创作,因为读者容易从幻觉或自我中心主义(偏见、妒忌、焦虑、无知、贪婪等)当中找到安慰并感到满足,就会放弃对最高真理(善)的追求,失去认识现实的能力。在这种情况下,优秀的艺术家能够帮助我们认识生活的节点,帮助我们了解什么是应该忍受的,什么能够成事,什么能够败事,从而帮助我们净化自己的思想,思考(忧虑与幻想笼罩下的)现实世界,包括恐怖与荒诞。用美德来替代女权主义思想,女性小说理论实现了思想上的提升与超越。

介于这两者之间还有一种逃避责任的"双性同体"创作理念。"双性同体"一词是女权主义小说家伍尔夫提出的,主要指作家的男性气质和女性气质达到平衡的一种写作状态。在这种状态下,女性小说家既可以表现女性的母性,又可以表现男性的霸气。"双性同体"的初衷是让女性作家找到一种能够将女性书写方式与文学传统相结合但又能超越性别烙印的途径。换言之,这种途径非个性化、不惹眼,对女性气质不褒也不贬。但肖瓦尔特指出,男性气质和女性气质在伍尔夫身上并没有达到和谐的状态,而是迎面冲来并扭打在一起,以混乱的方式流动着。伍尔夫的错误在于,她只看到了女性经验的消极一面,而没有看到它的积极之处。因此,"双性同体"是一个神话,让伍尔夫避免与令自身痛苦的女性气质正面相对,从而抑制自己的愤怒和雄心。可以预见,关于"双性同体"创作理念的争论不会在短时间内有一个明显的结论。

虽然女性小说家没有盲目崇拜后现代主义,过分强调小说的自治性,淡化小说与现实的关系,从而减轻她们的社会责任,但她们反对真实与虚幻的传统二分法,即真实是物理的和经验的,而虚幻则是形而上的。她们认为虚幻是现代生活的本质,并从柏拉图和现代哲学那里找到了依据。柏拉图认为真实是理念的影子,而现代哲学则认为事物的本体地位通过语言和其他随意的体系是不可知的,或者真理永远处于一种延宕状态。也就是说,物理和经验性的真实实质上是虚幻的,因为物理和经验性的真实没有意义,如果它们有意义的话也是人类所赋予的。所以,真实具有偶然性和被决定性。

女性小说理论家指出,尽管20世纪以来人类通过理性规划和科学分析建立了各种各样的系统,但世界反而越来越呈现出偶然性。偶然性呈上升趋势的原因有三个。一是人类的道德水准在不断下降。人类不仅不能够完善自己,反而倒退了几个世纪。二是人类正面临着去中心化。在爱因斯坦的相对论、微粒子和光传播理论的影响下,人类不得不面对不确定性和多价逻辑。三是人类拒绝死亡的意义。死亡意味着意义在个体面前消失,人类企图通过虚幻叙事表达战胜死亡的欲望,因此,虚幻叙事成为人类逃避无意义现实的重要方式。对于女权主义来说,真实与虚幻之间的关系的消失,标志着父权文化的权威性瓦解了。因此,男性与女性身份需要重新定义,在定义的过程中,女性获得了更多的言说机会。叙事(书写)标准的相对性为女权主义思想的发展提供了有力的理论支撑。

确定了真实与虚幻的标准并不等于彻底地解决了小说叙事的技术问题,在坚持现实主义还是进行一场小说变革的问题上,女性小说家内部存在着不同的声音。意识流小说家们在艺术上虽然没有进行沟通并结为同盟,但她们共同吹响了现代主义小说艺术的号角,撼动了现实主义的霸主地位。可以说,伍尔夫是传统现实主义小说的彻底批判者,她的批判精神诞生于她对小说危机的敏感。她在《现代小说》中指出,科学技术得到了长足的发展,然而,小说创作却并没有进步。在《班奈特先生和布朗太太》中,她把1910年的12月(乔治时代的开始)确立为小说艺术发生变化的时间分界线。她认为爱德华时代的小说偏重于物质,而乔治时代的小说家如福斯特和劳伦斯则企图妥协,没有完全扔掉陈旧的东西,他们的作品发出的是土崩瓦解、倒塌和毁灭的声音。唯一让她振奋的是乔伊斯所力行的心理描写。在伍尔夫看来,英国小说艺术非要发生一场革命不可。

与此相反,女性小说家队伍里有一批作家对现实主义表现出浓厚的兴趣,只不过她们并不特别关注小说对精神活动的描写。德拉布尔曾毫不讳言地说,她宁愿处在现实主义之尾,也不愿意处在后现代主义之首。众所周知,德拉布尔所处的时代面临着严重的信仰危机,和谐、团结几乎是不可能的事情。但是,她仍然坚信作家的使命感,坚持小说必须描写现实生活。默多克则颇为欣赏19世纪的批判现实主义小说,主要有两个原因:一是由于生活是真理的影子,艺术家的责任就是通过艺术来揭示生活的本质;二是因为批判现实主义作品中人物的刻画栩栩如生,表现出了强烈的道德责任感。她反对某些浪漫主义小说表现出的明显唯美倾向,主张小说家要在善念的指引下,超越自恋倾向,通过创造一个个具有鲜明个性(偶然性)的生动人物,来体现作家肩上所承担的社会责任。

事实上,伍尔夫对现实主义进行批判的目的不是要取而代之。她在《现代小说》结束时指出,一切都是小说的合适素材,一切情感、一切思想、头脑和精神的一切特质都听候调遣,一切感觉无不合用,只要它们不伪造和做作。显然,伍尔夫强调内心活动的重要性,但并不否认、否定外部世界。她之所以批判传统小说的物质主义不是因为它再现了外部世界,而是因为它误把表象当作本质。在伍尔夫看来,能够揭示生活本质的艺术才是真正的艺术,狄更斯的小说以及俄国的现实主义作品并非意识流小说,但同样得到伍尔夫的青睐,其原因就在于此。可见,现实主义在女性作家的争论中仍然延续着它的艺术生命。

出于对现实主义的批判，女性意识流小说理论应运而生。意识流小说主张摒弃现实主义小说的艺术规范，把表现的中心从客观物理世界转向主观心理世界。伍尔夫认为内心世界才是唯一真实的世界，认为小说创作应表现内心世界的真实。

显然，精神是伍尔夫关注的生活核心。因此，小说家的任务就是，尽可能不掺杂外在事物，表达这种变化的、未知的、尚未探索的精神，不论它多么不合常规或者错综复杂。

那么，面对意识流的无序状态，如何看待小说的形式？伍尔夫在《论小说的重读》中做了很好地回答。伍尔夫认为，所谓形式不是作品的结构和技巧组合而成的东西，即卢伯克所谓的形式，而是基于作品阅读之上的多种情感之间的和谐的关系本身。它只有通过读者在阅读过程中的顿悟才能呈现，而顿悟的重要条件就是读者的情感投入。卢伯克的形式概念是文本元素的物理集合体，而伍尔夫的形式则是文本元素在情感上升华之后的关系总和。换言之，小说家以什么方式叙事并不重要，重要的是它给读者带来怎样的整体感受。按照伍尔夫的解释，形式与内容在读者的心灵感受之中实现了统一。伍尔夫在《诗歌、小说和未来》一文中对意识流小说的体裁提出了民主化的观点，认为意识流小说的文体应该是综合而又开放的。首先，用来叙事的散文可以带有诗歌的特征。在她看来，诗歌语言很少用于生活，而散文却承担着生活中所有不雅的差事，例如写信、结账等。为此，她要把诗歌与散文结合起来，不仅用散文描写玫瑰与夜莺、晨曦与夕阳，而且还可以用它描写生命与死亡以及人类命运等传统小说极少关注的内容。在描写的过程中，散文也可以像诗歌一样更多地关注轮廓而不是细节，可以容纳情感，让感情涌动并盘旋升起。其次，小说也可以具有戏剧的性质，但绝不是戏剧，因为它的消费形式是阅读，而不是用于表演。总之，伍尔夫要跨越文体之间的鸿沟，创造出一种全新的小说语言形式。

与主张优美、典雅的文体风格迥然不同的是狂欢化文体风格。在狂欢化文体中，受女性意识的驱动，句子可以支离破碎，标点被大量地省略。伍尔夫把狂欢化文体称之为"女性的心理句法"，因为这种句法是用来描述女性而不是男性的心理活动。尽管这种句式具有明显的人工痕迹，但它能够很好地表现女性特有的开放的、没有定格的生活节奏，从而产生一种像意识所感觉到的真实。优美、典雅的文体风格比较温和，而狂欢化文体从根本上反对理性主义的任何组织原则，反对体现理性主义的文化。应当肯定的是，两种意识流文体风格不同，但她们都认为意识流叙事能够很好地反映女性的生活及其节奏。

出于对现实主义的喜爱，女性小说家把虚幻成分与现实主义糅合在一起，形成了虚幻小说。女性小说理论认为,纯虚幻小说包含三个要素。一是面对明显的超自然现象,读者在自然式和超自然式解读之间自始至终举棋不定(这是由文本的模糊性导致的)。二是小说的主要人物同样摇摆不定。因此,当读者至少是天真的读者与小说人物认同之时,他们无法从小说中梳理出明晰的主题思想。读者面对小说主题思想所表现出的举棋不定,正是小说叙事所要产生的效果。三是读者不能对虚幻小说进行诗歌式或寓言式的阅读,否则就会完全毁掉纯虚幻小说。其中,第二和第三点取决于第一点,事实上,它们并不处于同一层次。尽管如此,大多数虚幻小说都能满足以上三个条件。

　　虚幻小说的语篇包括下列两个层面的内容,即文字(描写与叙事)和叙事结构。在第一个层面上,虚幻小说擅长修辞和第一人称叙事的运用,使用第一人称叙事,可以增加模糊性,更重要的是第一人称叙事更具有可靠性。在第二个层面上,虚幻小说具有不可逆性,也就是说不能提前进行解释。此外,小说从平衡状态开始,不久这种平衡就被打破,新的平衡在经历了长时间的起伏变化之后又得以恢复。由于一成不变的律法不能推动叙事的发展,打破僵硬规则的最佳方式就是引入超自然力量。可见女性小说理论充满了辩证的思维方式。

　　既然模糊性与超自然现象密不可分,解决模棱两可阅读的方法有五种:一是把超自然现象解释为梦境、毒品的幻觉或变戏法,二是把超自然现象解释为奇怪、恐怖或难以置信的现象,三是在阅读结束后的反思阶段按超自然现象诠释,四是一开始就按超自然现象解读,五是把虚幻小说进行寓言式的阅读。对虚幻小说进行寓言式阅读的主要原因是,虚幻小说实质上就是中古时期寓言的现代版,或者就是可以从不同层面进行阅读又充满悖论的现代非虚幻小说的早期形式。

　　无论是坚持现实主义还是意识流或虚幻小说的创作,女性小说家似乎都倾向于描写不同阶层的女性的人生经历。不难发现,女性的生活与情感极少受到文学作品的关注,因为它们历来被视为理性与知识的对立面,不仅混乱而且还具有破坏性。最具有革命性和理论意义的是,女性小说家倡导并身体力行"书写身体"(女性书写)。所谓"书写身体"包括以下三个方面:一是使用女性所熟悉的表达方式,二是描写女性的性体验以及全方位的感觉和知觉经验,三是描写以身体为中心的感受与经验。女性小说家试图建立属于女性特有的知识体系,以此来颠覆长期做主宰的男性文化,从而获得不可剥夺的言语权。

　　英美小说理论上的身体写作是舶来品,主要受到法国女权主义理论的影响。女权主义理论家认为,要抵制菲勒斯中心主义,最有效的方法就是身体快感,亦即重新直接体验父权禁止的幼儿时期和成年时期性体验中的真实快感。伊莉格瑞认为,女性的身体到处都是性器官,女性的快感地图充满变化,是多样、复杂和微妙的。西苏进一步指出,女性的写作洋洋洒洒,不知规范为何物。她们使用的语言是"他者"的语言,具有1000种方言,不受约束,永生不息,承载而不容纳,疏导而不阻止。实际上,女权主义理论家是用女性的身体经验与西方的菲勒斯象征思维方式抗衡。

尽管身体写作的理念流传甚广而且影响深远,但也招来了不同方面的批评。其一,身体写作孤立地强调身体快感。身体快感并不先于社会经验,也不能置社会经验于不顾。一个人的性身份是在幼年到成年的过程中逐步形成的,在这个过程中深受父亲与母亲的性角色以及父权文化对性角色的界定的影响。所以,孤立地强调身体快感就是过分地强调女性作为主体的生物属性,以此为利器对父权文化进行挞伐并不是上策。其二,身体快感有可能重蹈菲勒斯中心主义的覆辙。性体验可以随着个体的年龄、风俗习惯等因素发生变化,而且,不同的个体(单身、同性恋者)可能对性有着不同的诉求。因此,身体快感将性体验简单地一元化了。其三,身体写作将女性重新置于女权主义试图颠覆的边缘化状态。用女性的语言来描写女性与自己身体的自然交流,缺乏广泛的思想与文学基础,很难拥有较大的读者群。因此,以身体写作为主题的作品反而容易被忽略。尽管如此,小说理论界并没有否定身体写作在一定范围内的理论价值和现实意义,因为与逻各斯中心主义对话毕竟是女权主义的理想。

以女性的生活经历为主要描述对象,女性小说的核心就自然而然地落到了女性小说人物的身上。女性小说对人物塑造予以了极大的关注。默多克在《反对枯燥》中批判了20世纪的晶体式小说和新闻式小说的人物塑造。她认为,晶体式小说是描述人类处境的半寓言小说,它所刻画的都是类型人物,完全缺乏19世纪小说中人物的生动个性。新闻式小说则是半文献式的长篇,仿佛从19世纪的小说退化而来,只能平铺直叙以经验为主的事实。所有这些作品都没能够把人物与广阔的社会现实融在一起,它们要么简单地告诉读者一个道理,要么失去了道德价值观念的准绳。由于作品远离了生活,小说人物也就失去了个性与真实,流于千篇一律。

相比之下,19世纪小说的人物塑造不仅突出了性格的特殊性与偶然性,而且摆脱了作者的控制,避免沦为作家灵魂深处心理冲突外化的牺牲品。批判现实主义小说中的人物呈现出多元性,每个人都是一个处于广阔社会背景之下的独立意义中心,完全不受作者个性化情绪的操纵,他是无限的、拒绝彻底解释的,这种人物塑造艺术的精神实质就是宽容和自由主义。莎士比亚之所以伟大在于他对各色人物的接纳,他的成功揭示了这样的道理,即人物无论多么古怪、封闭、邋遢甚至令人厌烦都值得小说家认真地去关心和研究。显然,女性小说理论在人物塑造方面钟情于19世纪的人物模型。

女性小说理论认为,小说的人物与情节相互促进。人物是由于情节的需要而产生的,作家在创作之时首先想到的是主题和情节,然后才决定该是怎样的人做出这种行动呢?对这一行动起着特殊反应的人又该是怎样一种人呢?不过,情节与人物的关系是双重的,情节决定了人物,也给予人物力量和目的。那么,如何让人物继续表演并推动故事的发展呢?答案是分析法。这是古老、安适、松散的描写方法,即作家通过描写人物的思想感情对笔下的人物行动进行解释。其中,一种更为巧妙的人物分析法就是意识流,也就是说,通过人物自己产生的思想和感觉来表现自己。但是,意识流手法最适合于长篇小说以及描写人物平凡的经历和他对这些事物纯粹个人的反应。另一种方法就是对话法。这是一种产生于第一次世界大战后不久的现代化的手法,它能够吸引人,饶有趣味,条理分明,而且能够表现出人物的性格。总之,不管使用哪种方法,无论手法发生怎样的改变,人物在小说的中心地位都不会改变。

女性小说理论对隐含读者的研究颇具新意。隐含读者的类型取决于文本的类型。文本分为三类:信息过载文本、信息缺载文本以及不定载文小本。根据三种不同的文本,女性小说理论提出了与之相对应的隐含读者群体,即愚钝型、智慧型和自由型。第一种文本和读者类型以《瑞普·凡·温柯尔》为例。当主人公一觉醒来时,读者和温柯尔一道深信新的平凡的一天正在开始。然而,当读到"他的枪锈迹斑斑"时,读者立刻明白事实的真相,但叙事者继续向读者提供大量的细节:他的狗不见了,浑身的关节僵硬,先前的圆形剧场一夜之间蒸发了,地貌也发生了变化,以及另外24个发生在村落里的细节。虽然温柯尔仍然懵懵懂懂,读者已经与温柯尔分道扬镳,观赏着他面对沧海桑田的困惑。第二种以新小说和侦探小说为例。这些文本都要求读者积极地参与,否则就会错过重要的细节,造成理解的困难。但不同之处在于,为了制造谜团,侦探小说有意凸显错误的细节,遮掩有价值的细节。相比之下,新小说则过分强调一种信码,强调的信码事实上只是重复或变化,根本不是新的信息,这样势必造成信息的不足和阅读的难度。《拧紧的螺丝》,尤其是《黑猫》是这方面的典范。

第三种文本的特点是,一些信息过载,另一些信息缺载。过载与缺载不是策划的结果,而是作家放任兴趣所致。由于文本内部没有张力,读者的情感和思想、当下的热情和局限、偏见与邪念就会占上风。

总的来看,女性小说理论体现出女性学者锐意改革的创新精神和锲而不舍的道德意识,她们不仅积极有力地推动了小说改革的步伐,而且对新形势下的小说形式从理论上进行了整理与提升。应当指出的是,女性小说理论在积极总结小说创作经验,探索艺术创新之道的时候,并没有数典忘祖,而是牢固地站在伟大的文学传统之上,继往开来,表现出健康的进取精神。她们竭力主张作家勇敢地承担社会责任,弘扬正义,倡导进步,希望通过成功的叙事传播真理。

第二章 简·奥斯丁小说创作探究

简·奥斯丁是英国女性小说家的杰出代表,同时也是英国最伟大的小说家之一。她被美国著名学者和女性批评家肖瓦尔特称为英国女性小说创作疆域的"奥斯丁巅峰"(Austen Peaks)。[①]奥斯丁生活和创作在 18 和 19 世纪之交,秉承了 18 世纪英国小说的写实传统,是进入 19 世纪以后最早发表现实主义小说的作家,她的创作精准地记录了摄政王时代(1810—1820 年)英国乡村的社会风情,预告了维多利亚时代现实主义的高潮。[②]其作品结构精致,语言凝练,人物塑造生动鲜明,通常在含蓄的反讽叙事中吐露对社会和人性的洞见,充分体现出 19 世纪上半叶英国小说的骄人成就。具有特殊意义的是,奥斯丁关注女性视角和家庭题材,善于在英国乡绅阶层生活的方寸之间冷静审视当时女性的生存状况,对根深蒂固的文化偏见以及束缚、压制女性的社会传统发出疑问和嘲讽,反映出当时女性意识的觉醒,为英国女性小说中"家庭现实主义"(domestic realism)与"女性现实主义"(feminist realism)的传统奠定了高水准的起点。不论是在刻画人物、展现风俗的形式技巧上,还是分析人类情感和道德状态的力度上,奥斯丁的小说艺术都具有独创性。在利维斯看来,正是奥斯丁奠定了英国小说的伟大传统。

第一节 无与伦比与无人知晓的奥斯丁

奥斯丁出生于英国南部汉普郡斯蒂文顿村的乡村牧师家庭,在八个孩子中排行第七,她终身未嫁,在传统深厚的英国南部农村度过大部分人生。比起其辉煌的

[①] Elaine Showalter. *A Literature of Their Own: British Women Novelists from Bronte to Lessing*. Beijing: Foreign Language Teaching and Research Press, 2004: 333.

[②] 侯维瑞,李维屏. 英国小说史[M]. 南京: 译林出版社, 2005: 190.

艺术成就,她的生活经历可谓平淡无奇。奥斯丁未受系统正规的学校教育,但是在家庭里得到了良好的文学启蒙。这个经济并不富裕的中产阶级下层之家,具有积极的人生观、浓厚的艺术氛围和读书传统。母亲出身名门,颇具文学修养,父亲乔治·奥斯丁有牛津大学的教育背景,知识兴趣广泛,曾在家中亲自教育六个儿子和两个女儿,甚至亲朋好友的孩子也深受吸引,前来受教。奥斯丁喜爱音乐、绘画和戏剧,经常参与家中举行的读书会和戏剧表演。她博览群书,很早就尝试写作,这些积累和训练为她后来的小说创作奠定了基础,而她早期创作的讽刺小品,有些直接被其吸纳为小说素材。

奥斯丁的作家之路并不平坦,在世时除了得到司各特(Walter Scott,1771—1832)别具慧眼的盛赞外,没有引起评论家太多的关注。在她生前得到的15篇书评中,两篇关于《理智与情感》(Sense and Sensibility,1811),三篇关于《傲慢与偏见》(Pride and Prejudice,1813),十篇关于《爱玛》(其中两篇是德文),其他作品基本被忽视。这些书评虽然多持肯定态度,但是篇幅短小,未做深入评价。奥斯丁的作品被淹没在浩如烟海的出版物中,在她辞世后声名才与日俱增,受到无数普通读者以及文学精英的推崇。

在19世纪,除司各特外,麦考利(Thomas Babington Macaulay,1800—1859)、丁尼生(Alfred Tennyson,1809—1892)、乔治·刘易斯(George Henry Lewes,1817—1878)以及乔治·爱略特等都是奥斯丁的仰慕者。20世纪20年代后,查普曼(Robert William Chapman,1881—1960)校勘编辑的奥斯丁作品有效促进了国际范围内的奥斯丁研究。在20世纪后半叶,借助各种理论视角对她作品的主题、技巧、结构、意象、婚姻模式、时代背景、创作经历、女性心理等诸多特点的审视不断涌现,将过去零碎、笼统、模糊的印象式批评带入全面、细致研究的新阶段。美国著名文学评论家和小说理论家韦恩·布思(Wayne C. Booth,1921—2005)在其小说伦理学著作《我们的朋友:小说伦理学》(The Company We Keep: An Ethics of Fiction,1988)中充分肯定了奥斯丁对女性伦理批评和女性伦理写作实践的重要作用,认同奥斯丁作为"女性主义批评奠基之母"的地位:她无疑是她那个时代妇女命运最敏锐的描绘者,她的作品包含了对那个男人统治的世界最犀利的批判。[①]自20世纪80年代以来,国内对奥斯丁的研究亦有较大发展,朱虹编选的《奥斯丁研究》(1985)是其中代表性的成果。20世纪的读者在奥斯丁的作品里发现了非凡的现代性、严肃的伦理意识、深刻的悲剧感以及独特的女性意识,并且通过对奥斯丁传记和书信的

---

① 程锡麟,王晓路. 当代美国小说理论[M]. 北京:外语教学与研究出版社,2001:51-52.

第二章 简·奥斯丁小说创作探究

深入研究,突破以往人们对这位女作家的定式化认识,发掘出更加复杂多面的奥斯丁。

作为19世纪初的英国女作家,奥斯丁是在特定的社会文化语境中创作。一方面,她的创作与出版在很大程度上受益于18世纪末19世纪初英国出现的女性作家出版热潮;另一方面,她的女性写作生涯仍然承受着来自性别歧视的压力,在根深蒂固的传统偏见中被解读和阐释。正是在这悖论式的文化环境里,产生了在艺术成就上"无与伦比"而文学生涯曾"无人知晓的"奥斯丁。从奥斯丁生平传记和书信资料来看,由奥斯丁家人撰写的传记以及他们整理出版的奥斯丁书信中呈现的是一个羞怯、温雅、谦和,仅仅把尝试写作作为娱乐的中产阶级淑女形象。

与奥斯丁感情最融洽的兄长亨利在为《诺桑觉寺》和《劝导》(*Persuasion*,1818)出版撰写的《作者生平小记》(*Biographical Notice*,1818年)中,竭力辩白奥斯丁作为居家妇女进行业余写作的心态,证明她出版作品纯属偶然:"她的创作既不为声名也不为金钱收益。"①之后,奥斯丁的侄辈后代陆续出版关于奥斯丁的回忆录,其中詹姆斯·爱德华·奥斯丁-李(James Edward Austen-Leigh,1798—1874)的《奥斯丁回忆录》(*A Memoir of Jane Austen*,1871)影响较大,进一步为读者们呈现出一个深入人心的"亲爱的简姑妈"的形象——单纯文雅、温柔善良、幽默谐趣、不事功名,完全满足于中产阶级妇女平静体面的家庭生活。

然而,20世纪的研究者发现,这里展现的只是奥斯丁众多侧面中的一面。事实上,奥斯丁的大量信件被亲人销毁,尤其是那些写于1801—1804年间,其生活充满变故时期的信。②这种掩饰也许是出于维护家庭隐私的需要,也许是出于保护作者声名的顾虑,在一定程度上掩盖了奥斯丁创作的真相。

奥斯丁现存部分书信中的内容与亨利的声明形成了有趣的反差。在1813年7月3日写给兄弟弗兰克的信中(书信317),奥斯丁不无欢欣自负地写道:"告诉你一个令人喜悦的消息,《理智和情感》已经销售一空,包括版权我已经有140英镑的进项,……现在我已经靠写作赚到了250英镑,这使我忍不住产生了更多期待。"③这些文字说明奥斯丁创作并非毫无专业追求。简·弗格斯(Jan Fergus)认为奥斯丁是一位不折不扣的职业作家,把写作和出版视为生活中的重要方面。奥斯丁的书信集清楚地表明:她希望成为优秀的小说家,并使自己的写作得到适当的

---

① Henry Austen,*Biographical Notice*. London:Oxford University Press,1971:1-7.
② Christopher Gillie,*A Preface to Austen*. Beijing:Peking University,2005:26-27.
③ Jan Fergus,*The Professional Woman Writer*,*The Cambridge Companion to Jane Austen*,eds. E. Copeland & J. Mcmaster. Cambridhe:Cambridge University Press,1997:12.

经济回报。而且,她是继菲尔丁之后自觉关注小说艺术的作家之一,具有自觉、清醒的创作意识。

奥斯丁在42年的短暂生命里完成了六部长篇小说,奠定了她不朽的声誉,此外还留下三部未完成的小说片段以及大量书信和早期短篇习作。由于各种原因,这六部小说的写作时间和人们熟知的出版时间并不同步。她的创作生涯大致分为斯蒂文顿和乔顿两个时期。在斯蒂文顿的前期创作始于1790年,完成了后来被称为斯蒂文顿小说的三部杰作。其中《傲慢与偏见》最为脍炙人口,长久以来都是最畅销的小说之一。1805年,奥斯丁父亲去世,奥斯丁和母亲、姐姐失去经济来源,只能依靠哥哥及朋友的资助维持生计,并于1809年夏迁往肯特郡的小镇乔顿,直到1817年染病去世,被安葬在温切斯特大教堂的墓地。在乔顿生活时期,奥斯丁的生活圈子越发狭窄,但是她的艺术功力却愈发精湛,笔耕不辍,除未完成的小说片段外,还先后创作了艺术品质精良的三部乔顿小说。

第二节　伟大的起点:斯蒂文顿小说

奥斯丁的艺术之路从模仿起步,始于1785—1790年间。在其青少年时期艺术练笔的基础上,先后完成了《诺桑觉寺》《理智与情感》和《傲慢与偏见》三部作品,即斯蒂文顿小说。它们在出版前都经过多次修改、删节,小说题目也多有变动。这些小说均展现出精湛的艺术品质,以其特有的社会讽刺和心理深度而著称。

奥斯丁深受英国传统文学的熏陶,尤其是18世纪作家的小说艺术直接激发了她的创作兴趣。她以父亲丰富的藏书为教材,自由而广泛地阅读历史与纯文学作品,她涉猎菲尔丁、斯特恩、斯威夫特、哥尔德斯密和司各特,熟谙莎士比亚、弥尔顿和理查逊,喜爱前期浪漫派诗人威廉·考珀(William Cowper,1731—1800)和乔治·克拉布(George Crabbe,1754—1832),对考珀表现中产阶级情调的诗歌有浓厚的兴趣。她推崇塞缪尔·约翰逊,在人生观、政治观、艺术观、宗教观,乃至语言风格上都与约翰逊有深刻的契合之处。克里斯托弗·吉利(Christopher Gillie)指出,约翰逊那理性节制的悲观主义与考珀的情感信念,共同影响了奥斯丁的生活观和艺术表达。此外,奥斯丁还阅读了大量的流行小说,拉德克利夫夫人的哥特作品和范妮·伯尼的风俗小说都给予她很大的启发。然而自20岁起,奥斯丁便逐渐超越模仿,开始以自己独特的艺术风格赋予风俗小说以浓郁的地方色彩和时代风貌,为当今时尚停留于消遣层次的女性小说注入了现实主义的灵魂。

《诺桑觉寺》是奥斯丁完成的第一部小说,写于1798年至1799年,是对当时风靡英国文坛的哥特小说的戏仿之作。出版商克若斯比在1803年以10英镑的价格买下它,却始终没有出版。10多年后,奥斯丁将手稿买回,做了很多修改,最后却仍然将它搁置一边,直到她去世后此书方获出版。现在的书名也并非奥斯丁所定,最初题名《苏珊》(Susan),奥斯丁在她的书信集中还曾称这部小说为《凯瑟琳小姐》。小说正是以年轻女子凯瑟琳·莫兰德的生活、婚恋为中心,通过戏仿流行的哥特小说框架,展现涉世未深的女主人公在追求浪漫幻想时所经历的挫折和成长,以此传递出小说的主题:幻想与现实的巨大差距以及获得自我认知的重要意义。《诺桑觉寺》篇幅不长,与奥斯丁青少年时代作品的风格极为类似,顽皮有趣,浪漫气息浓厚,突出的手法是以喜剧和讽刺展现冲突,叙事语气富有幽默感,文体面貌趣味盎然。

女主人公凯瑟琳是一个天真单纯的乡下姑娘,她第一次离家跟随邻居艾伦夫妇到巴斯旅行六周,在那里遇见了各色人等,方揭开其认识世界、人生的序幕。之前,她不满足于平庸无趣的现实生活,沉醉在哥特小说惊心动魄的犯罪和灾难情节中。在阅读小说方面,她遇到了有共同爱好的年轻姑娘伊莎贝拉·索普。然而,伊莎贝拉工于心计,试图让凯瑟琳嫁给自己粗野的哥哥约翰。凯瑟琳虽然没有接受约翰,却始终没有看透伊莎贝拉的自私本质。凯瑟琳还结识了特内家族文雅聪慧的亨利和埃莉诺兄妹,应邀到他们家"诺桑觉寺"做客。古老的庄园令凯瑟琳兴奋不已,唯一的遗憾是兄妹俩的父亲特内将军不但古怪傲慢,而且对待凯瑟琳客气得令她感到压抑。在诺桑觉寺,凯瑟琳照旧沉浸在浪漫奇异的幻想中,甚至猜测将军谋杀或囚禁其妻。亨利善意地努力消除凯瑟琳的怪念头,他们彼此间萌生了深厚的感情。但是,将军却突然愤怒地将凯瑟琳从家中赶出,甚至不准她与亨利告别。凯瑟琳黯然归家,郁郁不乐,母亲以为她仍在渴念诺桑觉寺的奢华生活,其实凯瑟琳在思念亨利。两天后,亨利不顾父亲的反对,来到凯瑟琳身边,向凯瑟琳求婚。原来将军起初接待凯瑟琳时,曾以为她是一个富有的女继承人,当得知她身无分文后,大为恼火,遂将她驱逐。后来埃莉诺跟一个子爵订婚,势利的将军心情愉快,在亨利的坚持下,最终同意了儿子和凯瑟琳的婚事。

《诺桑觉寺》的故事模式类似于范妮的《伊夫琳娜》以及玛丽亚·埃奇沃思的《贝琳达》,都是记录年轻少女踏入社会时的成长经历。但是,瑟琳又与范妮和埃奇沃思的传统完美女主人公颇有差异。她既不聪明也不机智,其人性魅力来自内在的淳朴和诚实天性。这部小说表层风格比较传统,但是戏仿中给予颠覆,展现了现实与幻想冲突的主题,凯瑟琳戏剧性的经历生动地戏谑了流行的哥特文学。起初天真烂漫的她满脑子是拉德克利夫夫人小说中惊心动魄的情节,对生活的理解充满错觉,误把想象当作现实,却看不到生活中真正的危险所在。随着人生阅历的增加,凯瑟琳开始理解和看清社会人生的真相,逐步走向心智的成熟。它跟奥斯丁青少年时代的作品《爱情与友谊》一样,都戏谑了18世纪末文学作品中盛行的技巧和矫饰的情感,表现出奥斯丁对文学传统的批判性继承。在第20章,亨利与凯瑟琳交谈时对哥特小说陈腐情节的揶揄讽刺已脍炙人口。事实上,奥斯丁的六部小说都不同程度地对哥特小说及其泛滥影响进行了批评,通过人物塑造和情节结构,展示那些将虚幻的想象与现实生活混为一谈的人物经受的挫折,揭示放纵的浪漫幻想对人心灵的误导作用。奥斯丁还借助小说人物表达其艺术观,对小说这种文艺体裁予以辩护。她认为正是在小说中,最伟大的思想、对人性最透彻的了解、对人生最动人的描述以及最生动的智慧和幽默,借助最佳语言才得以表达出来。

《理智与情感》是奥斯丁出版的第一部小说,也是其成名作,最初是书信体形式,题名为《埃莉诺和玛丽安》(*Elinor and Marianne*)。根据奥斯丁姐姐卡桑德拉的记述,这可能是奥斯丁最早着手创作的小说,始于1797年,在1811年出版之前经过大量修改。按照当时通常的做法,小说分为独立的三卷出版,出版时封面没有出现奥斯丁的名字,而是署名"一位女作者"(By a Lady)。出版商的条件不无苛刻,要求奥斯丁担保亏损的风险,但实际上却赢利140英镑。在第二版时,奥斯丁又作了修改。前两版的印数每次都没有超过1000册,但是借助于当时发达的"流通图书馆"和租书店铺,读者数量远远大于印数。

小说的出版广告把这部小说称之为一本"有趣的小说",以此显示它作为爱情故事的卖点。故事的核心是达什伍德家个性迥异的两姐妹玛丽安和埃莉诺寻找理想的爱情和婚姻的女性经历。小说采用第三人称全知视角加以演绎,在叙事模式上属于传统线性叙事,采用双线索叙事,两姐妹人物并重。小说描写她们坠入爱河、遭遇挫折、经历磨炼,最后在激情和审慎之间找到平衡的女性成长经历。17岁的妹妹玛丽安美丽温柔,多愁善感,整日生活在浪漫的幻想世界里;19岁的姐姐埃莉诺虽然也富有感情,但是不乏理智,头脑冷静。父亲去世后,她们和母亲及妹妹们失去了财产,被迫迁往一个亲戚的乡间田庄寄住。玛丽安很快钟情于英俊而殷勤的青年威洛比,而埃莉诺则默默爱着嫂子的兄长爱德华。爱德华虽然与埃莉诺心有灵犀,却怀有不可思议的忧郁,对埃莉诺的情感回应始终晦暗不明。玛丽安得到了年届35岁的布兰登上校的爱慕,但是上校的年龄和婚史以及他严肃庄重的个性都受到玛丽安的嘲笑,丝毫不能与威洛比的魅力抗衡。然而,姐妹俩都遇到了挫折。原来,自私狡诈的露西多年前已诱使身为继承人的爱德华与自己秘密订婚,为留住爱德华,她故意向埃莉诺坦白与爱德华的婚约,无情击碎埃莉诺的爱情之梦。玛丽安的情人威洛比也未作任何解释便突然抛弃她,独自前往伦敦。这时,姐妹俩的行为形成了鲜明对比:埃莉诺默默忍受着痛苦,外表波澜不惊,在家庭中尽心尽责;而玛丽安却任伤感泛滥,使家人深受折磨。后来,受到詹宁斯太太的邀请,姐妹俩到伦敦做客。玛丽安满怀幻想寻找威洛比,却被他冷淡拒绝,告知自己已跟富有的女继承人订婚。而爱德华与贫穷的露西订婚的消息泄露后,他便被势利专横的母亲剥夺了继承权,露西立刻转而勾引上爱德华的弟弟罗伯特。布兰登上校向爱德华伸出援手,在自己的产业上给他提供了一个职位;与此同时,玛丽安因自虐式地放纵伤感情绪,染上重病,生命垂危,布兰登上校连夜出发接取达什伍德夫人来照顾玛丽安,终于使她转危为安。为财产而结婚的威洛比感情寂寞,前来请求玛丽安原谅,大病后的玛丽安变得成熟理性,拒绝了威洛比,嫁给了可敬的布兰登上校。而爱德华也终于摆脱邪恶的露西,向真正爱慕的埃莉诺求婚。

作品借鉴18世纪流行的塑造二元对立的类型化人物的小说传统,刻画了具有特殊气质和个性的两姐妹,表达了奥斯丁以理智的精神来领会世界的人生态度。英国作家贺拉斯·沃尔波尔(Horace Walpole,1717—1797)说过:"这个世界,凭理智来领会是个喜剧,凭感情来领会是个悲剧。"①埃莉诺虽然也具有激情,只是她始终将它控制在理智的缰绳下,不轻易将内心的情感波澜示人,代表着"慎重、宁静的明智";而玛丽安在小说开始表现出"过于纤细的感情"和"多余的敏感",她并非没有理性,只是在母亲的纵容下,任凭激情信马由缰,将慕奇羡异的浪漫情怀发展成盲目而愚蠢的爱情悲剧,几乎为此付出了生命的代价。埃莉诺的人生信念成熟稳定,犹如一座沉稳的山脉,玛丽安则经历了悲欢离合的起伏,人生哲学经历脱胎换骨的蜕变,体现出动态的趋势,更像浪花飞溅的小河,把姐妹俩的生活历程构成一幅深富韵味的心灵山水画卷,富有艺术感染力。

作品在美学风格和道德取向上都较为传统。它肯定了18世纪以来传统的两性关系与家庭观念,展示了个人欲望与公众价值和社会传统之间的关系。同时,它具有明显的"反传奇"特质,直接反拨了当时在女性作家中极为流行但艺术品质却走向末流穷途的"哥特式传奇"。奥斯丁自如地运用戏仿和反讽手段,暴露人性的弱点,又滤去了带有个人色彩的褊狭或怨愤,品质独特。比如,关于埃莉诺不负责任的兄长约翰,奥斯丁写道:"这位年轻人心眼并不坏,除非你把冷漠无情和自私

---

① 孙致礼. 理智与情感[M]. 南京:译林出版社,1999.

自利视为坏心眼"。在刻画情感细腻丰富的玛丽安时,奥斯丁则用夸张和过度渲染来表达对浪漫主义者矫情、滥情的揶揄。作品的叙事语气幽默而有情趣,具有一种居高临下的道德优越感,同时富有理性、自持的色彩,酷似通过埃莉诺的眼睛来观察、评论世界。在小说中,冷静矜持的埃莉诺似乎代表了奥斯丁的人生态度:她敬仰的是以理智统领情感的人。不过,如果认为奥斯丁在小说里仅仅是指出情感泛滥的危害和表达她对理智的礼赞,那是不全面的。因为埃莉诺虽然富有"理智",在生活中也同样不能免受失望的打击,奥斯丁进一步以现实的精神说明社会和人生的不完满之处。两姐妹通过亲历现实的压力和人情冷暖,逐步矫正自己的看法。比如,在"粗俗"的詹宁斯太太身上,她们看到了正直和慷慨;风度翩翩的威洛比原来是十足的恶棍,不但欺骗了玛丽安的感情,而且诱骗并抛弃了布兰登上校的养女小扎伊莱;而世故圆滑的露西,则代表了一类在婚姻的名利场上浴血奋战的自私而浅薄的女性群体。玛丽安的错误并不在于她对爱情的追求,而是对社会现实的视而不见。这些都展示出奥斯丁对生活的独特体察,赋予小说丰富的品质。因此,虽然这部作品一般被认为不是奥斯丁最好的作品,却也以出类拔萃的品质打破了自菲尔丁、理查逊、斯特恩和斯摩莱特之后英国小说过渡时期的沉寂。

《傲慢与偏见》是奥斯丁自己钟爱的小说,也是一般读者认为最好的一部,不论是在语言风格、人物塑造、叙事框架,还是爱情婚姻的主题展现上都具有鲜明特色。小说初稿为书信体形式,名为《最初印象》(First Impressions),写于1796—1797年,是奥斯丁最早投稿的作品。她的父亲将书稿交给了出版商,但是出版商未曾阅读就拒绝出版,原作也未能保留,14年后奥斯丁再度重写,次年获出版。

故事背景取自19世纪的英国乡村,讲述外省乡绅班内特家五个女儿寻找如意郎君的故事。小说讲述了四对婚姻模式,核心是班内特家次女伊丽莎白和贵族青年达西始于彼此的"傲慢"与"偏见",到误会终于消除、真爱萌生的感情经历;边缘故事是长女珍与富裕单身汉宾格莱好事多磨的爱情,还有轻浮冲动的小女儿莉迪亚和轻率贫穷的军官威克汉姆的私奔结合,以及伊丽莎白出身寒微的好友夏洛特费尽心机获得有经济保障的婚姻的插曲。小说故事情节丰满而又整齐,生动地反映了19世纪初英国资产阶级社会的世俗人情,也表露了作者的婚姻观。正如奥斯丁自己所言:"我写的是爱情和金钱,除此之外,还有什么好写的呢?"[①]班内特家有五个待嫁的女儿,她们性格各异,但是同样面临着一旦父亲去世后将生活无着落的危险,因此班内特太太急于为女儿们寻觅好姻缘。两个富裕的单身汉来到了附

[①] Abraham H. Lass, ed., *Plot Guide to 100 American and British Novels*. Boston: The Writer, Inc., 1966:56.

近,其中宾格莱先生与温柔美丽的珍一见钟情;出身贵族的达西则极为傲慢,伊丽莎白与他初次相遇时产生了强烈的偏见。达西的亲戚威克姆向伊丽莎白谎称达西抢走了自己的继承权,加深了伊丽莎白的成见。这时,作为班内特家财产继承人的表兄柯林斯向伊丽莎白求婚,被伊丽莎白断然拒绝。柯林斯转而顺利迎娶了贫寒的夏洛特。然而,宾格莱突然离去,音信全失,使柔弱的珍悲伤不已,伊丽莎白怀疑是达西从中作梗。达西的姨妈凯瑟琳夫人自私倨傲,竭力想使女儿嫁给达西,因此在见到班内特姐妹时极尽侮辱、怠慢之能事,伊丽莎白则勇敢抗争,毫不怯弱。达西逐渐被伊丽莎白深深吸引,向她求婚。怀着积累的偏见,伊丽莎白愤然拒绝,并谴责达西拆散珍和宾格莱以及破坏威克姆前程的行为。达西连夜书写长信,澄清事实,令伊丽莎白的成见有所改变。几个月后,伊丽莎白陪同亲戚游览德贝郡,参观了达西的庄园。其时达西外出,管家盛赞达西为人,伊丽莎白心有所动。达西回到庄园,全无傲慢言行。这时,为人轻率的莉迪亚与威克汉姆私奔,达西不计前嫌,为威克汉姆偿清了债务,还为他在军队中谋到一职,保全了班内特家的荣誉。伊丽莎白完全爱上了达西,接受了他的再次求婚,而珍也与宾格莱订婚。小说语气欢快,人物性格鲜明,对话生机勃勃,富有幽默、哲理和巧智,通篇闪耀着"轻快、明亮、光耀夺目"的喜剧气氛,虽然缺乏奥斯丁后期小说中的深度,它所洋溢的智趣光彩和青春朝气却是无与伦比的。

《傲慢与偏见》情节曲折,结构精致,人物关系和事件发展丝丝入扣,引人入胜。这部小说也是采用直线型叙事,然而故事线索却比《理智与情感》更加复杂。它以伊丽莎白为核心,同时伴有几条其他女性人物的辅助性线索。叙事基调明晰,主次音部浑然一体地交叉融合,形成完美的和声。小说的开端脍炙人口:"凡是有钱的单身汉,总想娶位太太,这已经成了一条举世公认的真理。这样的单身汉,每逢搬到一个地方,四邻八舍虽然完全不了解他的性情如何,见解如何,可是既然这样一条真理已经在人们心目中根深蒂固,因此人们总是把他看作自己某一位女儿理所应得的一笔财产。"而最后一章这样开头:"令班内特太太慈母之心深为欢喜的时刻就是,她终于嫁出去了两个最抢手的女儿。"它以充满幽默揶揄语气的主题道白开场,以童话似的圆满结局收篇,以弥漫全书的反讽语气探讨女性的自我认知和社会经历。来自乡绅家庭的伊丽莎白和兼有旧贵新富背景的达西的结合耐人寻味,两人之间波澜起伏的交流和接纳成为一个时代风俗生动的画本,这个求爱过程是英国文学中最美妙、最令人回味的篇章之一。

小说男女主人公的结合具有双重的政治含义。它是民主思想与陈腐的社会等级秩序和偏见交锋的胜利。属于中产阶级的伊丽莎白终于与来自贵族阶层的达西尽释前嫌、缔结良缘,折射了当时资本主义进程中民主思想被接受的过程。另一方面,伊丽莎白的形象表现出强烈的女性主体意识。她富于智慧和理性,追求平等和尊严,成为理想女性人物的代表,其乐观的人生态度和富有活力、智趣的性格赢得了无数读者的青睐。

作品中人物个性鲜明,极具戏剧化的典型意义,为小说平添异彩。班内特太太的粗俗浅薄,班内特先生的消沉善嘲,伊丽莎白的机智活力,珍的美丽柔弱,玛丽的平庸,凯蒂的愚蠢,莉迪亚的轻浮任性,柯林斯的愚蠢无趣,达西的傲慢自负,凯瑟琳夫人的骄横跋扈,夏洛蒂的谦卑隐忍,无不在读者脑海中留下深深的印象,呼之欲出。这种艺术效果一方面源于奥斯丁对人性的深刻洞察,另一方面也来自其别具特色的女性视角。整部小说可以看作伊丽莎白和达西从对彼此的误解到两情相悦的爱情经历,他们对对方持有的最初态度赋予了小说这个绝妙的名字,然而他们在小说中的比重和地位很不相同。达西是从外部进行刻画的,属于大线条勾勒;而伊丽莎白的世界则借助内视角展示。她俨然成为奥斯丁的代言人,正是通过她理性的眼睛显现生活中的"愚人",在展示世俗人情的同时,表达明智的人生建议。伊丽莎白具有强烈的个性和独特见解,她不仅经历、见证、批评和嘲笑,而且也在思考、变化和成长,是典型的"圆形人物"。奥斯丁自己也钟爱伊丽莎白这个人物,她在一封信中说:"我必须承认她是最令人愉快的形象,如果有人说竟然一点不喜欢她,我可是不原谅。"①不过,女性形象在小说中压倒一切,男主人公沦为陪衬,难免有简单粗糙之感,魅力远远不如光彩四射的女主人公。著名奥斯丁研究专家约翰·韦特谢(John Wiltshire)在美国波士顿 MA2000 年年会的《重建简·奥斯丁:对〈傲慢与偏见〉的当代反应》一文中,梳理作品的接受历史,重点分析了达西的形象以及男性读者们对小说的接受反应,颇有见解。奥斯丁在创作《傲慢与偏见》时深受范妮的《塞西莉亚》的启发,但是她摒弃了后者矫揉造作的表达方式,采取现实主义的诚实态度,撰写出"最可信的一部书"。她立足女性立场,将 19 世纪初的社会现状与两性世界里虚伪粉饰的幕布撕开,展示众生百态和女性在婚姻和爱情之途上的艰辛与努力。奥斯丁始终脚踏生活的大地,讥嘲、批评众多妇女盲从世俗的愚妄之举,但却保持了"柔和的眼光",从不滑向理想主义的极端,这种理性自持的态度备受詹姆斯和利维斯等评论家的推崇。

婚姻是奥斯丁所有小说的中心话题,她书中的女主人公都是热切追求家庭幸福的人。奥斯丁通过对婚姻模式的审视,对女性在夫权社会的人生困境寄予深切

---

① 朱虹.英国小说的黄金时代[M].北京:中国社会科学出版社,1997:15.

的同情,展示出鲜明的道德伦理意识。奥斯丁的家庭道德伦理观念具体体现在她对小说中四种婚姻模式的探讨中,这里有伊丽莎白与达西通过冲突与磨合,以共同志趣为基础的婚姻、珍与宾格莱沿袭郎才女貌传统的婚姻、夏洛特与柯林斯建立在纯物质利益基础上的功利型婚姻、莉迪亚与威克汉姆盲目追求肉欲满足的轻率婚姻。伊丽莎白的选择在很大程度上代表奥斯丁的婚姻理想。作者通过钟爱的女主人公,阐明自己"为神圣的婚姻而爱,为理性的爱而婚姻"的婚姻伦理主张,体现了其"家庭现实主义"的具体观念。

当代学者综合生物学进化论与文学史的视角解读这部作品,指出了当时"婚姻市场"的客观现实和女性同性竞争的残酷性。在小说中,女性情敌之间斗争的场面精彩纷呈,对情敌的损毁成为重要的竞争手段。卡罗琳和凯瑟琳夫人都是那些在婚姻市场上苦心经营,费力周旋的女性的代表。而夏洛特完全出于功利目的的婚姻选择,在奥斯丁看来,显然并不是最糟糕的,现实地选择安全体面的生活处境与为了爱情而穷困潦倒相比,并未有何不妥之处。正如小说人物夏洛特所说:"幸福的婚姻完全靠运气。"女性独立谋生的艰难,她们在法律和社会习俗中备受歧视的不利处境,使读者在喜剧的形式下感受到悲剧的苦涩。班内特太太急于嫁出女儿的心结的确有其社会现实依据,小说开篇那似乎颇为荒谬的一厢情愿意味的设想,最后竟然都成为追求成功的现实。庸俗愚蠢的班内特夫人反而是一个紧迫真相的智者,这种主题的反讽比起语言层面的戏谑,更发人深省。这部小说意味隽永,使历代读者深思爱情、婚姻、家庭、金钱和道德等人生选择的困境和后果,不愧为英国小说的经典之作。

三部斯蒂文顿小说都富有青春飞扬的活力和智趣,并且在不同程度上继承发展了 18 世纪以来的女性小说传统。它们将现实主义的清新之风带入风俗小说,对泛滥的哥特式感伤小说予以戏仿颠覆,使得向来沦为低俗的女性写作终于荣登大雅之堂。三部小说的情节结构也逐步由简至繁,叙事越来越精纯,体现出作者写作功力日益精进的趋势。总之,斯蒂文顿小说成为奥斯丁伟大的小说艺术的高水准起点。

第三节 完美的延续:乔顿小说

奥斯丁作品素以喜剧精神著称,同时其生活哲学深具现代犬儒主义的色彩,在她后期的乔顿小说中体现突出。奥斯丁生活中经过三次搬迁,栖身过四处家宅,1801年从斯蒂文顿迁至巴斯,1806年迁至南安普顿,最后在1809年定居乔顿,度过了人生的最后八年。她的家境状况和社会地位基本一直在走下坡路,生活的压力显而易见,这些都影响到奥斯丁的题材表现和人生哲学。她是在洞察人生的悲凉和无奈之后,把对现有秩序的不满转化为一种不拒绝的理解,在人生态度上持一种不反抗的清醒和一种不认同的接受。她用中产阶级立场的明智和现实的精神面对暗淡的人生,以反讽作为对策来追念受挫的理想,用智慧之言讥嘲丑陋褊狭,用理性精神肯定美好和高贵,这便使一种深沉的悲剧感完美地融化在小说中,于无声处提升了小说的品质。

奥斯丁与母亲和姐姐迁往小镇乔顿后,虽然生活单纯,更加深居简出,却仍承受着巨大的经济压力。现实和岁月的磨难使象牙塔中的奥斯丁获得更加隐忍成熟的艺术气质。在极为低调的创作环境里,她先后完成了三部乔顿小说:《曼斯菲尔德庄园》《爱玛》和《劝导》。这些小说更加精妙地折射了环境对人物个性和行为产生的深刻而微妙的影响,表现出更加宽广深沉的社会批评意义,成为众多学者钟爱有加的作品。

奥斯丁在25岁前已经写了三部小说,但是直到34岁迁居乔顿之际,还未有一部作品出版。奥斯丁的书信显示,她决心改变现状,将自己的作品付梓出版。在已完成的三部作品《第一印象》《苏珊》和《理智与情感》中,经过反复删改,她明智地选择了后一部作品作为突破,使之在1811年成功出版。之后,她开始了三部乔顿小说的创作。奥斯丁后期的创作非常低调,尽量避人耳目,只在家务劳动之余写作,小说的署名也采用化名M. Ashton Dennis(奥斯丁自己署名为M. A. D.)。一般认为她之所以如此,一是因为父亲去世后家境衰落,需要分担部分日常家务,还因为试图避免作品得不到读者认可带来的羞愧。由此可见,作为作者的奥斯丁是具有很大创作焦虑的。奥斯丁的六部主要小说在生前出版四部,另外两部《爱玛》和《诺桑觉寺》在她去世之后很快面世,附有亨利所写的简短的作者生平介绍。这些作品封面上都未出现奥斯丁的名字,直到20世纪,她的其他作品才得以全部出版。

在乔顿,奥斯丁修改早期的作品,并继续创作新篇。《曼斯菲尔德庄园》是乔顿小说的第一部,紧随《傲慢与偏见》一年后出版,在当时销售状况不佳,读者对《曼斯菲尔德庄园》的反应不一,其中有很多意见在小说出版后奥斯丁亲自收集的《读曼斯菲尔德有感》(*Opinions of Mansfield Park*)中有所反映。小说中的背景和叙事基调与前面几部作品迥异,体现出更加鲜明成熟的女性特色,虽然不乏奥斯丁特有的智慧和幽默,但那带有浓厚喜剧色彩的智趣情怀却是已经不再,取而代之的是一种历经生活洗练后的凝重。小说开篇的长句是对《傲慢与偏见》的互文本解构:"虽然有如此多需要财产保证的漂亮待嫁姑娘,世界上却当然没有那么多有丰厚财产的男子。"①其奠定了萦绕着贫寒女主人公生活的苦涩基调。

主人公范妮·普瑞斯(Fanny Price)出身普茨茅斯的工人阶层之家,九岁时来到富裕的贝特伦姨妈家曼斯菲尔德庄园寄住。范妮羸弱羞怯,然而善良纯真,情感强烈。她在颐指气使的表兄妹的强势之下和势利浮躁的世俗风气中默默承受着种种苦涩。表姐玛丽亚和朱莉娅自私精明,大表兄汤姆追求享乐,姨夫贝特伦爵士不可亲近,而亲戚诺里斯夫人则专横刻薄。只有姨妈贝特伦夫人和二表兄埃德蒙不曾给范妮幼小的心灵添加过伤痛。尤其是埃德蒙真诚关心范妮,使范妮渐渐爱上了埃德蒙。在范妮18岁时,来自伦敦的克洛福德兄妹搬到附近。哥哥亨利和妹妹玛丽都是社交圈中的世故人士,亨利更是情场老手。他们的到来使得曼斯菲尔德庄园正值婚嫁的人物们开始经受道德的考验。亨利很快与贝特伦两姐妹都打得火热。玛丽亚虽然已经与愚蠢的富翁拉什沃斯订婚,但仍旧与妹妹争风吃醋,毫不收敛。玛丽·克洛福德性格迷人,富有魅力,与性格庄重的埃德蒙互生好感,这使安妮内心极为痛苦。玛丽亚起初希望嫁给亨利,遭到挫败后却并不以为意,转而继续与拉什沃斯谈婚论嫁。在朱莉娅跟随姐姐一起去度蜜月后,庄园中的年轻姑娘只剩下范妮,亨利首次注意到平凡的范妮,照旧开始施展诱惑的伎俩,却遭到范妮憎恶的拒绝。范妮的排斥深深吸引了亨利,竟使他萌生真情,求助于爵士说合。爵士对安妮的拒绝大为光火,作为惩罚将她打发回她贫寒的家中,试图以此使她认识到这门婚事的价值。虽然安妮的父母对她的选择表示失望,她对家中潦倒的生活也极不适应,但是范妮仍然坚定地拒绝亨利的追求。之后突然传来消息,已婚的玛丽亚主动投怀送抱,和亨利私奔,不久两人又发生争执分手。对这个通奸丑行,亨利的妹妹玛丽却认为无伤大雅,她淡漠的道德意识使埃德蒙幡然醒悟,熄灭了爱情之火。范妮以自己的稳重诚实和坚贞道德赢得众人的认可,也终于获得心中的爱情,最终与成为教士的埃德蒙成婚。

小说采用全知叙事,对范妮深受精神创伤、没有安全感的女性心理的刻画入木三分。威尔特谢(John Wiltshire)认为:"在奥斯丁其他小说作品中,叙事从未如此恣肆穿梭于人物的整个意识领域。在很大程度上,小说就是在展现范妮、玛丽·克

---

① Jane Austen, Mansfield Park, *Selected Works of Jane Austen*. Shanghai: World Publishing Corporation, 2009:721.

洛福德、埃德蒙、玛丽亚和托马斯爵士等众多人物的内心节奏和思维过程。"①小说大量使用了自由间接引语,省略引号,没有作者的评头论足,像内心独白一样让人物的思想直接流淌在文本中,使读者的思想情感跟小说人物的命运建立了密切联系。同时,不同的人物分别具有独立的视角,构成小说多维的情感层面,体现出复杂的价值评判角度,浑如乐队的多声而又和谐的演奏,具有完美的复调效果。这种心理刻画的深度和叙事的多声部特征使《曼斯菲尔德庄园》成为英国小说艺术发展的一个里程碑。

小说具有严肃的道德主题意义,维护美德得到回报的传统观念,对身处逆境而有信念的人群表达出深切的同情和赞誉。由于贫寒的家世和寄人篱下的身份,范妮看起来个性严肃,谦卑怯弱,在小说的前半部分,她在曼斯菲尔德喧闹的社交生活里始终处于悄无声息的边缘地位。在小说后半部,随着庄园里几个人物的离开,范妮水落石出般地凸显出来,这个看似懦弱的小女子,竟然能承受种种压力,拒不接受别人对她生活的摆布。在曼斯菲尔德庄园其他人物荒唐的所作所为衬托下,范妮的人格力量绽放出奇异的光彩。她始终没有喧哗、骚动,但是她深沉的性格和不流俗的人品终于赢得众人的尊重和认可,也守望到自己的幸福。在情感信念上,范妮是带有明显"考珀式"风格的女主人公。沮丧的现实没有让她怨尤扭曲,一个美好的夜晚就可以令她心旷神怡,感激赞叹,忘却生活中的痛苦,这种本真的智慧和力量感染并启迪了埃德蒙,使他最终认识到神圣的真谛。可以说,范妮是一个带有强烈伦理色彩的人物形象,在一定程度上印证了奥斯丁说过要以"圣职"(Ordination)作为这部小说主题的预想。

小说的环境描写具有寓言色彩,意在衬托人物,有效地展示了女性的困境,凸显人物的道德风貌。社会环境描写上富有对比性,繁华温柔乡的曼斯菲尔德府第、寒酸潦倒的普茨茅斯工人家庭生活场景、颓废堕落的伦敦社交生活,代表了女性所面临的各种可能的生活选择。其中曼斯菲尔德与普茨茅斯的对比最为强烈,前者是小说的主要背景,富丽堂皇,优雅舒适,是中产阶级优裕生活的象征。范妮一家则住在普茨茅斯的后街上,属于家徒四壁的劳动阶层,生活在肮脏凌乱、没有经济安全感的世界里。范妮的母亲与贝特伦夫人虽是亲姐妹,只是因为选择了不同的婚姻,就拥有了不同的命运,身份和生活方式悬殊。范妮幼年离家,饱尝人情冷暖和世态炎凉,她完全明白有经济保障的婚姻意味着什么,然而在自己对埃德华的爱

---

① John Wiltshire, "Mansfield Park, Emma, Persuasion", *The Cambridge Companion to Jane Austen*, eds. Edward Copeland & Juliet Mamaster. Shanghai: Shanghai Forcgin Language Education Press, 2001: 61 – 65.

情无望时,她仍能断然拒绝富有的亨利,此举着实难能可贵。在小说中,克洛福德家庭体现的是世故、俗气的伦敦上流社会;贝特伦家庭的人物都富有高贵气派,漂亮任性,散漫自私,他们对待范妮的态度多有戏剧性场面,包括汤姆屡次欺侮范妮,诺利斯太太斥骂范妮,以及亨利追求范妮等,都是现实主义典型化技巧的精彩之笔。在自然环境上,小说多次巧妙运用象征手段。比如在苏瑟顿(Sotherton)出游的章节,人物自发结伴而游的情形意味深长,隐喻了他们的处境和人生选择。当埃德蒙和玛丽结伴而行时,范妮一个人被冷落一隅。玛丽亚与未婚夫拉什沃斯以及新欢亨利结成的三人一组更有戏剧性。他们一起来到花园中通往不同路径的大门前,发现铁门被锁住。婚礼在即的玛丽亚十分扫兴,拉什沃斯遂独自去找钥匙,玛丽亚却在亨利的帮助下攀越大门,走向远处的小山。这些情节既符合人物个性行为特点,又巧妙暗示了他们未来的人生行为,展示了奥斯丁使环境描写与人物塑造融为一体、相得益彰的高超技艺。

第四节　散落的华章:其他作品

除了上述六部小说之外,奥斯丁还留下一些其他作品。1954 年,查普曼编辑出版《奥斯丁作品集》(*The Works of Jane Austen*),其中第五卷专卷收录了奥斯丁全部早期作品和未完成的小说片段。切斯特顿(Gilbert Keith Chesterton,1874—1936)编辑出版的《爱情与友谊及早期作品集》(*Love and Friendship and Other Early Works*,1922)收集了奥斯丁早期创作的大量短篇片段。奥斯丁的艺术成就还包括书信体小说《苏珊女士》(*Lady Susan*,写于 1805 年,在 1871 年出版)和两部未完成的小说片段《华生一家》(*The Watsons*,创作于 1800 年,1875 年出版)与《桑迪顿》(*Sanditon*,创作于 1817 年)。后一部作品表现出迥异的主题和风格,辛辣地抨击了商业资本主义。奥斯丁也写了一些有趣的短诗,但是影响不大,她与家人和朋友的大量书信收录在《简·奥斯丁书信集》(*Jane Austen's Letters to Her Sister Cassandra and Others*,1932),成为研究奥斯丁的重要资料。

奥斯丁早期的短篇创作于 12 岁至 17 岁之间,后来她将其抄录、装订成三册,直到她去世 50 多年后,这些作品才得以发表。这些作品有的较为严肃阴郁,比如《三姐妹》(*The Three Sisters*);有的则带有讽刺和滑稽的风格,比如《爱情和友谊》(*Love and Friendship*)。奥斯丁的作品经常以上乘的幽默感著称,在这些早期作品中，幽默的风格已经多姿多彩。有的幽默酷似刘易斯·卡洛尔（Lewis Caroll，1832—1898），简练、俏皮，富有口语色彩；有些颇有安布罗斯·比尔斯（Ambrose Bierce，1842—1914）的神气；有些则有蒙蒂·皮桑喜剧的味道（Monty Python-esque Flavor）。其中最有名的作品包括《爱情与友谊》和具有讽刺色彩的《英格兰历史》。奥斯丁频繁戏仿传统小说中的陈腐情节，比如失散多年的亲人离奇相遇，痴情恋人受到父母阻挠，地位低下的人物原本出身贵族等等。有趣的是，在这些早期作品中，奥斯丁涉及的话题和题材要比其六部主要小说宽广得多，有的描述当时流行的罪恶酗酒，有的刻画了"婚姻市场"的肮脏一面，这表明奥斯丁观察社会的视角其实是较为开阔的。

《苏珊女士》是一部书信体小说，充满对人物研究的兴趣，较早涉及摄政时期（Regency，1810—1830）腐败颓废的伦敦上流社会。《华生一家》这部小说片段有47页底稿，共约17500字，创作于1803年至1805年间，1871年出版，作品名是詹姆斯·爱德华·奥斯丁-李所加。这个片段描写的是离家多年后重归故里的爱玛·沃森的经历。她家庭经济状况不佳，勉强游离在上流社会边缘，得到了一个贵族的好感。根据推测，可能爱玛开始接受后来又拒绝了他的求婚，最后嫁给了一个牧师。小说的主题是讽刺上流社会的虚伪和揭示女性备受歧视的社会地位。至于为什么奥斯丁没有完成这部作品，不得而知，詹肯斯（Jenkins）认为奥斯丁不想再继续原有的"痛苦的现实主义"（painful realism）风格。《桑迪顿》创作于奥斯丁人生的最后一年，现存片段有12章，语气轻快，主人公夏洛蒂·赫伍德（Charlotte Heywood）来到成为新兴旅游胜地的海边小村桑迪顿，在那里遇见了形形色色的人物，有的有趣，有的令人讨厌。与《劝导》相比，吉利认为奥斯丁在《桑迪顿》中对人物和社会环境的刻画更加值得称道。遗憾的是，在介绍完背景和各个人物，故事情节即将展开之际小说就中止了，真可谓万事俱备，只欠东风。也许是这种遗憾太强烈的缘故，很多人萌发了续写这部未竟之作的兴趣，其中安妮·泰尔斯库姆（Anne Telscombe）的续作于1975年出版，受到好评。在奥斯丁完成的片段中，风景优美、自然资源丰富的偏僻海滨小镇桑迪顿被帕克先生投资，建成了一个设备齐全的现代化旅游胜地，但是却没有游人问津，反而比过去更加落寞。奥斯丁流露出强烈的批判意识，抨击了膜拜物质、漠视人性的商业资本主义。小说中对沉迷物欲的帕克先生的讽刺，堪与狄更斯《董贝父子》（Dombey and Son，1848）中的精彩篇章相媲美。

在19世纪下半叶，人们一般认为这些早期作品不过是奥斯丁的练笔之作，不够成熟，价值不大。然而自20世纪中叶起，这些作品逐步获得肯定，被认为不乏可圈可点之处,比如作品的视野开阔,人物鲜明,情节曲折,语言清新。此外,它们关注妇女的社会地位,具有明显的女性主义色彩。

第五节 奥斯丁小说的艺术特色

奥斯丁的创作把英国小说带至成熟阶段,其成就是多方面的。她的作品选材明智,以小见大;叙事高超,结构精致;语言精当,智趣幽默;人物刻画栩栩如生;社会风情展示鲜活生动;承载的现实主题深刻而审慎,构成别具一格的艺术有机统一体,不愧是英国女性小说领域的一座高峰,也是英国小说史上的经典之作。

奥斯丁从不致力于宏大主题和恢宏叙事,并因为其取材范围的狭窄局限和主题的恒常不变招致批评,甚至被轻视为只不过是伟大传统里的小作家。她从不超越个人能力的疆界,总是从自己熟悉的中产阶级生活中取材,将外省乡绅三四户人家的家庭环境和社交场合作为小说背景,以婚姻、家庭、金钱、道德为主题,运用谈婚论嫁的戏剧化生活情节,反映在一个传统贵族与地主士绅阶级逐渐衰微、新兴中产阶级日益崛起的年代里,人们的道德观念和社会关系的变迁,折射出特定历史时期英国的社会生活面貌,其作品的历史和社会意义毋庸置疑。也许诚如伍尔夫所猜测,奥斯丁无论如何"肯定不会写犯罪、情欲和冒险的作品"[①],但是奥斯丁的作品在局限的社会环境中发展了广泛的兴趣,切斯特顿则早在1917年就指出:"奥斯丁的确没有刻意灌输历史或政治,但是并不是我们就不能从简·奥斯丁那里了解到政治和历史。"[②]

奥斯丁小说素以精美的形式著称,就像她对自己创作的比喻:在两寸见方的象牙上精雕细刻。她的小说情节肌质密集,擅长以精练活泼的语言讲述平淡琐碎的生活细节,表现人与人、人与现实的复杂关系,在狭小有限的场景里栩栩如生地呈现鲜活的风俗人情。布思称赞奥斯丁:"只有在这里,我们才发现这样一颗心灵,能给我们清晰,但并不过分简化,给我们同情和浪漫,但并不多愁善感,给我们刺人的反讽,但并不玩世不恭。"[③]这个评价十分中肯。而福斯特(E. M. Forster,

---

① 弗吉尼亚·伍尔夫.伍尔夫精选集[M].济南:山东文艺出版社,2000:426.
② Annette T. Rubinstein, *The Great Tradition in English Literature: From Shakespear to Shaw*, Vol. 1. Beijing: Foreign Language Teaching and Research Press, 1988:353.
③ Wayne C. Booth, *The Rhetoric of Fiction*. Chicago: The University of Chicago Press, 1983:266.

1879—1970)指出,奥斯丁的小说比起笛福的作品实在要错综复杂得多。奥斯丁具有清晰明智的现实主义小说观念,她将人与社会的关系视为鸟之于天空,鱼之于水,赋予其作品人物强烈而清晰的社会身份意识。她的人物都是在各种社会关系中相互依存着,极具现实性和人性色彩;此外,正是这些人际关系推动着情节的发展,牵引着读者探究的好奇心。奥斯丁的布局手法精湛娴熟,其小说结构一般分为两个阶段:第一个阶段介绍故事背景和人物,展示主人公人品个性和人物间的关系;第二个阶段通过引入反面或对立人物,设置大大小小的戏剧冲突,引起事物关系的失衡,通过危机的暴发与解决,表明人物命运的走向,然后在事件推进中解决冲突,走向一个建立新平衡感的结局。在《傲慢与偏见》中,她用反讽语气贯穿小说,造就浑然一体的完美效果,而《爱玛》中的悬念酷似侦探小说的布局,具有扣人心弦的魔力。奥斯丁的小说也钟爱大团圆结尾,但是她不像狄更斯那样通过设置大量巧合刻意安排惩恶扬善的结局,而是让人物个性动态自然发展,通过自我完善走向光明的前程,更符合亚里士多德的或然率,消减了浪漫传奇成分,具有更强的现实性。

　　奥斯丁秉承了自乔叟、莎士比亚和菲尔丁以来的英国现实主义文学传统,并将其发展为女性现实主义和家庭现实主义的精彩范本。从技巧层面看,奥斯丁描摹物状的技艺独特。刻画人物时,她几乎不做具体的外貌和服饰陈述,不工笔描绘人物表情,而是漫画式勾勒典型人物的典型特征;在描写环境时,她总是恰如其分围绕人的活动,收放自如,从无冗赘拖沓的毛病。正如乔治·刘易斯所评价,奥斯丁"用最简洁的手段达到最真实的表现"[①]。从认知层面看,在奥斯丁的艺术里,真实是一种面对世界的人生态度,表现为她接受生活真相的决心。对于人生的不完满、不如意,她既不惊慌失措,也不愤世嫉俗,而是表现出智性的优越。奥斯丁认为现实对于个人,犹如水之与鱼,尽管水十分污浊,鱼仍然要游弋其间;然而,她并不对这污浊视而不见,而是以揭示它的混浊作为写作目的。她以女性特有的敏锐感受,反映中产阶级女性日常生活中的所感所思,她对英国世俗人情的真实描摹,犹如一面镜子映照出社会的陋习和人性的愚妄。司各特对奥斯丁极为赞赏,认为"奥斯丁点石成金的妙笔使得日常平凡的人和事仅仅由于写得逼真和情感的真实而妙趣横生"。司各特还评价奥斯丁的小说"向读者呈现的是日常人们和地方的精准画面,使人想起17世纪的佛兰德风格绘画"[②]。虽然司各特没有采用"现实主义"这

[①] 朱虹. 英国小说的黄金时代[M]. 北京:中国社会科学出版社,1997:13.
[②] Harold Bloom, *Novelists and Novels*, Vol.1. Philadelphia: Yale University Press, 2005:149.

个词,但是毫无疑问他的这一评论采用了现实主义的评价标准。

奥斯丁在伤感主义和浪漫主义在英国仍占主流的时代,大胆反叛非理性表达的泛滥之态,摒弃矫揉造作的文风,并且立足现实,直面人生,如实展示人际关系、现实境遇和人物心态,深刻影响了其后维多利亚小说的艺术表达,为19世纪英国现实主义小说的辉煌成就做出了独特的贡献。

利维斯称赞奥斯丁博览群书,本身是"个人才能"与传统关系的绝佳典范。[①] 奥斯丁在一定程度上继承和发展了18世纪后期以范妮·伯尼为代表的"风俗小说",在英国文学史上形成了理查逊—范妮·伯尼—简·奥斯丁的清晰脉络。然而,她的作品丝毫没有当时女性风俗小说中常见的肤浅的矫揉造作和无病呻吟,而是展现出严肃小说的纯正艺术品质。也有学者认为奥斯丁的小说属于"世态小说"传统,伊恩·瓦特将奥斯丁界定为范妮·伯尼的直系传人,认为她们都难以置信地巧妙融合了理查逊和菲尔丁的两种不同的小说模式。评论家布卢姆(Harold Bloom,1930—)否认菲尔丁对奥斯丁艺术的影响,但是进一步肯定了奥斯丁对理查逊的继承发展,并指出她对乔治·爱略特和亨利·詹姆斯小说艺术的启发。奥斯丁与理查逊在作品内向性方面的相似已成公论。继18世纪的理查逊、斯特恩和菲尔丁等的市民小说之后,奥斯丁率先把中产阶级作为文学关注的焦点。她发展了菲尔丁的创作手法,通过一系列简短的对话场景来表现人物和事件,精于对平淡的日常生活题材作真实的描写和戏剧性处理,赋予其深意。比如,她经常描写英国乡绅中产阶级的聚会和舞会等社交生活场景,甚至以此作为支撑小说的情节框架。在多部小说中,各种舞会、音乐会成为展示19世纪初社会名利场上众生相的绝佳场所。通过奥斯丁富有智趣幽默,暗藏反讽的叙事,在谈笑风生、温文尔雅的情景里上演着各种矛盾、误解和危机的悲喜剧,折射出社会丛林中意味丰富的场景。

奥斯丁的关注视角明显倾向她所熟悉的女性世界,用小说记录女性的成长,是发出女性主义呼声的先驱之一。布思认为,奥斯丁本人相信并实践着女性主义这种最有力的伦理批评。女性体验是奥斯丁作品的基本主题模式,她的六部长篇小说都是以适逢婚龄的年轻女子为主人公,以她们的爱情与婚姻选择经历为故事线索,反映出19世纪初英国社会中女性意识的觉醒,对于性别上的社会不公正现实进行了生动直观的再现,对性别的偏见和歧视提出了疑问和思考。在题材选择上,奥斯丁聚焦女性的婚姻家庭经历,探讨现实的爱情婚姻模式,为英国女性小说中"家庭现实主义"的传统奠定了高水准的基础,并被其后的勃朗特姐妹、乔治·爱

---

① F. R. Leavis, *The Great Tradition*. New York: Doubleday & Company, Inc., 1948:14.

略特等女作家予以继承和发展。奥斯丁游走于世俗与理想之间,自由与局限之间,直面女性面临的惨淡与严酷现实,审视社会人际关系的真相,寻觅理智与情感的平衡,梳理爱情与物质、金钱与尊严的关系,诚实地展示生活的复杂性。一方面,奥斯丁表达了她理性主义的婚姻观,认为好的婚姻能巩固人的社会地位尤其是经济地位。另一方面,奥斯丁认为完美的婚姻是灵与肉的结合,主张精神与物质并重,表现出现实主义的价值取向。在题材结构上,灰姑娘模式反复出现在她的作品中,拥有美好品质的女主人公通常处于经济困境中,等待着"王子"们用体面的婚姻施以拯救。而在唯一没有灰姑娘形象的《爱玛》中,门当户对的传统婚姻观则是整部小说的基调。

　　金钱观念和物质主义是奥斯丁作品中凸显的因素。虽然奥斯丁所肯定的女主人公都拥有美好的精神追求,不为金钱所奴役,但是她们对物质的超越仍然有一个底线,这就是中产阶级关于金钱和幸福关系的认知。在《理智与情感》中,理性的埃莉诺与鼓吹浪漫爱情的玛丽安谈论经济状况的重要性,意味深长地说"高贵和幸福是没有多大关系,但是财富与幸福的关系却很大",鲜明地表露了当时的世故人情。作为一位杰出的现实主义作家,奥斯丁比以往的小说家具有更清晰的社会身份意识,她对阶层差异的观察体验细致入微,并将其有机地编织在作品的肌质脉络里,使人物植根于具有浓厚传统的社会土壤中。

　　奥斯丁的人物塑造以个性鲜明、栩栩如生著称,通常采用戏剧化手法(caricature),达到简洁而有喜剧性的效果,并且总是将女性作为刻画的中心,叙事中通常运用内视角深入展示她们的心理活动。她的女主人公有爱玛等外向型人物和范妮为代表的内敛型人物之分,但是这些境遇和个性各异的女主人公都呈现出动态的性格特征,在生活的历练中不断走向成熟。比较之下,奥斯丁的男性主人公塑造略微平淡简略,缺乏反映心理活动的深度刻画,不过,他们同样不乏鲜明的个性,《傲慢与偏见》中傲慢而善良的达西、《曼斯菲尔德庄园》中风流倜傥的亨利以及《爱玛》中的奈特利都是深入人心的形象。奥斯丁的次要人物多呈现静态的漫画式风格,在大量运用的戏仿手段中,人物个性鲜明地展现出来。福斯特曾指出,奥斯丁的人物是"圆形"立体的,而不是扁平静止的,奥斯丁主要通过设置戏剧性的情节和展现生动活泼的对话来塑造人物,其中体现的精湛语言和机智幽默素来为人们所称道。

　　在奥斯丁早期的短篇作品中,还有一系列特立独行的女性形象。奥斯丁巧妙地采用性别倒置来刻画人物性格,颠覆了社会性别角色的陈腐形象,在"亨利和伊莱扎"(Henry and Eliza)、"杰克和艾丽斯"(Jack and Alice)、"漂亮的卡桑德拉"

(The Beautiful Cassandra)、"三姐妹"和"莱斯利公馆"(Lesley Castle)中,妇女传统的刻板形象被改写。女性在恋爱、婚姻和各种日常生活中应遵守的道德准则和行为规范被打破。女人们理直气壮地做着似乎男人才可能做的事情:追求钟情的爱人、招募军队、领兵作战、甚至喝酒、赌博、偷盗、坐牢、翻墙越狱。这种描写和思想在19世纪的英国可谓极具超越的品质。

虽然生活在英国历史上一个激情澎湃的浪漫主义时代,奥斯丁的艺术观和人生观却浸染着浓厚的启蒙主义的理性色彩,还兼有新古典主义的秩序观和适度感。例如,在营造戏剧的反讽效果时,奥斯丁经常在小说中让愚蠢的人物操持着不准确的语言,这一点深受塞缪尔·约翰逊关于文体纯正观念的影响。奥斯丁以智性的从容和调侃面对世界和人生的缺憾,以喜剧化的手法处理带有内在悲剧感的主题,使她笔下的英国生活呈现出喜剧式的社会风情场面。奥斯丁的价值观念是中产阶级的,注重道德秩序,给作品带来一种井然有序的伦理美感和"智性"特色,因此赢得詹姆斯、莱斯利·斯蒂芬(Leslie Stephen,1832—1904)、利维斯等评论家的高度称赞。她的喜剧效果主要是通过幽默和反讽这两种艺术手段实现的。理查德·辛卜逊(Richard Simpson,1820—1876)指出,反讽是奥斯丁小说的本质和生命,作者凭借它对生活进行概括和微妙的批评。在反讽的喜剧精神观照下,世态人情淋漓毕现、凡人琐事也变得妙趣横生。她突出的特色之一就是经常在描写人物言谈举止后,加上几句讽刺意味的评论,用精练智趣的语言包裹着人生的洞见,达到一种画龙点睛的艺术效果。在《理智与情感》中,描写两个庸俗的中产阶级家庭话不投机的家庭聚会时,她写道:"这里没有出现别的贫乏,唯有言谈是贫乏的。"在很大程度上,也正是这种喜剧精神和反讽基调赋予其叙事语言鲜明独特的活力。然而,现代主义作家伍尔夫对奥斯丁的喜剧策略颇有微词,批评奥斯丁刻画人物那种速写式的、闪烁其词的写法是对人性复杂性的理解不够充分。伍尔夫假定如果奥斯丁的寿命再长一些,她对人性的复杂会有更多了解,那么"她的安全感一定会动摇……她的喜剧必然会受到损害"①。

应当看到,奥斯丁的风俗喜剧并非闹剧,她对固有观念和秩序的维持充满质疑精神,并且不乏在维多利亚末期才凸显的悲剧批判意识。20世纪的读者和评论已经注意到奥斯丁笔下的人际关系貌似滑稽谐趣,深层里却有浓厚的悲剧意味。比如,她直面金钱社会里弱势群体的真实处境,描写类似进化论里弱肉强食、适者生存的"婚姻市场",展示女性在社会和家庭生活中的残酷困境。而她的幽默风格锋

---

① 弗吉尼亚·伍尔夫.论小说与小说家[M].瞿世镜,译.上海:上海译文出版社,2009:27.

芒犀利,辛辣无情,有时甚至接近残酷,深刻影响了20世纪作家艾维·康普顿-伯内特(Ivy Compton-Burnett,1884—1969)。在当代研究者眼里,奥斯丁不再仅仅是一个惯于讲述轻松愉快的故事、始终给人带来愉悦的作者,而且还是劳伦斯·勒那(Laurence Lerner)所言的一个"讲真话的人"。

奥斯丁小说的叙事观念具有明显的理性和节制的特色,表现为作者叙述声音上的"间接手法"。她通常借助反讽、委婉、含混、省略、否定以及自由间接引语等手段来间接传递自己的政治和社会批判。学者苏珊·施尼亚德·兰瑟(Susan Sniader Lanser,1944—)敏锐地指出了奥斯丁这一艺术气质是意识形态建构的产物,与当时女性小说家暧昧的历史身份密不可分。女性主义评论家认为,奥斯丁这样的女作家不可避免地生活在男性的文化帝国主义阴影之下,没有获得充分话语权,不得不在叙述声音上另辟蹊径,达到伍尔夫所称赞的"非凡圆满的平衡"。而伍尔夫肯定了这一女性创作策略的有效性,认为它很好地包容并调和了"作者权威与女性气质、坚持己见与礼貌得体、激愤郁怒与彬彬有礼之间的矛盾"。当代读者在用后殖民主义理论和女性主义视角研读奥斯丁的作品时,应考虑到这一因素,不应将奥斯丁作品与帝国主义政策以及父权制度的所谓同谋关系作简单化的定论。

奥斯丁小说艺术具有精美的形式,使之客观上符合文艺的娱乐精神,同时她的小说含有深厚的道德观照。哈丁(D. W. Harding)在其著名论文《节制的憎恨:简·奥斯丁作品之一面观》中指出奥斯丁是一个社会批评家,其艺术具有冷辣讽刺的特点。英国批评家马尔科姆·布拉德伯里(Malcolm Bradbury,1932—2000)在《论〈爱玛〉》中也特意强调奥斯丁的严肃的道德意图。刘易斯认为奥斯丁属于约翰逊博士的传统,其作品以坚强的道德内核作为支撑,具备严肃的品质,有别于一般消遣类的业余之作,值得进行真正的研究。奥斯丁的理性态度与约翰逊多有契合,刘易斯(C. S. Lewis,1898—1963)称奥斯丁"在理性精神、道德观以及文体风格上,都堪称约翰逊博士的女儿"[1]。她书中的女主人公们获得幸福的途径不外乎忍耐、善良等美德得到回报。奥斯丁没有哀怨孤愤的气质,即使是身处逆境中的范妮和安妮,也绝不是凄凉忧郁的人物。也有很多研究者指出,奥斯丁的情节和人物塑造上的"灰姑娘模式"正是来自她温和折中的人生观念。约翰逊把小说家当作人类风尚的公正的复制者,把艺术当作生活的一面镜子,认为没有道德意识的小说是没有意义的,而一部作品越接近生活,越能实现其道德训诫功能。而奥斯丁的现实主义文学表达极为接近一面展示社会风情以及人性面貌的镜子。

---

[1] Harold Bloom, *Novelists and Novels*, Vol. 1. Philadelphia: Yale University Press, 2005:52.

第六节 奥斯丁文化

奥斯丁被伍尔夫称作"最完美的女艺术家","文学成就直追莎士比亚",她的小说写得聪明而有人情味,具有打动人心的独特魅力,把小说变成了"伟大的传统"。她聚焦婚姻和家庭题材,探索金钱与道德问题,展示理智与情感的心理波澜。利用发自理性精神的反讽,精练智趣的语言,描摹社会习俗和地域风情,刻画人物个性,展示社会关系,揭示伦理道德,不但具有高超的艺术形式,还显示出思想的严肃性和深刻性。其小说不仅具有一种超越阶级的魅力,而且具有某种永恒的品质。其丰富的品质使它具有多变的意义,穿越了历史的沧桑、地域的局限、职业背景以及批评模式的转换,在各个时代都拥有数量巨大的读者。长久以来,对奥斯丁及其作品的关注已不仅仅是一种文学活动,而是已经衍生为一种文化现象。

随着读者接受广度的发展,奥斯丁研究经历了一个大众化、世俗化的过程。奥斯丁不仅是一个充满机智和反讽的伟大作家,还是"温柔的简",是一个令人爱慕的秘密朋友,一个文化偶像,造就了无数的"简迷"(Janeites or Janites)。两百年来,她是各种形式的出版商青睐的宠儿。自从1883年后,英国出现了"简学热"(Janeitism Boom)。1870年,詹姆斯·爱德华·奥斯丁-李的《奥斯丁传》代表了维多利亚末期关于奥斯丁出版的热潮。此书出版之际,正是英国议会颁布教育法案之际,在全国范围内强制实行基础教育,普及文化教育,并将文学教化作为民族传统予以发扬光大,增强民族自豪感,这个契机使得奥斯丁的读者大增。19世纪末,奥斯丁的出版事项已经走向商业化,成为各种杂志社、插图画家、编辑和出版商的金牌盈利来源。20世纪以来,奥斯丁学似乎演变成了奥斯丁化历史故迹,而乔顿故居自从1947年后成为"奥斯丁纪念馆基金会"(Jane Austen Memorial Trust)的一部分。奥斯丁研究逐渐跟各种以商业利益为核心的行为相联系。这种庸俗化的倾向曾受到奥斯丁的后裔亨利·詹姆斯的戏谑,科伦·福勒(Karen Joy Fowler,1950—)在2004年的论文中列举了在21世纪初的美国,奥斯丁被用于种种"实用"乃至"不当"用途的做法。哈丁指出一个带有悖论的有趣事实:奥斯丁在那些她本人并不会喜欢的人群里受到普遍喜爱。[①]这似乎在一定程度上代表了文学经典在现代文

---

① D. W. Harding. *Scrutiny*,1940. See Christopher Gillie, A Preface to Austen. Beijing: Peking University Press,2005:511.

化中的接受之路。20世纪,奥斯丁研究会(The Jane Austen Society)在世界各地相继成立,包括成立于1979年的北美奥斯丁研究会(JASNA)。这些研究会在北美、澳洲和英国都有众多的会员,致力于奥斯丁作品的保存和研究,它们的活动既有严肃的学术性质的探讨,也有大众化的花絮成分,推动了奥斯丁研究的普及和深化。查普曼在20世纪20年代编辑、出版了奥斯丁的作品,直到21世纪一直是奥斯丁研究的标准版本。而2005年出版的三卷本的剑桥版奥斯丁作品集中体现了这75年奥斯丁作品发掘和编辑方面取得的成就。

奥斯丁作品中非凡的现代性在新的历史语境里找到了知音。20世纪的读者认为他们比维多利亚时期的读者更能洞晓奥斯丁的微妙和深刻。米勒(D. A. Miller)2003年的著作《简·奥斯丁,或风格的秘密》(*Jane Austen, or The Secret of Style*)颇具影响力。国际著名奥斯丁研究专家约翰·威尔谢对奥斯丁批评做出了重要贡献,他现已出版三本奥斯丁研究专著:《奥斯丁与身体"健康状况"》(*Jane Austen and the Body: "The Picture of Health"*)、《重建简·奥斯丁:对〈傲慢与偏见〉的当代反应》(*Recreating Jane Austen*)、《简·奥斯丁:导入与介入》(*Jane Austen: Introductions and Interventions*)。在2005年出版的三卷本的剑桥版奥斯丁作品集中,他负责编辑《曼斯菲尔德庄园》。目前,他正致力于撰写《奥斯丁与英国:批评的政治》(*Austen and England: Critical Politics*)一书。他还将心理分析理论用于解读《爱玛》,谈到了生理、心理以及道德健康问题,有一定新意。

然而,在奥斯丁研究中也有批评的声音。作家库柏(James Fenimore Cooper, 1789—1851)、爱默生(R. W. Emerson, 1803—1882)、马克·吐温(Mark Twain, 1835—1910)以及庞德(Ezra Pound, 1885—1972)等都对奥斯丁嗤之以鼻。典型的反对者是夏洛蒂·勃朗特和劳伦斯(D. H. Lawrence, 1885—1930)。夏洛蒂批评奥斯丁不知激情为何物,劳伦斯对奥斯丁作品"无动于衷"的情感个性颇有非议,他认为奥斯丁只描写了典型的"性格"(personality),而非"人物"(character),"她深知冷漠孤独(apartness),但是不了解归属(togetherness)为何物,对我来说,她的语言有害、卑劣、势利……令我深感不快"。①即使盛赞奥斯丁为"最完美的女艺术家"的伍尔夫也认为,奥斯丁对人性的复杂性的理解流于粗鄙。韦恩·布思也曾指出,奥斯丁在道德上相对深刻,但是在潜入人物心理的深度上,则处于表层。然而,学者戴希斯认为如果奥斯丁的寿命再长一些,她会成为詹姆斯、普鲁斯特(Mar-

---

① D. H. Lawrence,"A Propos of Lady Chatterley's Lover,1930",*A Preface to Austen*. Beijing: Peking University Press, 2005:151.

cel Proust,1871—1922)和伍尔夫的先驱。

20世纪70年代,莱昂内尔·特里林(Lionel Uilling)教授在哥伦比亚大学开设研究奥斯丁的课程,选课的学生盛况空前。特里林提出一个很好的问题:为什么我们要读简·奥斯丁? 答案也许众说纷纭,不过可以归结为一点:奥斯丁的作品具有极强的可读性。不论读者是揣着教化益智的目的审视,还是用大方之家的审美尺度鉴赏,抑或纯为娱乐而来随意一读,都不会感到失望。奥斯丁曾经在小说《诺桑觉寺》中表达对小说的理解:"它们展现了智慧的最伟大的力量;作者用最精确的语言向世界传达了对人性的最彻底的了解,而且巧妙地描述了其丰富多彩的各个方面,文中充满了活泼的机智和幽默。"①奥斯丁的创作实践无疑追随了这个艺术宗旨。

奥斯丁的艺术成就是她个人天才和时代发展的综合产物。由于18世纪以来英国小说的伟大传统和19世纪英国社会文化发展的契机,奥斯丁的创作灵感和热情被激发,在经过良好的文学熏陶后,绽放出天才的艺术火花。奥斯丁自1811年到1817年发表的六部小说是英国小说发展史上的一个重要转折点,将18世纪和19世纪的小说创作连为一体,是一个完美的节点。她使得小说不再仅仅是一种消遣,而成了一种严肃的文学形式,把技巧未臻成熟、形式尚属简单的18世纪小说变成了艺术,为其赋予了典雅的形式、高超的叙事技巧,形成了鲜明而独特的艺术风格,为其后灿烂的维多利亚女性小说乃至小说艺术树立了一个极高的标杆。伍尔夫认为奥斯丁的小说"使得外表琐细的人生场景具有恒久意味,小说具有现代意义"②。这无疑是对奥斯丁小说创作成就的恰当评语,也是奥斯丁的小说在当代仍然久盛不衰的秘密。

---

① Sobel Grundy,"Jane Austen and literary tradition", *The Cambridge Companion to Jane Austen*, ed. Edward Copelan. Cambridge: Cambridge University Press ,2001:204.

② Sandra M. Gilbert & Susan Gubar, *The Norton Anthology of Literature by Women*. New York: W. Norton & Company Ltd,1996:330.

第三章 勃朗特姐妹小说创作探究

在英国文学史上,世代书香或一家之内名流辈出的现象并不鲜见,但来自一个普通教士家庭的勃朗特姐妹的人生和创作却格外引人注目。生活在19世纪前半叶的勃朗特三姐妹夏洛蒂·勃朗特、艾米莉·勃朗特和安妮·勃朗特就像三颗明亮的流星,在女性创作的黎明时刻,呼啸着划过历史的天空,耀眼的光芒惊醒了无数沉睡的灵魂。她们的艺术成就引发了大众探讨研究的强烈兴趣,一个半世纪以来经久不衰。

第一节 夏洛蒂·勃朗特

夏洛蒂·勃朗特出生在约克郡的桑顿(Thornton),四岁时跟随父母来到哈沃斯。夏洛蒂在家排行第三,但是母亲和两个姐姐的过早去世,让夏洛蒂充当了大姐的职责,相对而言,她个性中有更多责任感和务实的成分。八岁时,夏洛蒂就读于考文桥寄宿学校,那里恶劣的生活条件严重摧残了她的健康。在失去两个亲爱的姐姐后,她返回家中与三个弟妹跟随父亲读书;15岁时她进了伍勒小姐办的露海德(Roehead)寄宿学校,又接受了18个月的正规教育。露海德是一个校规刻板、严格的教会学校,使夏洛蒂身心倍感痛苦,但是在这里她认识了艾伦·纳西和玛丽·泰勒并结为好友。她写给艾伦的大量书信被保存下来,成为研究勃朗特生活的珍贵资料。1831—1832年间,为生活所迫,19岁的夏洛蒂重返露海德学校任教,精神苦闷不堪。1839—1842年间,她曾做过家庭教师,但因不能忍受雇主的歧视和刻薄,放弃了这条谋生之路。为寻求自由的生活方式,夏洛蒂决定与姐妹们自办学校,她向姨妈借钱,和艾米莉远行布鲁塞尔,到海格·埃热夫妇的学校进修法语,但是因为哈沃斯位置偏僻,没有生源,办学计划失败。然而,在布鲁塞尔八个月的学习经历进一步激发了夏洛蒂自我表达的愿望,坚定了她从事文学创作的决心。埃热先生是一个优秀的老师,要求严格而又为人亲切,并且具有较好的艺术鉴赏力。在这里,夏洛蒂不但受到系统的法语训练,而且在写作上受益匪浅。夏洛蒂似乎对埃热先生产生了爱情,在1844—1855年她写给埃热先生的信件中,可以看到流露出爱慕的情感。有的研究者认为,罗切斯特的形象里有埃热先生的影子,夏洛蒂在简·爱身上披露了自己的爱情。这种联想也许意义不大,但是单相思的主题的确反复出现在她所有已完成的小说里,尤其在《雪莉》中的卡罗琳身上表现得极为浓烈感人。在现实生活中,夏洛蒂一生顽强地追求自立的生活方式,两次拒绝了求婚者,直到38岁才和父亲的副牧师尼柯尔斯结婚,九个月后,怀有身孕的她即感染肺结核逝世。在现实中,夏洛蒂也许难以品尝爱情的幸福,但是在想象的国度里,她完成了生活中无果的爱情寄托,让黯淡的情感经历有了不朽的价值。

　　对于艺术创造,夏洛蒂有自己独到的见解,她认为文学需要内在的激情和创造性,艺术不是机械的技巧模仿。她崇尚内心燃烧着精神火焰的人,并将其引为同类。正因如此,她喜欢虽有缺点但激情如火的乔治·桑(George Sand, 1804—1876),而不是众口称赞的巴尔扎克(Honore de Balzac, 1799—1850)。而她燃烧着激情的《简·爱》,为所有追求个性自由的人们,尤其是追求自我价值的女性带来了巨大的精神抚慰,引起读者强烈的共鸣。夏洛蒂正是弗洛伊德所说的创造性的作家,用充满激情的文字,完成了个人成长之梦。

　　夏洛蒂的文学声誉来自她的四部小说:《教师》《简·爱》《雪莉》《维莱特》。此外,她还留下一部未完成的小说《爱玛》的片段,早年与布兰威尔一起创作的传奇故事,还有大量的书信和少量的诗歌。夏洛蒂的小说作品表现的是孤独、卑微的个人在现实中的痛苦和挣扎,但是她的内心始终洋溢着入世的、酷爱生活的人文精神,这在她的首部小说中已经清晰地显示出来。

　　《教师》是夏洛蒂创作的第一部小说,依据作者1842年在布鲁塞尔的学习经历,写于1846年,历经六次退稿。[①] 这部作品在夏洛蒂去世两年后于1857年出版,现在已步入经典行列。作品叙事采用了男性主人公的视角,人物的经历与感受占据了最醒目的位置。小说以英国人威廉·克瑞姆斯沃斯的自叙展开,讲述他孤独的人生故事,他的教育、恋爱、婚姻以及在布鲁塞尔做教师的经历。小说共有25章,分为两部,以主人公写给在伊顿公学老友的信件开篇。通过描述与主人公性格相近的伊顿老友,间接为主人公做了一种气质性格评判:他机智而富有观察力,个

---

① Margaret Smith, *Introduction to Jane Eyre*. Oxford: Oxford University Press, 1975: 122.

性冷漠,喜欢嘲讽世态人情。小说接着描述了威廉的出身和他从伊顿毕业之后的生活。他母亲来自贵族家庭,父亲经营不善而破产,一直受到母亲家庭的轻视。父母早逝后,他在哥哥和舅舅的资助下就读于伊顿公学,但是落落寡合,与环境格格不入。大学毕业后,他拒绝了舅舅以财产和地位为交易而提供的教职和联姻建议,无奈中在约克郡的一个工厂任职,在生活和工作中深感挫折屈辱。性格的缺陷促使他离开原来的生活环境,来到布鲁塞尔一个女子学校做了一名教师。但是在这里他仍然自觉受到排斥,并被爱慕的女人拒绝。后来,他与实习老师弗兰西斯·亨瑞相爱。弗兰西斯虽贫穷卑微,却是一个自立坚强的女子。这份爱情使弗兰西斯被自私势利的校长佐拉德小姐开除。两人失去联系后,消极的威廉决定独自承受孤独的命运。后来,弗兰西斯获得巨额遗产,执著地回到威廉身边。他们终于得到了幸福的生活,开办了一所学校,有了自己的儿子,并在退休后,一家人回到英国定居。

《教师》以写实的风格,围绕男女主人公的爱情故事,探讨了婚姻、人生选择、宗教、英国和欧洲大陆文化以及心理孤独问题。小说主题单一,结构松散,没有高潮和悬念,情节在主人公带有内省色彩的思绪和讲述中推进,从而使本来就平淡的故事情节越发被淡化。尤其是前面23章,叙事进展缓慢,时有重复,只是在最后两章,事件与人物命运方面有较大的变化。对于习惯了狄更斯的戏剧性情节和精彩语言的读者来说,这部作品显得乏味拖沓。它通常被认为是夏洛蒂的练笔之作,有结构不够严谨、情绪不统一的弱点。然而,它仍然具有一种独特的魅力,表达了一种新的审美观,对维多利亚社会的固有成见提出质疑。小说的情感基调压抑克制,却清晰地流露出夏洛蒂对种种不公正的社会陈腐观念的愤怒和嘲讽,其中对个人痛苦和快乐的描写尤其具有强烈的感染力。

《教师》中的男女主人公是两个对照性人物。虽然两者都是历尽心灵孤独的小人物,但是却性格悬殊。威廉是一个内心世界灰暗的恨世者和失败者,其视角下的叙事带有一种阴郁愤懑的批判基调,甚至怀有源自种族偏见和沙文主义立场的"道德优越感"。相比较而言,女主人公更具人性的光彩,行为适度,态度谦逊,信仰虔敬,坚强执著,代表了叙事者理想中的女性品质。在很大程度上,弗兰西斯是夏洛蒂最具现实意义的争取女性权利的女主人公。

这部小说采用的男性视角叙事是评论家们通常质疑的问题。正如肖瓦尔特所指出的,关于男性世界和男性经历的描写是女性小说家一个特殊的问题,而威廉的确有评论家经常提到的"女作家笔下的男性形象"(woman's man)之嫌。在阅读小说时,读者感觉到夏洛蒂似乎无法控制地要借威廉的声音说出她自己的体验。夏洛蒂在1849年给朋友女詹姆斯·泰勒的信中黯然写道:"对于刻画男性人物,我身处不利的境地,不论社会机制还是理论,都不能给我提供充分观察和体验的空间。当我写女人时,我自感如鱼得水,写男人,我就不那么自信了。"① 也许,正是因为这次尝试后的反思,夏洛蒂之后创作的三部小说都采用了女性视角。当她独特的女性经历和语言天才结合时,便产生了震慑心灵的巨大艺术魅力。

夏洛蒂创作的第二部小说《简·爱》最早获得出版,面世后在伦敦轰动一时,两个月后再版,并在夏洛蒂有生之年印刷四版,是作者最脍炙人口的作品。批评界对小说虽褒贬不一,但都反应强烈。大部分评论欢呼这部深刻、真实、独创、有力而感人的作品,认为小说充满"美好而有创见的思想"②,称赞作品表现出的丰富想象力。③ 萨克雷表示自己被这部小说"深深打动,极为欣赏"④;刘易斯书写多篇书评,对它的"深刻的现实主义"表示喝彩⑤,并认为小说"风格清新"。当然,负面的乃至吹毛求疵的指责也不少,比如作品情感上的浪漫主义色彩受到轻蔑的嘲讽,还有人对男女主人公表示极度厌恶,女主人公的叛逆精神和道德观念尤其受到保守派如伊丽莎白·里格比(Elizabeth Rigby)和《基督教醒世报》(The Christian Remembrancer)与《书评季刊》(Quarterly Review)等杂志的攻讦。⑥

小说以女主人公简·爱的第一人称叙事,讲述孤儿简从少女到成人的人生故事,心理描写细腻感人,语言风格强劲有力。《教师》中较为松散的故事结构,在《简·爱》中则通过女主人公取得了统一。作品结构严整,以简的成长和经历为经,以她的思想和情感为纬,编织出19世纪一个平凡而又个性鲜明的女性的人生故事。小说涉及简在五个不同环境中的生活:舅妈家、洛伍德寄宿学校、桑菲尔德庄园、圣约翰家、最后作为归宿的家。孤儿简在盖茨海德府舅舅家过着寄人篱下的生活,舅舅去世后,她备受虐待。舅妈里德夫人厌弃她,表姐妹怠慢她,表兄约翰更是肆无忌惮地欺侮她,连佣人们也不喜欢她,但是简始终倔强地维护着自己的尊严。在与表兄发生激烈的冲突后,八岁的简先被关进恐怖的"红屋子"接受惩罚,之后被赶出家门,送到生活条件恶劣、管理严厉的洛伍德寄宿学校。在那里,简深感安慰的是遇到了善良的老师坦布尔小姐和虔诚柔顺的同学海伦。然而,前者嫁

---

① Elaine Showalter, *A Literature of Their Own: British Women Novelists from Bronte to Lessing*. Beijing: Foreign Language Teaching and Research Press, 2004:133.
② *The Examiner*, Vol. 27, Novemember 1847.
③ *Dublin Review*, March 1850.
④ G. N. Ray, ed. *The Letters and Private Papers of W. M. Thackeray*. Vol. 2. 1945:18–19.
⑤ G. H. Lewes in *Fraser's Magazine*. December 1847:691.
⑥ *Quarterly Review*. December 1848.

人离开了,海伦也死于瘟疫。简经受了身心的考验,顽强地生存下来。毕业后,她来到桑菲尔德庄园做家庭教师,爱上了主人罗切斯特先生。尽管两人地位悬殊,生活背景大相径庭,简始终不卑不亢地面对生活,履行自己的职责。罗切斯特深深爱上了这个身材矮小、貌不惊人的女教师,并向她求婚。然而就在婚礼前,又一场严峻的考验来到了——她得知罗切斯特的疯妻伯莎·梅森仍健在并且被囚家中的真相。简拒绝沦为情妇,痛苦地出走流浪,昏倒在荒野沼泽里,碰巧被表兄圣约翰和两个表姐妹营救收留。后来,简意外获得叔叔的两万英镑遗产,还得到圣约翰为完成其宗教使命而请她合作的求婚。然而,简在心中听到了罗切斯特的呼唤,拒绝了圣约翰,重返桑菲尔德,却发现庄园已被伯莎点燃的大火烧成废墟,罗切斯特也因为试图搭救伯莎而双目失明,并且失去了一只手臂。在小说结尾,简毅然与罗切斯特结婚,找到了人生的幸福。后来,他们的儿子诞生,罗切斯特的一只眼睛终于恢复光明。

简·爱是英国文学中最令人难忘的女性人物之一,她凝聚着夏洛蒂的想象、勇气、抗争和人生思考。这是一个彻底背离维多利亚"家中的天使"传统俗套的女性形象。[①] 她其貌不扬,出身低微,必须靠劳动养活自己。她虽备受轻视辱慢,但仍怀有美好的感情,坚强自立。她深具民主平等意识,蔑视庸俗的社会等级观念和拜金主义的婚姻模式,具有金子般的品质。身为社会性别上居于弱势的女性,"不美,穷且矮小"的她却能大胆向罗切斯特表白真情,坚信自己在人格和爱情上的平等权,完全颠覆了女性在婚姻和爱情上消极被动的刻板形象,的确令人耳目一新。

《简·爱》回荡着浓烈的浪漫主义激情,同时又含有强烈的现实主义批判精神。它有很大的自传成分,折射出了作者童年在露海德寄宿学校的经历、她做家庭教师的遭遇以及在布鲁塞尔的奋斗与失落。夏洛蒂对洛伍德学校生活的真切描写历来广受称赞,以至于这类学校此后在英国长期声名狼藉。有学者认为,这是夏洛蒂凭借艺术对丑陋不公的现实进行的复仇和惩罚,是她对露海德寄宿学校"永久的宣判和定罪"[②]。切斯特顿总结得好:夏洛蒂通过描写中下层人生活的最低的现实主义,达到了最高的浪漫主义。

这部小说以女主人公简为创作灵魂,赋予作品浓厚的认知论色彩,给英国小说带来了强烈的自我意识。戴维·塞尔希(David Cecil,1902—1986)认为夏洛蒂是第一个主观主义小说家,是普鲁斯特和乔伊斯(James Joyce,1882—1940)等个人意

---

① 《家中的天使》是维多利亚诗人考文垂·帕特摩尔的系列长诗,歌颂婚姻和传统女性美德。
② 朱虹.英国小说的黄金时代[M].北京:中国社会科学出版社,1997:5.

识小说的先驱,是第一个把小说当作披露个人情怀的工具的作家。简是一个具有清晰的主体意识的新女性。她拒绝做"天使",勇敢地宣布"我就是我自己";她自尊自爱,宣称:"我关心我自己。我越是孤独,越是没有朋友,越是没有支持,我就越尊重我自己。"在小说中,为维护自己的尊严和自由理想,她同以表哥约翰·里德、勃洛克尔赫斯特督学、罗切斯特以及圣约翰为代表的四个男性压迫者进行多层面的斗争,甚至拒绝各种与自己的平等自由信念和道德原则相冲突的求婚,体现出可贵的女性自主意识。

小说还流露出强烈的现实和社会批判精神。虽然学者玛丽·沃德断言夏洛蒂是"英国的,新教的,遵纪守法的",否认其社会叛逆性,但是人们无法否认,简完全不同于传统小说中常见的女主人公。在很大程度上,她成为夏洛蒂感受人生、批评社会的艺术替身。《普特南月刊》(*Putnam's Monthly Magazine*)认为,夏洛蒂描写普通人的艺术旨趣具有民进性,具有极强的叛逆精神和民主自由思想,是19世纪自我意识觉醒的小资产阶级的典型代表。从道德方面攻击《简·爱》的代表之一《基督教醒世报》评论道:"像这样恶狠狠地以牙还牙地还报不公正待遇,还是前所未有的。没有比她更心怀深仇大恨的人了。每一页都燃烧着道德上的雅各宾主义。"[1]学者朱虹指出,小说发出了小资产阶级抗议的最强音,这是十分精辟的评价。

小说语言精练、准确而富有诗意。环境描写具有现实主义的丰富的象征意蕴。夏洛蒂还恰当运用了流行的哥特元素,展现充满死亡气息的"红屋子"、洛伍德阴郁的环境、阁楼上的疯女人、令人毛骨悚然的怪笑、神秘的大火、蛮荒的沼泽等,都为小说涂染上独特的哥特效果。尤其值得称道的是,这种手法并非噱头,而是紧密契合了女主人公没有安全感的人生境遇,准确反映了她孤独、压抑的心理状态。夏洛蒂主人公的主导形象是孤儿或者有着类似生活境遇和心理特点的准孤儿,那些处于冷漠、危险环境中的无助的孩子和孤独卑微的社会边缘人。不论是简,还是《教师》中的威廉,或者是《维莱特》中的露西,都激发了在读者心中同情与悬念。

小说中各种意象耐人寻味,房子的意象、围绕着男女主人公的火的意象历来是读者讨论的热点。此外,人物意象也深具含义,简的成长正是来自她对周围人群的认知和反思。有评论家认为,夏洛蒂在简身上体现了激情和压抑的冲突,这种二元对立模式表现在人物塑造上,呈现出成对的人物类型。女性人物以伯莎和海伦为代表,男性人物则以罗切斯特和圣约翰为代表。海伦具有宗教中羔羊般的驯服,虽

---

[1] 杨静远.勃朗特姐妹研究[M].北京:中国社会科学出版社,1983:127.

然经常受到责骂、鞭打,却始终默默地忍受。圣约翰是虔诚的传教士,知识渊博,教养良好,但是他为了宗教信仰,不惜灭绝情感追求。他们都可以被看作人性压抑的形象,在小说中,一个殉难般地死去,一个求婚被简拒绝,表明了简在精神上超越宗教伪善和各种精神桎梏的心路历程。疯癫而富有肉欲色彩的伯莎和粗犷英俊的罗切斯特更多地代表了激情的层面。他们都承受了灾难与火的洗礼,一个在极度疯癫中死去,一个被置之死地而后生,最终获得平静的幸福。简的两个约翰表兄也形成戏剧的对照,盖茨海德府的约翰表兄,俨然就是人性恶的化身,与监禁、孤独、恐惧和血红色联系;而圣约翰则是神的道德的代表,他的名字又使人联想到圣经中的施洗约翰,在简的命运里联系着拯救、亲情、考验和选择的可能。这种成对塑造的人物形象,使小说在意义上充满张力,意味无穷。

然而,随着女性主义解读的深入,被禁锢在桑菲尔德阁楼上的疯女人伯莎·梅森激发出众多讨论。有人认为伯莎怪异可怖的形象折射出了夏洛蒂对情敌埃热太太的恶感。也有人认为小说塑造的海伦、伯莎和简是三位一体的女性人格,组成了简·爱的三个精神层面,而伯莎代表了简那被社会道德压抑的非理性人格的一面。英国小说家简·里斯(Jean Rhys)借用夏洛蒂的人物和故事背景,创作了《藻海无边》(*Wide Sargasso Sea*)。她用女性主义和后殖民主义立场重新阐释了罗切斯特和伯莎的爱情婚姻故事,揭示了男权对女性的迫害和殖民者对有色人种的剥削和利用,产生了一定的反响。

夏洛蒂虽然富有反抗、批判精神和艺术创新观念,但是《简·爱》中仍然不乏流于俗套的模式设计。简的形象并没有完全脱离西方爱情传统中灰姑娘的模式,而小说情节尤其是结尾体现出理想化的童话模式。此外,小说包含过多不可信的巧合和意外幸运,虽然增加了戏剧性,却削弱了现实性,损害了主题力量。戴维·塞西尔(David Cecil)曾戏谑夏洛蒂"巧合的长臂伸得过长,以致关节脱臼"[①]。这种"巧合小说"式的缺陷,在《维莱特》里也较为明显。

1849年出版的《雪莉》具有浓厚的现实主义精神,并且在题材上与以往两部差别很大。它描写了19世纪的卢德运动和工人暴动,表现了那个时代工人的悲惨境遇和妇女的人生困境,其中可以看到大宪章运动的波澜。夏洛蒂踏入这个陌生的领域,一方面是因为她始终是关注社会生活的人;另一方面,作为成名作家,读者和评论界的意见多少影响到她。刘易斯等人对《简·爱》中写实精神的称赞以及对其浪漫情节剧模式的批评,促使夏洛蒂在下一部小说中力图彰显前者,规避后者。

---

① 杨静远.勃朗特姐妹研究[M].北京:中国社会科学出版社,1983:307.

小说分为四部分共 37 章,背景设在拿破仑战争后期英国北部的约克郡。工厂主罗伯特·穆尔为扩大生产,执意购买最新机器以节省劳力,面临失业危险的工人们于是威胁要捣毁工厂并杀死他。为了改善处境,罗伯特打算娶富有而能干的女继承人雪莉·珂尔达。然而,罗伯特的表妹卡罗琳却深爱着他,承受着单相思的痛苦。后来,罗伯特被工人们用枪打伤,卡罗琳前去探望,她真诚的爱情打动了罗伯特,两人终于喜结良缘。

《雪莉》是夏洛蒂小说创作的一个较大变化,她改变了专注于个人激情和心路历程的创作习惯,将视线转向广阔的社会生活。夏洛蒂的写作态度极为审慎,有小说一开始就宣称:"你期待看到多愁善感、诗情画意和幻想么?你期待激情、刺激和情节剧么?那么,把这些期待降到最低限度吧。这里只有真实、冷漠和纯粹的事实,跟星期一的早上一样浪漫。"①她紧接着将这部小说比作菜肴:"这道菜将是小扁豆加醋,不放油;将是无酵面包加苦菜,而没有烤羊肉。"不过,这并不是一部干巴的作品,小说对工人痛苦生活和妇女精神上受限制压抑的描述真实生动,对卡罗琳内心情感的表达具有强烈的感染力。

《雪莉》是一部社会小说,触及了贫穷和阶级对立等题材领域,与狄更斯和迪斯雷利(Benjamin Disraeli,1804—1881)的作品以及盖斯凯尔的《玛丽·巴顿》(*Mary Barton*,1848)一样,带有英国 19 世纪四五十年代社会冲突小说的特点。它如实呈现了失业的纺织工人触目惊心的悲惨生活,并指出"贫困产生了仇恨"。也许正是这种社会现实精神,令马克思对夏洛蒂的评价高于爱略特。小说还涉及妇女问题,指出为妇女提供工作机会的必要性。其中卡罗琳和雪莉两个女性人物具有特色,前者体现了维多利亚女性在社会价值和自我价值的实现上所遭受的磨难和压抑,而后者则是一种新女性形象。有评论家认为,雪莉的原型来自夏洛蒂富有个性的妹妹艾米莉。小说出版后,多数评论持赞许态度,欧洲一家国际刊物《两世界杂志》(*Review of the Two Worlds*)刊登了高度评价的述评。然而,作者现实性的努力仍然没有得到充分认可。刘易斯认为这部小说在若干重要方面不及《简·爱》,表现得文理粗糙,情绪阴郁,不够真实,还有人物不讨人喜欢,等等。小说第一章的描写遭遇较多争议,人物塑造也被公认为是薄弱环节,逊色于《简·爱》和《维莱特》,尤其是男主人公形象普遍被认为刻画失败。对此,夏洛蒂在给詹姆斯·泰勒的信中曾袒露自己因缺乏观察和经验,在刻画男性人物时多有窘境。

《维莱特》是夏洛蒂的第四部小说,也是自传色彩最浓厚的一部,跟《教师》一

---

① Charlotte Bronte, *Shirely*. London: Wordsworth Editions Ltd., 1993:3.

样,在很大程度上源自她在布鲁塞尔的经历,维莱特城其实喻指布鲁塞尔。它是夏洛蒂在失去三个相濡以沫的亲人后的极度孤独中完成的。此时,写作成为夏洛蒂获得安慰的治疗手段,也是她宣泄内心情感的渠道。这部描写痛苦的小说被认为是作者最成熟的作品,具有强烈的艺术感染力。《普特南月刊》评价道:《雪莉》是令人失望的,而《维莱特》显示出与《简·爱》同样蓬勃的朝气。作品展现出可贵的现实性(Actuality),如盖斯凯尔所描述,"受到异口同声的欢呼"。

　　小说分为三部分共42章,以深沉忧郁的语气叙述一个维多利亚时代女性极度压抑、孤独的感情经历,主人公露西·斯诺(Lucy Snowe)是一个令人难忘的孤儿和社会边缘人。英国姑娘露西幼年时与教母布莱顿夫人的儿子格雷厄姆建立了亲密的感情。长大后,孤苦伶仃的露西在漂泊中寻找着自己的幸福和归宿。她背井离乡来到了法国的维莱特,怀着恐惧和迷惘流浪在陌生的城市,偶然在贝克夫人的学校谋得教师的职位维持生活。繁重的工作压得露西喘不过气,但最大的痛苦是她内心无边的孤独、压抑和厌倦,丝毫看不到生活的希望。一个假日的黄昏,她在城中游荡时来到一个陌生的教堂,忍不住向牧师倾诉内心的痛苦以至于昏倒。醒来后,露西发现自己竟然被格雷厄姆所救,躺在布莱顿的家中。她得到热心照顾,恢复了健康,对格雷厄姆产生了爱情。露西的生活终于有了一点亮色,却被格雷厄姆告知他喜欢上露西的学生,一个漂亮而虚荣的姑娘。之后,格雷厄姆又深深迷上了他们幼年时的朋友——富家女孩波琳娜,让露西深陷单相思的痛苦之中。露西的同事保罗经常帮助和安慰露西,渐渐赢得她的友谊乃至爱情。保罗善良慷慨,率性脱俗,是唯一理解露西的人。然而,他却要离开欧洲去西印度料理一份产业。临行时,他透露已经为露西准备好一个家和他们自己的学校。保罗离去后,露西怀着希望勤奋工作,期待着恋人归来后一起走向美好的未来。然而,小说强烈暗示着一个阴郁的现实:保罗很可能已在返航的途中死去。

　　《维莱特》是一部展现痛苦的小说,对女性孤独心理的描写震撼人心,凸显了露西这身如浮萍的社会边缘人的形象。利维斯认为夏洛蒂善于表现个人经验,"在《维莱特》里,写出了第一手的新东西"[①]。夏洛蒂没有在结尾明示露西和保罗的未来,给读者留下了巨大的想象空间。关于保罗最后的命运,夏洛蒂在致乔治·史密斯的信中,表达出极为悲观的态度。她说保罗或者淹死或者与露西终成眷属,而她认为前者更具温情,因为保罗可以从此结束痛苦,而读者期待的让保罗活下来拴在露西婚姻里的选择反而是一种残忍的冷漠。这说明夏洛蒂对男女主人公获得

---

① F. R. Leavis, *The Great Tradition*. New York: Boubledy & Company, Inc., 1948:41

幸福毫无信心。在小说中,露西是一个彻底的孤儿形象,其人生比简更加惨淡,命运更加莫测。简·爱在获得财富、亲情、爱情和家庭后尚能回归社会,而露西却始终抓不住缥缈的幸福,只能在无奈中继续孤独地漂泊。夏洛蒂将露西的身世进行模糊化处理,并借用象征来传递出一种抽象的普遍悲凉意义,揭示了个人的理想追求与现实的巨大悬殊。她有意识地赋予露西一个"冷的姓氏",初稿中是露西·弗罗斯特,终稿中改为斯诺,不论是 Frost,还是 Snowe,都吻合了露西僵冷的外表和残酷的人生境遇。露西的人格形象十分复杂,兼有"火与冰"的奇特冲突与并存。这种"矛盾"之处曾受到《旁观者》杂志的批评,但是的确有助于主题的深化。

在夏洛蒂的四部小说中,《维莱特》的哥特色彩最为浓厚。作者不仅采用直接描写神秘景象和事件的传统技法,而且赋予它戏剧性的形式,以一种高强度的神秘感和暧昧感来传递心理探索的意义。美国当代评论家罗伯特·海尔曼(Robert Heilman,1906—2004)认为她创造了一种"新哥特体裁"。夏洛蒂的浪漫主义气质使她在呈现"凄凉怪诞的景物"时尤其得心应手。若寻找不足之处,这部小说人物刻画的比例不够严谨,作为次要人物的格雷厄姆和波琳娜的魅力超过了人物应占的比重,在一定程度上冲淡了中心人物露西。

在《维莱特》出版后,夏洛蒂开始得到评论界的广泛认可,获得更加深入及公正的评价。正是在这部小说之后,马克思把夏洛蒂、狄更斯、盖斯凯尔夫人和萨克雷并称为"当代杰出的英国小说家"。

夏洛蒂的小说不论是其思想道德倾向、现实主义技巧、浪漫主义情感,还是叙述视角、情节结构或人物刻画,都遭受过种种口诛笔伐,只有一点几乎毫无异议,那就是她的文体独特而优秀。连恶毒攻击夏洛蒂的伊丽莎白·里格比也承认,在《简·爱》中,作者描写大自然的手笔显然是大师级的。诗人史文朋(Algernon Charles Swinburne,1837—1909)甚至借用丁尼生的词汇"激情的完美性",来形容夏洛蒂特殊的语言风格,"而一经她那带磁力的手轻轻触摸,我们天性中最细微的纤维都感觉到了"①。夏洛蒂的语言处处体现出英国乃至欧洲文化传统的熏陶,她用词精确,笔触丰美,饱满有力,同时富有圣经文体的端庄力量。她的确是一个出色的作家。

虽然夏洛蒂是英国文学伟大传统的女儿,但是在人生态度及艺术观念上,她却是一个社会叛逆者,具有鲜明的主体意识和批判精神,拒绝对现有社会宗法秩序俯首听命。她在1847年《简·爱》再版序言里声明"习俗不等于道德,伪善不等于宗

---

① 杨静远.勃朗特姐妹研究[M].北京:中国社会科学出版社,1983:201.

教。攻击前者不等于袭击后者",旗帜鲜明地表达了自己革命性的思想主张。锡德尼·多贝尔(Sydeny Thomson Dobell,1824—1874)指出,夏洛蒂在老派外衣下面表现出"光荣的异端思想",以其想象力参与书写了历史。夏洛蒂经常被批评"血液里是没有一滴幽默感的",并且全无智性的风趣。而她本人并不欣赏奥斯丁的反讽和幽默艺术,对后者"柔和的眼睛"表示反感。究其原因,是两者截然不同的人生态度使然,奥斯丁的新古典主义趣味,使她在讥嘲中寻找折中的出路;而夏洛蒂深受以拜伦为代表的积极浪漫主义的影响,强烈的反叛意识促使她采取更激烈的立场进行表达。然而,从她的书信来看,夏洛蒂本人其实并不缺乏诙谐幽默的趣味。身为中产阶级下层知识分子和维多利亚时代的女性,夏洛蒂将小说创作作为自己发出抗议之声的喉舌,鞭辟社会不公,揭露人性丑恶。在艺术使命上,她以萨克雷为楷模,认为作家应负有"匡正时弊"的使命,有勇气"刮去镀金展现下面劣质的金属","敢于进入坟墓掘出里面的尸骸",这无疑也是极具颠覆性的艺术观。

如玛丽·沃德所感,"在《简·爱》中,一种热情的现实主义,像锤子一样频频敲击"①。现实主义是夏洛蒂小说的重要特色,造就了夏洛蒂作品的真正价值,这一点率先被优秀的文学评论家刘易斯所认可;刘易斯为此善意地提醒夏洛蒂,要警惕"情节剧式的夸张格调"(Melodrama),因为每当她走进虚构的领域,就变得软弱无力。塞西尔也强调夏洛蒂的灵魂是现实主义的。应该说,这种现实主义精神既跟夏洛蒂的社会批判意识相应,同时也跟她高度的道德伦理意识相随。

与维多利亚时期很多主流作家一样,夏洛蒂是一个道德家。尽管《简·爱》的叛逆精神使得保守的伊丽莎白·里格比断言小说在本质上是反基督教的,但是夏洛蒂实质上具有浓厚的清教主义气质,她的作品可以看作是生命个体的道德反映记录,并且是高度女性气质的道德反映。在她眼中,生活中每一个人物,都是一种善或者恶的力量;每一个事件,都体现了善恶之间的永恒搏斗,人生就是由这一搏斗构成的。她的道德伦理意识帮助促成了其批判现实主义的美学观点,萨克雷声称,夏洛蒂的文学狂飙宛如"一位疾言厉色的小贞德迈着大步朝我们走来",夏洛蒂的小说通常带有自传色彩,女主人公往往跟她自己有相似之处,贫穷、卑微、貌不出众,但是思维敏锐,思想独立,意志坚定,富有批判精神。夏洛蒂通常以作者兼叙事者的身份直接与读者交流,情感诚恳,语气沉静,拉近了与读者的距离。有时,她甚至把作者、叙事者和作品人物的三种身份合为一体,诚恳而充满激情地表达自己对世界人生的独特领悟和见解。为此,她通常采用第一人称叙事。夏洛蒂作品人

---

① 杨静远.勃朗特姐妹研究[M].北京:中国社会科学出版社,1983:225.

物与作者的契合使众多读者将两者的形象重叠。玛丽·沃德说:"夏洛蒂·勃朗特就是简·爱和露西·斯诺。离开了她所写的东西,我们无法想象她,而她所写的每一件东西都带有个人情绪和激情的挑动素质。"①

在很大程度上,夏洛蒂是一个主观主义小说家,其作品具有强烈的主观色彩。她注重传达某种主观印象,她笔下的外部世界,乃是她主观上对外部世界反映的图景。除了《雪莉》,夏洛蒂一直侧重描写个人激情和内心生活,极为真切地表达个人愿望与现实相冲突的痛苦。她对人物的情感研究极为出色,玛丽·沃德认为,《简·爱》"标志着从着重写情节和巧遇的旧小说过渡到着重写心理和性格的新小说的转折"②。不过,夏洛蒂虽然怀有浪漫主义的激情,侧重描写内心生活和个人激情,但却明确反映了现实的社会思想,其作品有别于完全脱离社会生活,只关注个人内心活动的"纯心理小说"。

夏洛蒂一方面极为崇敬萨克雷,并将《简·爱》第二版题献给他,同时她又由衷地喜爱乔治·桑。假如说夏洛蒂的技巧是现实主义的,那么她的气质应该是浪漫主义的。正如塞西尔的精辟见解,夏洛蒂是在浪漫主义运动的浓荫下长大成熟的,她那"属于浪漫主义运动的一种想象力"赋予她传达强烈激情的能力,照亮了她的全部成就,不论是描摹人物,还是渲染背景,都富有感染力。

夏洛蒂拥有强烈的女性意识。在选择题材时,她也像奥斯丁一样明智,没有脱离自己的生活基础,以自己熟稔的小资产阶级和中产阶级中下层女性世界作为关注焦点。最重要的是,她具有将人生经历中的苦涩转化为甘美的艺术之果的天才,用现实主义的技巧和浪漫主义的激情讲述自己对世界人生的看法,勇敢地发出女性的声音,令读者耳目一新。早在1836年,桂冠诗人骚塞(Robert Southey,1774—1843)回复写信求教诗作的夏洛蒂,劝告说:"文学不可能成为,也不应该成为女性的职业。"③这种观点折射出,作为维多利亚时期的女性,夏洛蒂的创作之路艰难重重。她生前一直使用化名柯勒·贝尔发表作品,始终承受着中下层女性作家在男性中心社会中所面临的种种窘境。人生经验和生活圈子的狭窄,既定文学传统和艺术观念施加的压力,男性权威对妇女的偏见,社会等级制度里的阶层歧视压迫,艺术理想与出版和评论之间的冲突,这些考验伴随了夏洛蒂的整个创作生涯。1849年她在给刘易斯的信中抗议说:"我希望所有的评论家都把柯勒·贝尔当作

---

① 杨静远.勃朗特姐妹研究[M].北京:中国社会科学出版社,1983:221.
② 杨静远.勃朗特姐妹研究[M].北京:中国社会科学出版社,1983:224.
③ Annette T. Rubinstein, *The Great Tradition in English Literature From Shakespear to Shaw*. Beijing: Foreign Language Teaching and Research Press,1998:754.

男人,那么他们对待他就会更加公正。我知道你老是用适合我性别的某些标准来衡量我,凡是我没有做到你认为文雅的地方,你就指责我。"①作为一个有着独立人格的作家,夏洛蒂一方面与庸俗市侩的社会习俗抗争,另一方面也与令她深感窒息、压抑的男性传统抗争。

在生前,夏洛蒂因为《简·爱》一举成名,《维莱特》也获得了充分肯定,她一度是勃朗特姐妹中名气最大的一个,也是促成"勃朗特神话"的主要动力。进入20世纪后,夏洛蒂作品外显的社会批判主题和形式受到评论家的漠视,直到20世纪50年代以后,夏洛蒂研究才走出低谷,涌现出新的有价值的评论和传记成果。对这位笼罩着传奇色彩的作家,有一点是可以肯定的,那就是她生活创作的时代正值英国小说与女性小说蓬勃发展的春天。因此,她能够有名垂青史的艺术成就,绝不是无法解释的神话。

第二节 艾米莉·勃朗特

艾米莉·勃朗特排行第四,在三姐妹中个性最为孤傲,具有一种更深沉的内省倾向。她敏感倔强,独立不羁,看似沉默孤僻,其实内心热情开放,大胆率真,富有诗情的想象。除了家人,她几乎不与他人交往,终生热爱自然,苦恋故乡约克郡的荒原。因环境和个性原因,艾米莉接受的学校教育零碎有限。6岁时,曾在寄宿学校就读两个月,因学校的恶劣条件而被接回哈沃斯。17岁时,在露海德受过几个月的教育。19岁时,做过短期家庭教师。24岁时,为协助夏洛蒂创办学校,也曾去布鲁塞尔学习法语。艾米莉是一个孤僻的天才,家庭以外的环境都令她忧郁衰弱,在她从布鲁塞尔回家为姨妈奔丧后,就再也没离开过哈沃斯,在家中度过了宁静的余生。1848年9月艾米莉在弟弟布兰威尔的葬礼上感染风寒,于12月去世,年仅30岁。

艾米莉作为一个孤独倔强的天才留在文学的记忆里,如今她还是与自然水乳交融的自由精神的代表。她出版的文学作品只有一部小说《呼啸山庄》和193首诗歌。除此之外,只有少量绘画、两封短信,还有两篇分别在13岁和16岁写的日记。在很大程度上,人们对她的了解来自他人叙述的间接材料,早期来源主要是夏

---

① 杨静远.勃朗特姐妹研究[M].北京:中国社会科学出版社,1983:69.

洛蒂以及盖斯凯尔夫人。夏洛蒂这样描述艾米莉:"她比男人还要刚强,比小孩还要单纯,她的性格是独一无二的……她最喜欢的是自由。"小说《雪莉》经常被当作研究艾米莉生平的资料,因为夏洛蒂曾对盖斯凯尔夫人透露:"雪莉就是艾米莉的样子,假如艾米莉能拥有健康和财富的话。"艾米莉的小说和诗歌更是经常被参照来构筑艾米莉的个性、人生和信仰世界。这固然是不得已而为之的猜测之举,但是也不无道理,因为艾米莉的文字的确透露出一个类似的灵魂的表白,具有很强的连贯性。其中,《呼啸山庄》中奔放不羁的凯瑟琳和希斯克厉夫通常被理解为艾米莉的人格象征,当然,也有人把不可靠的叙事者丁耐丽解读为神秘的艾米莉的代言人。

在家庭中,艾米莉受到较好的文学启蒙和艺术滋养,她擅长钢琴,也通晓绘画,热爱读书,受司各特影响较大,还钟爱苏格兰诗人大卫·摩尔描写大自然的诗篇。在布鲁塞尔时,艾米莉已经展露了她的写作天赋。埃热先生认为艾米莉天分很高,思维更有逻辑性,富有雄辩的才华。盖斯凯尔在评论两姐妹的法语作文时认为,无论从表现的力度,还是从想象力上看,艾米莉的文章都比夏洛蒂更胜一筹,只是夏洛蒂的法语词汇和句型的运用更加出色。

在勃朗特三姐妹中,艾米莉的艺术特征较为微妙复杂,因而有多样化解读的可能。她的小说、诗歌艺术同她的思想情感气质极具契合关系。查尔斯·摩根(Charles Morgan,1894—1958)以及编辑了艾米莉诗作的哈特费尔德(C. W. Hatfield)都认为艾米莉的小说和她的诗歌具有相同的思想情感和艺术特色。而这些特征,相对而言,在她的诗歌中表现得最为明显直接,这一提示有利于人们理解这位曾带有神秘色彩的文学天才。艾米莉具有天赋的诗歌才情,除了早年与安妮一起编写过贡达尔传奇以外,她还创作了193首诗歌,已位居英国重要诗人之列。而她完成的唯一小说《呼啸山庄》也极具诗意,以至于吉尔伯特(E. L. Gilbert)认为艾米莉小说的主要特征就是偏重诗情和神秘主义。艾米莉的诗歌简短而抽象,意象独特,充满了"诗的真正精英",富有想象力和情感冲击力。她尤其流连于孤独、死亡、痛苦、叛逆和自由的主题,热衷于探索形而上的问题,有对时光流转、人生无常的感叹,也有对信仰、幸福等带有宗教和哲学意味的思索。这些诗歌很多背景来自失传的贡达尔传奇,大多是其中人物的戏剧独白。在她代表性的诗歌《我的灵魂不懦弱》(*No Coward Soul Is Mine*)中,她这样开言:"我的灵魂不懦弱/在风雨交加的世界中不颤抖/我看见天堂的荣光闪耀/信仰同样明亮,护卫我/免于恐惧哀愁"。另一首著名的《老斯多葛主义者》(*The Old Stoic*)这样写道:"我向来鄙视财富,爱情也被我视如草芥,声名于我如幻梦,黎明一到便消散无影。倘若我要祈祷,只有一个愿望能让我翕动嘴唇:保持我如今淡泊的心灵,并给我自由。哦,当我飞驰的光阴临近终点,我全部的恳求只有一个:请赐予不羁的灵魂以勇气,去耐心地穿越生与死的边界。"这些诗篇里,出现的经常是专注于心灵生活,对现实世界表现得淡定无畏的形象。不过,远离尘嚣的艾米莉仍然有血有肉,内心激荡着情感的复杂滋味。在生活的压力下,以及疾病与死亡的阴影中,她的内心同时萦绕着孤独苦涩的情绪。一首早期的诗中便流露出疲惫而濒于绝望的情绪:"然而如今当我希望过歌唱/我的手指却拨动了一根无音的弦/而歌词的叠句仍旧是不要再奋斗了/一切全是枉然。"夏洛蒂对艾米莉的诗作评价极高,她认为"任何妇女从未在此之前写出过这样的诗——简洁、有力、明确——痛苦是它们的特点……与过去的苍白无力的诗歌截然不同"。艾米莉的第一部传记作者玛丽·罗宾森(Mary Robinson)认为,艾米莉的诗歌"没有个人色彩",诗中出现的"我的"并不标示某种具体关系、情感甚至个人,这些都深刻体现了作者对形而上问题的兴趣,对人性和生活的内省性理解和表达。

当然,奠定艾米莉文学声誉基础的还是其小说《呼啸山庄》。艾米莉以诗人的气质,借助戏剧化和抒情的方式表现人类的浪漫激情和悲怆绝望,强调精神性的主题,注重个人的情感本性和内在力量,在思想主题、形象塑造和叙事技巧上都独树一帜。

《呼啸山庄》创作于1845年10月—1846年6月间,于1847年12月发表,在作者去世后才逐步得到认可。它叙述了约克郡原野上呼啸山庄和画眉山庄两个家庭三代人爱恨纠葛的命运,故事的核心是第二代人物凯瑟琳和希斯克厉夫惊世骇俗的爱情。小说共有34章,叙事结构独特,通过画眉山庄的房客洛克伍德和呼啸山庄的女仆丁耐丽两个人物来叙事,一步步展现出一个动人心魄的离奇故事。呼啸山庄的主人恩肖先生收养了一个他从利物浦带回的孤儿希斯克厉夫,恩肖的女儿凯瑟琳率真不羁,与希斯克厉夫青梅竹马,彼此怀有刻骨铭心之爱。恩肖的儿子亨德雷残忍傲慢,始终敌视、欺压希斯克厉夫,在恩肖先生去世后,亨德雷的侮辱虐待更加肆无忌惮。一天,凯瑟琳和希斯克厉夫误闯林顿家族的画眉山庄,凯瑟琳被狗咬伤,滞留在那里养病,桀骜不驯的凯瑟琳被这里高雅文明的生活所吸引,与林顿家的儿子埃德加建立了友谊。凯瑟琳痊愈回到呼啸山庄,装束举止大变,与希斯克厉夫产生了误解与隔阂。希斯克厉夫偶然中听到凯瑟琳和女仆丁耐丽谈话,听到了凯瑟琳说不能降低身份嫁给自己,遂于激愤中不辞而别,没有听到凯瑟琳后面的深情表白。凯瑟琳嫁给了文雅恬静的埃德加,却始终为失去至爱希斯克厉夫而郁郁寡欢。三年后,希斯克厉夫突然返回,并已经获得财富和社会地位。他虽然深爱着凯瑟琳,却决意对两个家族进行报复。凯瑟琳忍受不了感情折磨,在生下女儿小凯茜后死去。阴郁的希斯克厉夫更加疯狂,要把两个家族的财产据为己有。他诱骗亨德雷赌博,夺取了呼啸山庄;之后,他通过诱拐埃德加的妹妹伊莎贝拉,想得到画眉山庄的继承权。然而克希斯厉夫无情地折磨伊莎贝拉,致使她在怀孕后逃离,再也没有回来。妻子客死他乡后,他接管了孱弱乖张的儿子小林顿,并强迫他娶了小凯茜。小林顿从未得到父爱,婚后不久病逝,并被迫立下遗嘱,将画眉山庄交给希斯克厉夫。希斯克厉夫像一个暴虐的统治者,继续着对小凯茜和亨德雷的儿子希尔顿的迫害,并试图将后者驯养成一个粗野无知的青年。然而,希尔顿善良质朴,逐渐与小凯茜产生了真诚的爱情。希斯克厉夫在极度孤独和对凯瑟琳的思念中疯癫自虐,最终绝食而死。希尔顿和小凯茜结合,在画眉山庄开始了幸福的生活。

《呼啸山庄》是一部奇特的作品,难以归类。它涵义丰厚,描写了爱情、偏见、嫉妒、误解、仇恨、报复以及和解的曲折故事,是引人入胜的复仇传奇,也是最伟大的爱情小说之一。它是关于激情的浪漫主义表达,也是探索人类精神领域那一片神秘幽暗之地的杰作。它体现了作者独特而深厚的自然情结,也表述了理想与现实冲突的永恒主题。然而,先于时代的品质使得它命运坎坷,出版后遭到冷遇甚至极为严厉的贬抑,被认为形式粗糙,道德病态,思想情感褊狭怪异,毫无吸引力。甚至连夏洛蒂也无法理解《呼啸山庄》的思想,特意在《呼啸山庄》再版的序言中为笼罩小说的"黑压压的恐怖感"(horror of great darkness)而道歉。小说中桀骜不驯的人物性格,超乎理性的炽热爱情、憎恨与复仇意识,无一不在挑战维多利亚读者关于小说的正统观念。《评论季刊》认为它"集法国小说派一切不顾廉耻、令人恶心之粗俗处,选定邪恶来作为其自身的解毒剂"[①]。20 世纪后,小说令人费解的思想内涵和形式,吸引了越来越多的读者,关于主题、人物、语言、叙事结构等方面的研究不断展开,充分肯定了其艺术独创性,一度形成了艾米莉研究热潮和"《呼啸山庄》学",一直持续到了 20 世纪 50 年代。评论家们从社会小说、心理小说、道德伦理、精神分析、阶级分析、性别研究、自然哲学、生态主义等角度予以解读,其中来自名家的真知灼见辈出。罗塞蒂在 1854 年声称:"我对《呼啸山庄》产生了强烈的兴趣,这是今年我阅读的第一本小说,就作品的力度和优秀的风格而论,这是我这两年内读到的最好的作品……但是它是一本极为奇特的书,一个不可思议的怪物

---

① E. L. Gilbert, *Emily Bronte's Wuthering Heights*. Beijing:Foreign Language Teaching and Research Press,1996:237.

……简直就像地狱中发生的事情,只是换成了英国的地点和人名而已。"①利维斯在《伟大的传统》(The Great Tradition,1948)中感叹它是一个天才的惊人之作,超越了司各特的浪漫主义传统和18世纪以来现实主义对真实的理解,发挥了难以觉察的影响。②

这部作品在叙事技巧上别有创意,它是英国最早采用倒叙手法创作的长篇小说之一。艾米莉让外来房客洛克伍德和熟稔两个家族命运的老仆人丁耐丽分别作为第一和第二叙述者,逐步抖搂出发生在两个家族三代人身上的错综复杂的故事,多重叙事角度的交织使得小说悬念迭生。而两个叙事者各自独特的社会身份、人生立场和观察视角无疑为故事增添了不可靠叙事的间离效果,为读者的自主判断和审美感受留下了巨大空间,这或许是它在现当代文化语境中广受称赞的原因之一。此外,在发展故事情节方面,艾米莉主要展示了一系列戏剧性场面,以人物对话与动作为主,并辅以简短的阐释。如此一来,阅读小说就好像浏览一本生动的画册,又酷似在观赏一场令人沉醉的戏剧。

《呼啸山庄》的奇异之处,还表现在它完美融合了现实主义和浪漫主义的丰富表现力。

一方面,小说不乏现实主义描摹的技巧,富有约克郡的地域色彩,散发着英国北方农村的乡土气息。人物对话具有浓郁的约克郡风情,用那种荒野山地环境中人们"粗野而强烈的语言",来"生硬地"表露他们的喜怒哀乐。小说的种种细节显示出,在生活态度上超然淡泊的艾米莉并非像夏洛蒂所言,对一切世俗事务完全茫然无知,而是对生活现象富有真切的洞察。比如,希斯克厉夫谋夺财产的情节就建立在作者对英国当时继承法的准确了解基础之上。

另一方面,《呼啸山庄》洋溢着纯净的浪漫主义悲情,充满奇异的想象,携带着骇人的情感强度。它巧妙借助哥特因素,用高度诗意的语言,描绘了富有主体意识的主人公的悲情经历,其表现力使得当时很多读者深信埃里斯·贝尔是一位男性作者。夏洛蒂作出如此观感:"每一缕阳光照射下来,都要穿过阴沉逼人的乌云的障碍;每一页都过重地负荷着某种道德上的雷电。"③小说中人物的精神世界,不论是爱情、嫉恨还是种种恶行、偏执、心理矛盾,都夸张浓烈得令人吃惊。作家毛姆(William Somerset Maugham,1874—1965)虽然对《呼啸山庄》的结构提出批评,但是却对这部小说强大的个性魅力表示着迷,"我想不出来另外还有哪本书,把爱情

---

① Daniel S. Burt, The Novel 100 : A Ranking of the Greatest Novels of All Time. New York: Checkmark Books, 2004;237.
② F. R. Leavis, The Great Tradition. New York: Doubleday & Company, Inc. ,1948;41.
③ 杨静远.生平与书信[M].中国社会科学出版社,1983;79.

的痛苦、欢乐、残酷和执著表现得如此强大有力"①。艾米莉借鉴哥特艺术,制造出一个梦魇般的虚构世界。小说背景具有超自然的气氛,以雨雪、风暴、黑夜作为基调,描绘了阴郁荒凉的原野、长风呼啸的山庄、风雨交加的夜晚、盘旋不去的哀怨幽灵和暴烈孤僻的人物,将纷繁五彩的世界过滤成黑白底色的神秘梦幻之境。艾米莉还不时将人物置于各种悖论关系所产生的危境中,令叙事弥漫着悬念,使一部爱情小说有了侦探及恐怖小说的吸引力,生发出特殊的崇高美感。

《呼啸山庄》气势磅礴,具有女性作家中少有的崇高硬朗风格。英国诗人史文朋曾把《呼啸山庄》的悲剧品质与《李尔王》(King Lear, 1623) 相提并论,他这样评价小说的艺术效果:"笼罩全书的气氛是那么崇高,那么健康,以致那使夏洛蒂·勃朗特感到不安的'活灵活现的恐怖景象',在这里几乎立刻被一种高尚纯洁和激昂率直的总印象所中和了。"②此言不谬,在小说中艾米莉貌似在谈爱情小命题,实则以自己的智性求索人生的大命题,以独特的诗情表现人类在寻求答案之途中的迷惘、抚慰和痛苦,承载这沉重命题的就是有着强烈激情的个体被悖论摧折的人生故事。伍尔夫曾将《呼啸山庄》与《简·爱》进行比较,给予前者更崇高的评价:"当夏洛蒂写作时,她以雄辩、光彩和热情说'我爱','我恨','我受苦'。她的经验,虽然比较强烈,却是和我们自己的经验都在同一水平上。但是在《呼啸山庄》中没有'我',没有家庭女教师,没有东家。有爱,却不是男女之爱。艾米莉被某些比较普遍的观念所激励,促使她创作的冲动并不是她自己的受苦或她自身受损害。她朝着一个四分五裂的世界望去,而感到她本身有力量在一本书中把它拼凑起来。那种雄心壮志可以在全部小说中感觉得到——一种虽受到挫折,但却具有宏伟信念的挣扎,通过她的人物的口中说出的不仅仅是'我爱'或'我恨',却是'我们','全人类'和'你们'……正是对于这种潜伏于人类本性的幻象之下的力量升华到崇高境界的暗示,使这部书在其他小说中显得出类拔萃,形象宏伟。"③伍尔夫的见解同样中肯。亚里士多德称赞荷马史诗的悲剧技巧时,告诫诗人"应尽量少以自己的话"来表达具有崇高品质的悲剧主题,这部小说正是具有类似的技巧。

艾米莉几乎在所有的作品中都嵌入一个共同的主题内核:渴望超平庸的现实,追求一个更完美的世界,尤其是精神上的自由不羁和自我实现,因此具有一种空灵的非现实特色。莱斯利·斯蒂芬认为这部小说的"内心世界呈现虚幻面貌的、奇

---

① 杨静远.勃朗特姐妹研究[M].北京:中国社会科学出版社,1983:407.
② 杨静远.勃朗特姐妹研究[M].北京:中国社会科学出版社,1983:259.
③ 杨静远.勃朗特姐妹研究[M].北京:中国社会科学出版社,1983:259.

特的自我中心主义"①。这部小说的确具有非同寻常的内向性,就像希斯克厉夫所坚持的那种无情、无奈而又痛苦难言的对"精神上的长牙齿"的研磨,在描述一种痛苦、致命的渴望感,一种具有普遍意义的人类孤独经历。艾米莉的一生都活在飞扬的幻想中,不肯落入凡尘,正是她对精神性的执著追求,赋予了作品有崇高之感的"总印象"和领先于时代的内省品质。

艾米莉擅长糅合对立冲突的元素来表现事物的两面性和矛盾性,形成自己复杂而又深刻的艺术品质。戴维·塞西尔对此的分析别具一格,他认为这部小说的主旨是展现"风暴与宁静"的并存和冲突②,超越了一般社会小说中善恶对立的观念,以象征的形式表达了艾米莉的自然哲学。借用塞西尔的视角,人们不难看到,对立冲突的因素特别体现在小说的情节、人物形象和环境刻画中。小说体现了19世纪资本主义社会中个人的精神,表现了自由心灵所遭受的冲突和压迫,是人性遭到扭曲之时的紧张和挣扎的呐喊。小说人物基本都是具有冲突品质的成对人物,如凯瑟琳与希斯克厉夫情侣、凯瑟琳与亨德雷兄妹、凯瑟琳与埃德加夫妇、凯瑟琳母女、由敌人变为爱人的小凯茜与希尔顿、女佣丁耐丽与男仆约瑟夫、陌生的外来房客与熟知内情的家族管家等等组合。其中最引人注目的当然是爱恨交织、生死缠绵的凯瑟琳和希斯克厉夫,他们在现实外力和心灵挣扎的合力挤压下,成为具有分裂人格的人物,含有拜伦式英雄的气质和撒旦式人物的影子,折射着社会和人生的复杂层面。

艾米莉是一个出色的文体家。她的诗歌音韵粗犷,语言精练、简洁、刚劲、真挚,深富忧郁与崇高的美感③,其小说语言也个性鲜明,具有同样的诗意力量。夏洛蒂感到,在《呼啸山庄》"风雨如晦的带电的大气里,我们有时仿佛嗅到雷电的硫磺味",史文朋则认为小说中关于梦境和癫狂的两段描写堪称登峰造极的文字。小说自然环境描写的诗意和象征意义,烘托了人物的精神世界,展现出作者对自然和自由的热恋情结。作品中摧枯拉朽的自然风暴和人物内心的精神风暴相互迎合,完美地阐释了小说的题目。马修·阿诺德忧虑维多利亚时代的精神危机,曾提倡用文化和精神价值来抵制对物质和机械的迷信,艾米莉的小说正是体现了这一精神气质。她的作品以自由的精神超越刻板化的现实,以自然对抗制度化的文明,在当时的维多利亚社会具有特立独行的品质。

艾米莉的小说品质独立于19世纪小说主流之外,因而她的艺术之途比夏洛蒂

---

① 杨静远. 勃朗特姐妹研究[M]. 北京:中国社会科学出版社,1983:259.
② E. L. Gilbert, *Emily Bronte's Wuthering Heights*. Beijing:Foreign Language Teaching and Research Press,1996:207.
③ Charlotte Bronte, *A Biographical Notice of Ellis and Acton Bell*, 1850.

更加坎坷。《呼啸山庄》不具备奥斯丁客观精当、情感适度的新古典主义旨趣,也不同于狄更斯和萨克雷现实主义的广幅社会画卷,又没有夏洛蒂那种直指社会丑恶的批判锋芒,很难赢得当时小说读者的青睐。艾米莉在世时备遭冷漠误解,直到她去世两年后,锡德尼·多贝尔在其《柯勒·贝尔》一文中才给予艾米莉"迟来的公正"。1883年,英国女诗人玛丽·罗宾森出版关于艾米莉的第一部传记,开始了艾米莉研究的新阶段。同年,英国诗人史文朋发表著名评论《艾米莉·勃朗特》,盛赞艾米莉为"悲剧天才"。在20世纪初,玛丽·沃德对艾米莉作品的特点做了概括,认为它是凯尔特民族性格、英国民族精神、以乔治·桑和雨果(Victor Hugo,1802—1885)为代表的法国浪漫主义因素,以及以霍夫曼(E. T. A. Hoffman,1776—1822)为主的德国浪漫主义因素的结合。1926年,C. P. 桑格(C. P. Sanger)发表《〈呼啸山庄〉的结构》(The Structure of Wuthering Heights),对小说进行细致的实证主义分析,充分肯定了其叙事结构的创新。1949年,梅尔文·华生(Melvin R. Watson)发表《〈呼啸山庄〉和评论家们》(Wuthering Heights and the Critics),综述了一个世纪来对这部小说的评介、接受,成为艾米莉和《呼啸山庄》研究的重要阶段贡献。盖林在1971年出版的艾米莉生平传记,也有一定影响。现在,《呼啸山庄》名列文学经典之列,艾米莉还被认可为20世纪最优秀的诗人之一。① 《呼啸山庄》也受到中国读者的喜爱,有多个译本,其中杨苡在1955年首次采用《呼啸山庄》一名的版本在国内影响广泛。

第三节 安妮·勃朗特

安妮·勃朗特在三姐妹中文名较平,但是她表现出诚实的社会批判态度以及细腻的写实主义风格,以自己温婉坚毅的人格和艺术魅力感动着读者,成为"勃朗特传奇"的一部分。勃朗特专家盖林在1959年出版的《安妮生平传记》,是第一本关于安妮的独立传记,弥补了此类研究的空白。安妮人生短暂,生活圈子狭窄,经历简单,在写作上处于不利的地位。然而她阅读广泛,好学深思,并且善于从自己的人生经历中寻找素材和灵感,跨越了种种创作上的障碍。她受到18世纪英国现

---

① Margaret Drabble, ed. *The Oxford Companion to English Literature*(new ed.). Oxford: Oxford University Press, 1985: 185.

实主义传统和感伤主义小说情节的影响,其作品以中产阶级,特别是中下层为关注对象,善于表现小资产阶级人物的艰难生活和奋斗经历,具有温和的人道主义思想和感伤色彩。安妮诚实正直,虔信宗教,她的小说也体现出强烈的道德感和宗教虔诚精神,用她"毫不妥协的诚实"揭露生活中的丑恶和谬误,往往在平淡中富有真诚质朴的见解。她的文体风格沉静文雅,含有一种宁静的力量,颇具可读性。

安妮的人生简单而又浸透不幸。母亲去世时她不足两岁,五岁时又失去两个大姐。虽然幸存的四姐弟在艺术世界里找到共同的寄托,但是孤独和痛苦构成了安妮人生的主旋律。在家中,父亲和姨妈都是在各自的房间里独自用餐,而曾经和安妮一起在罗宾逊家做家庭教师的布兰威尔因为与女主人有染被辞退,从此堕落消沉,使家人深受折磨。安妮个性温和柔顺,克制忍让,含蓄内倾,与艾米莉的关系最为亲近。她所受的教育主要来自家庭,只是在1837—1838年期间曾经到夏洛蒂当时执教的露海德学校短暂学习。她善解人意,务实耐劳,虽然年纪最小,做家庭教师的经历却比两个姐姐都要长久。在艾米莉去世后不久,安妮也感染肺结核,她在生命将尽时请求夏洛蒂带她去斯卡巴勒看大海。1849年5月,在到达目的地的第二天,29岁的安妮在夕阳下安然离世。她留下的最后一句话是对姐姐的抚慰:"勇敢些,夏洛蒂,勇敢些,夏洛蒂!"

安妮在11岁时和艾米莉一起创作贡达尔传奇,她编写的部分有幸保存下来,成为研究这个早期作品的资料。安妮也留下一些绘画作品,她的画主要描绘乡村景物,富含人间情调,与她温柔并热爱人生的个性十分契合。她的文学成就除了1846年三姐妹联合发表的诗歌外,还有两部小说:《阿格尼斯·格雷》和《怀尔德菲尔楼的房客》。

第一部小说《阿格尼斯·格雷》,最初题名为《一个人的生活片段》(*Passages in the Life of an Individual*)直接取材于她做家庭教师的经历。小说共有25章,采用第一人称视角叙事。故事背景在19世纪中叶的英国,阿格尼斯·格雷是一个国教派牧师的次女,在英格兰北部度过无忧的少女时代。当阿格尼斯成人后,鲁莽的父亲做投机生意失败,血本无归。为补贴家用,阿格尼斯不顾父母的反对,决定去做家庭教师。带着天真的乐观想法,她来到富商布鲁姆斯菲尔德家任职,负责照料和教育四个孩子。布鲁姆斯菲尔德夫人的冷漠傲慢以及孩子们的粗野和自私令安妮精神十分痛苦。一天,夫人的小儿子汤姆残忍地折磨一窝小鸟,善良的安妮毅然杀死了小鸟来阻止男孩的暴行。为此,她得罪了主人,很快被解雇。之后,她来到贵族乡绅穆瑞家为四个孩子做家庭教师,仍然受到主人的歧视怠慢。在苦闷中,安妮认识了这里的副牧师爱德华,很快爱上了这个真诚质朴的青年。随着穆瑞家的男孩子离家去学校读书,安妮的学生只剩下两个女孩,长女罗莎莉漂亮又轻浮,贪图物质享受,嫁给了有钱有势的托马斯·阿什比爵士。阿格尼斯的父亲去世后,阿格尼斯回到家中,与母亲一起成功地开办了自己的学校。大约一年后,阿格尼斯收到罗莎莉的邀请信,来到阿什比庄园做客。阿格尼斯发现已做母亲的罗莎莉变得玩世不恭,婚姻生活毫不幸福。归家几日后,阿格尼斯在海边邂逅已成为教区牧师但清贫依旧的爱德华,他们成婚,成立了幸福的家庭。

这是一部女性成长小说,艺术地表现了主人公从天真单纯走向成熟的人生经历。它含有自传成分,"是作者心灵的一面镜子"①,为19世纪中叶流行的"家庭教师小说"增添了精彩的一笔。安妮的作品超越了当时的同类小说,它以严肃的批判态度对维多利亚社会的许多问题进行了严峻的探讨,内容涉及道德意识、阶级平等、家庭教育,妇女的地位和出路等,尤其对当时泛滥的物质主义以及维多利亚虚伪腐朽的家庭观念予以无情的审判。在20世纪,这部作品跻身重要的维多利亚现实主义小说之列。

这部小说以阿克顿·贝尔的笔名出版后,反应平淡,甚至被认为属于《简·爱》的作者柯勒·贝尔的一部练笔之作。现当代评论家们却肯定其优秀的艺术品质,指出小说叙事技巧具有典雅平和的光辉,写实风格朴实无华,心理描写细腻准确,对维多利亚社会的观察和评判富有洞见。小说清新明快的文体风格尤其受到盖林的高度评价,说它是"英国文学中最完美的散文叙述作品……像一件薄纱衫一样单纯而美丽……是英国文学中文体、人物和主题三者完全协调一致的一个故事"②。不过,小说的宗教和道德说教气息过于浓厚,多少影响了其艺术效果。

安妮的第二部小说《怀尔德菲尔楼的房客》在她去世前一年出版,销售极佳,却给安妮带来巨大的精神压力。安妮以现实主义的手法大胆触及了堕落放纵、酗酒吸毒、婚姻失败等敏感题材。这是一部书信体小说,由一个简单的编辑前言和分为三部分的53章书信、日记构成。叙事由男主人公吉尔伯特写给朋友的信以及女主人公海伦的日记组成。前15章是吉尔伯特写给朋友哈夫德的信件,讲述他们怀尔德菲尔楼新来的神秘房客格雷厄姆夫人。她带着一个孩子,身份貌似寡妇,吉尔伯特开始对她深为反感,但是逐渐了解并爱上了她。然而,他看到夫人在深夜与房东劳伦斯进行私密谈话,又对她产生误解,并殴打劳伦斯。夫人约吉尔伯特见面,把自己的日记给了他以澄清真相。小说的第16到44章是格雷厄姆夫人的日记,

---

① 杨静远. 勃朗特姐妹研究[M]. 北京:中国社会科学出版社,1983:42.
② 杨静远. 勃朗特姐妹研究[M]. 北京:中国社会科学出版社,1983:500.

交代了她的身世和失败的婚姻。原来她叫海伦,曾爱上英俊有才的亚瑟·亨廷顿,并不顾家庭反对与之结合,婚后,海伦才发现丈夫品德不佳,堕落放荡,沉溺酒色。海伦努力拯救丈夫,却均告失败,于是在绝望中带着儿子离家出走,入住怀尔德菲尔楼。第44章结尾到第53章又回到吉尔伯特的书信叙事,记叙了他获知事情真相后发生的事件:海伦得到丈夫病危的消息,不计前嫌,返回家中护理照顾他,直到他去世。最终善良的海伦和吉尔伯特缔结良缘。

作品大胆涉及了性别平等问题,有鲜明的妇女解放思想,被公认为最早的女性主义小说之一。女主人公海伦的人生和个性在当时具有传统的性别革命色彩。在爱情、婚姻等所有问题上,她都积极选择,大胆追求,不伤感脆弱,也不逆来顺受,这种情感和理性兼具的新女性形象,充满着人性的光彩,在保守的维多利亚时代委实罕见。

这是一部有真切体验的成长小说,既有女主人公海伦的女性经历记录,也有男主人公吉尔伯特的心路历程。小说采用书信和日记形式在叙事上具有直接和私密的特点,能够很好地体现男女主人公的内心世界和人生态度。日记记叙了海伦单纯的理想主义在现实痛苦的磨砺中走向成熟的过程。吉尔伯特对海伦的情感态度也体现着男性对女性认知的逐步修正和深入,从偏见到本能的吸引,从误解到心灵的相通,从最初无意识的自我中心到最后萌生自觉的平等意识,从这个意义上说,安妮预言了两性共同成长的乐观前景。小说中沿用了美德妻子与无良丈夫的经典对立形象构筑情节,不过,比起理查逊的《克拉丽莎》以及亨利·菲尔丁的《爱米莉亚》,海伦身上的女性自主意识更为积极鲜明。狂暴的酒鬼丈夫亨廷顿的人物原型一般被认为来源于有天赋、但是行为乖张的布兰威尔,是一个误入歧途的天才形象,安妮似乎在他身上寄托了对兄长浪费和误用天赋的痛彻惋惜。

小说的叙事结构与《呼啸山庄》有相似之处,也采用两个叙事者,首先制造秘密,设置悬念,然后逐步揭开谜底。然而,小说的书信体形式在结构上存在一些弱点。其一,小说的主体是吉尔伯特给朋友的信件,然而读起来却是过于连贯的叙事,不够真实。其二,吉尔伯特在答应了海伦请他保密的条件下,竟然还在信中贸然向朋友描述一切,而对于这样一位特殊朋友的身份,小说并未作特意说明,显然牵强。其三,小说只有吉尔伯特单方面写的信,没有朋友的回信,也看不到吉尔伯特收到回复的迹象,有悖生活常理。此外,在给朋友的信中夹杂着长篇转引海伦日记的做法也比较离奇。最后,日记里内容与形式上有不和谐之处,比如日记的日期是事件发生之时,文字却采用事件过去很久以后的评论语气。这些生硬之处,多少削弱了作品的整体艺术效果。

在维护女性作家艺术表达的自由权力上,安妮比夏洛蒂态度更坚定。这部小说的畅销和受到的少量称赞给安妮带来了安慰,同时,它也将安妮置于深深的误解和冷酷的苛责、辱骂中。小说挑战了维多利亚虚伪的道德准则,其中对酗酒、放荡行为的真实描写,在当时被认为是误入了妇女不应涉及的题材领域,是一种低级趣味和病态情感。安妮对此极为愤怒,在再版序言中大胆回击,谴责在艺术上对男女作家采用不平等标准的观点:"我实在无法理解……一个女人怎能因为写出了对一个男人来说是正当的得体的东西而受到责难。"①她明确宣布:"我写本书的目的,不是单纯为取悦于读者,……我希望讲真话……我认为自己有资格匡正社会的过失和谬误。"②夏洛蒂虽然也怀有抨击时弊的艺术理想,但是却多次声明不喜欢这部小说。她在两个妹妹写的"生平纪略"中竭力申明安妮的品质原本单纯无瑕,并为这部小说"选材的巨大的错误"而惋惜惭愧。

随着勃朗特研究的深入,众多批评家逐步对安妮诚实率直的社会批评态度及其质朴真诚的文体特色予以充分肯定。虽然安妮在无人喝彩的孤独中离开人世,但是却在21世纪里拥有了更多的知音。也许一个有特色的作家不必在当时的社会语境里拥有千千万万读者,而是在未来的世世代代都能有知音,在这一点上,安妮·勃朗特做到了。

第四节 勃朗特姐妹的小说艺术探究

虽然三姐妹的艺术特色各有千秋,人们却惯于把她们相提并论。哈罗德·布卢姆甚至提出,勃朗特姐妹共同创造出了"北方传奇文学"(northern romance)这一新体裁。③ 究其原因,一方面是因为其密切的家庭纽带,另一方面也因为她们的写作的确有可以并置的共同之处,并且有别于其他维多利亚作家。在维多利亚文学中,三姐妹的小说在很多方面都有一定程度的突破。

首先,勃朗特姐妹的小说都浸润着浓厚的约克郡地方风情,不论是自然环境、社会环境,还是人物形象和语言表达,都富有她们故乡的色彩。在夏洛蒂1850年为艾米莉和安妮小说写的《序言》中,表明她们立足于约克郡的地方特色,有意识

---

① 杨静远. 勃朗特姐妹研究[M]. 北京:中国社会科学出版社,1983:11.
② 杨静远. 勃朗特姐妹研究[M]. 北京:中国社会科学出版社,1983:9.
③ Harold Bloom, *Novelists and Novels*, Vol. 1. Philadephia: Yale University Press, 2005:125.

创作出不同于狄更斯和萨克雷城市小说的作品。在《简·爱》中,夏洛蒂大量使用英格兰北方方言,生动鲜活,而艾米莉的《呼啸山庄》,更是为英国的北方荒原涂染上具有悲情之美的理想主义色彩,吸引了很多读者前往哈沃斯的荒原朝圣。

其次,在创作意识上,三姐妹都具有追求自由平等的民主主义思想。她们将充满同情的眼睛转向凡俗的人生,关注卑微、孤独的个体在充满痛苦和挫折的世界里的生存境遇。正如夏洛蒂声明她的主人公是她在生活中看到的那样,靠劳动度过一生,"从生活中啜饮一杯苦乐参半的淡酒"①,她们的主人公都不是来自特权阶级的,而是地位卑微的普通市民,在无数的苦混中追寻自己的世界,尤其是心灵的世界。用瑞克·瑞伦斯(Rick Rylance)的结论来说,就是执著地表现"个人生存"的主题,在社会阶层领域,反映了小资产阶级和中产阶级下层人的情感诉求和人生境遇。此外,她们也基本聚焦在自己所熟悉的女性视角,作品主人公大多是女性。苏联学者格拉日丹斯卡娅认为,夏洛蒂"在民主主义的同情心方面比萨克雷走得更远"②。

再次,她们的作品中都显示出鲜明而强烈的自我意识,富有激情的个人主义特征,都可以看到拜伦的影子或隐或显地存在着。因而,现代文学评论家通常把勃朗特姐妹当作浪漫主义传统的作家予以研究。布卢姆认为,勃朗特姐妹深受拜伦的诗歌、个性及传奇的熏陶;此外,她们的文学传统还可以追溯至哥特小说和伊丽莎白时代的戏剧。她们的主人公或者贫穷卑微,无依无靠,或者孤独避世,激扬高傲,但是都对庸俗的社会和道德传统持批判和蔑视的态度,执著于叛逆的个性追求。正如艾米莉在一首诗中写道:"我们并没有别的要求,我们只要自己的心和自由。"她们用丰富的想象和富有情感的文字表达出对自由的热爱,体现了以拜伦为代表的浪漫主义传统的深刻影响。关于勃朗特姐妹刻画的浓烈情感世界,历来有批评意见,认为她们在情感的适度性上存有缺陷。詹姆斯认为勃朗特姐妹在处理人物的感情时没有保持"智性的优越",也就是不能从理智上与自己的人物保持距离,他认为是"理智的混乱"使她们沉醉在自己令人怜悯的故事中,从而令读者面对姐妹的信口开河时会忽视她们的问题、精神、风格、才华。詹姆斯在艺术理论上强调保持作品的客观性,对勃朗特姐妹的评价不高。此外,勃朗特姐妹以强烈叛逆性的主体意识,对维多利亚传统价值表示质疑、蔑视甚至挑战,因此她们被同时代人冠以"粗鄙"的标签,甚至被指责为"亵渎神明"。但是,正因为勃朗特姐妹的浪漫主

---

① 杨静远.勃朗特姐妹研究[M].北京:中国社会科学出版社,1983:13.
② 杨静远.勃朗特姐妹研究[M].北京:中国社会科学出版社,1983:473.

义气质,才赋予《简·爱》和《呼啸山庄》这些杰作以感人至深的个性魅力。三姐妹都具有敏锐的批判意识,而夏洛蒂和艾米莉自由、激越的个性尤其突出。

此外,勃朗特姐妹的创作倾向于从个人人身世获得小说题材,具有很强的自传性和现实主义色彩。她们强烈的自我意识使其情感思想在现实局限中被压紧踏实,从而使产生出来的作品都打上了她们个性的烙印,携带着强大的情感冲击力。所以,伍尔夫指出,夏洛蒂并非因为读了大量的书才写得好的。而伍尔夫的父亲莱斯利·斯蒂芬干脆声称:"研究她(夏洛蒂)的生平就是研究她的小说,两者似乎是同一个命题。"[①]更有无数读者认为,夏洛特就是简·爱,就是露西·斯诺。作家与作品固然不能混为一谈,但人们的确在勃朗特姐妹和她们的作品之间感受到极大的契合。夏洛蒂和安妮富有现实的批判意识,对各种生活经历直接借用较多,而艾米莉深具冥思内省风格,其自我指涉几乎完全内倾于精神世界。她们经常采用第一人称叙事,比如《教师》《简·爱》和《阿格尼斯·格雷》。在后两部作品中,夏洛蒂和安妮都描写了家庭教师的命运,这与她们做教师的经历不无关系。勃朗特姐妹早年在家中相伴相娱,沉浸在想象的创作王国,但是由于经济的压力,又不得不离家工作,担任家庭教师。在人性得不到尊重的庸俗现实里为生活奔波,身处屈辱的地位,面对傲慢而冷漠的环境,承受繁重琐碎的工作,这在她们敏感的心灵上笼罩了一层阴影,尤其是琐屑的工作剥夺了她们自由支配的时间,无法进行心爱的创作,内心的痛苦何其强烈。连三姐妹中最为忍耐克制的安妮也在日记中诉说深深的绝望:"我在鲁宾森家做家庭教师。我不喜欢这种状况,真希望能改变一下。……大家都为了生活在工作,……我们不知道自己是谁,我们更不知道将来会怎样!"应该说,勃朗特姐妹创作的自传色彩主要源于她们强烈的个人意识和所承受的沉重压力。

最后,勃朗特姐妹成功塑造了一系列震撼人心的艺术形象,如夏洛蒂的简·爱、雪莉和露西,艾米莉的凯瑟琳和希斯克厉夫,安妮的阿格尼斯·格雷和海伦等,构成了英国小说世界一道炫目的人物风景。令人难忘的是众多女性形象大都具有强烈的女性自我意识,是追求独立、自由和个性解放的人物。在夏洛蒂早年撰写的安格利亚王国中,女人并不像在维多利亚社会中那样只能选择做贤妻良母式的"家中的天使",而是心智方面充满活力,能够担任重要社会工作的新女性,这无疑是超前的进步思想。

从时间维度来看,勃朗特姐妹的创作属于肖尔瓦特概括的英国女性文学创作

[①] 杨静远.勃朗特姐妹研究[M].北京:中国社会科学出版社,1983:293.

的第一个阶段,即 1840—1880 年间女性阶段(feminine phase)。肖尔瓦特认为此阶段的女作家多采用男性化的笔名,模仿并采用男性文化的标准。然而,从勃朗特姐妹的抗议、叛逆主题和对女性主体意识以及女性经验的发掘上,三姐妹已经超越了肖尔瓦特的界定,走得更远。布卢姆指出,她们的艺术气质在哈代(Thomas Hardy, 1840—1928)和劳伦斯的作品里也有继承和发展。总之,勃朗特在奥斯丁奠定的伟大基础上,继续发展了女性现实主义和家庭现实主义,从更广泛的角度探讨女性在家庭和社会中的角色与命运,为英国女性小说艺术做出了重要的贡献。

第四章　多丽丝·莱辛小说创作探究

多丽丝·莱辛 1919 年出生于波斯(现伊朗)的科曼莎,父亲阿尔弗莱德·泰勒(Alfred C. Taylor)战前是英国的一位银行职员,后在伊朗的帝国银行就职。为了子女的教育,莱辛一家搬到了罗德西亚,并在莫桑比克边境拥有一处农场。由于经营不善,莱辛一家在很长的一段时间内都处于贫困之中。少时的莱辛曾就读于索尔兹伯里(今津巴布韦首都哈拉雷)的女子学校,12 岁左右由于眼疾辍学回家,开始自学。16 岁时她在一家电话公司谋得职位,学会了打字。随后她在一家律师事务所工作,掌握了速记的本领,并因此获得了在罗德西亚议会做秘书的机会。1947 年她成为一家著名报纸的打字员,即便在后来定居伦敦之后,她依然兼职做打字员以贴补家用。莱辛曾两次结婚但都以离异告终,共有三个孩子。1949 年起她定居英国。2013 年逝世。本章将从多个方面深入探讨她的小说创作,并将她的小说创作与伍尔夫等著名女性作家的小说创作进行比较,从而更好地揭示她的小说创作的特别之处。

第一节　追寻传统母亲的记忆

许多评论家都注意到了伍尔夫和莱辛这两位 20 世纪最伟大的女作家之间的联系。有的谈到了影响,但更多地谈到了她们之间的相似。而他们对这两位女作家之间相似之处的描述却不尽相同。克莱尔·斯普雷格(Claire Sprague)认为:"用影响这个词去描绘伍尔夫和莱辛之间相同的形式和感觉并不合适,而用接近,虽然并不令人满意,但更贴切。在这里我要特别说她们都深信通过……多角色方法和……对话的想象,世界能得到更好的观察和诠释。"①罗伯塔·鲁本斯坦(Roberta Rubenstein)把"怀旧"作为她们作品的共同点。她说:"怀旧的中心部分,也是莱辛和伍尔夫的联系中心点,是一种通过对过去饱含深情的回忆而保存下来的……对理想而和谐世界的渴望。"②而琳达·斯各特(Lynda Scott)则把它归结为这两位作家都想通过"把'自我表征'和'自传'的文本用作'自我'发现的疗伤方法来祛除过去的不快……同时又创造出一个意义非凡的个体并获得'真实'的感觉"③。然而,我们注意到,他们在论述这些相似之处时,都没有谈及女性文学传统的作用,而这一点却是她们相似的根本,也是她们艺术观迥异的源泉,从而导致了她们命运的完全不同。本节试图从女性文学传统缺失的角度探讨这两位作家的异同及其原因。

一、追忆的痛苦

回忆在伍尔夫和莱辛的小说中都具有举足轻重的地位。在《达罗威夫人》中,达罗威夫人的回忆占据着很大篇幅。在《金色笔记》中,四个笔记本里所记全部是安娜的回忆。难怪罗伯塔·鲁本斯坦会把"怀旧"作为她们作品的共同点。而在对过去的怀念中,对母亲的回忆对她们来说又具有刻骨铭心的意义,许多评论家都对她们本人及其作品中的母女关系有过精彩的见解。然而,如果把这里的母亲仅仅看作是生物学上的母亲,那么我们对这两个位列20世纪最伟大作家之一的女作家的认识就过于肤浅了。

布鲁姆曾在《影响的焦虑》中说过,世代的延续实际上就是一场俄狄浦斯式的角斗:"一场父亲和儿子作为强劲对手的战争。莱俄斯(Laius)和俄狄浦斯在十字路口。"④根据布鲁姆所说,男性作家一生的追求就是试图摆脱前辈的阴影,"修正"父辈的传统,这样才能在"歪曲"中"扶正"自己。然而,对于女性作家来说,事情却要复杂得多。在男性作家对自己父辈传统的重负感到烦恼的时候,女作家们却根本没有母亲传统的庇护。而这正是她们相似的起点,但她们的表达方式却完

---

① Claire Sprague,"Multipersonal and Dialogic Modes in Mrs. Dalloway and *The Golden Notebook*". in Ruth Saxton and Jean Tobin ed. . *Woolf and Lessing*:*Breaking the Mold*. London:Macmillan,1994:4.

② Roberta Rubenstein, "Fixing the Past yearning and Nostagia in Woolf and Lessing". in Ruth Saxton and Jean Tobin ed. . *Woolf and Lessing*:*Breaking the Mold*. London:Macmillan,1994:23.

③ Lynda Scott, "Similartities between Virginia Woolf and Doris Lessing". Deep South Vol. 3(Winter 1997). http://www.otago. ac. nz/Deep South/vol3no/scott. html.

④ Harold Bloom,*The anxiety of Influence*:*A Theory of Poetry*. Oxford:Oxford Press,1997.

全不同,因而结局也不尽相同。

伍尔夫在13岁就失去了疼爱自己的母亲。而对母亲追忆的痛苦一直延续到她的《到灯塔去》的完成。母亲在她的心目中,美丽、慈爱、勤劳、热情,是典型的贤妻良母,这在拉姆齐夫人的身上表现得淋漓尽致,在达罗威夫人同女儿的关系中也可见一斑。而作为女儿,她深知没有母亲保护的痛苦。她曾几次受到性侵害,曾因为自己的女儿之身而被拒绝进入大学学习。而所有的这一切成了她日后女权主义思想的基础。

伍尔夫在《妇女与小说》中分析四大女作家——简·奥斯丁、艾米莉·勃朗特、夏洛蒂·勃朗特和乔治·爱略特,虽然性格不同,天赋各异,但都选择了写作时说:"没有一位生育过子女,其中有两位没有结过婚,这一事实具有重大意义。"①在选择写小说而不是其他文体时,伍尔夫把它归结为小说可以"时作时辍。乔治·爱略特丢下了她的工作,去护理她的父亲。夏洛蒂·勃朗特放下了她的笔,去削马铃薯"②。而她们写作的范围都局限在家庭和情感之中。"写作它们的妇女,由于她们的性别,而被排除在某些种类的人生经历之外。而人生经历对于小说有重大的影响,这是无可争辩的事实。"③在这方面,简·奥斯丁的写作的狭窄范围无疑提供了最具有说服力的证据。

多丽丝·莱辛的个人经历同伍尔夫完全不同,然而对母亲的记忆对莱辛来说却也是刻骨铭心的。在自传《在我的皮肤下面》中,莱辛开始就描绘了一幅充满火药味的家庭历史图。"她(莱辛的母亲)不爱她的父母。我的父亲也不爱他的父母。"④而当她自己1919年出生时,半个欧洲由于战争已成为墓地。莱辛常常开玩笑说:"是战争生了我。"⑤当她两岁半时,小弟弟的出生给她的记忆留下的是母亲对弟弟的爱和对她的不爱。她下定义说自己是一个总是对爱感到饥渴的孩子。虽然在自传里,莱辛试图用记忆的非可信性掩盖儿时自己充满不快的记忆,然而毫无疑问,她对母亲的回忆更多的是反抗权威的心态,而不是像伍尔夫回忆母亲时那样充满温馨。"多少年以来,我生活在对母亲的责备中,开始情绪非常激烈,然后心变冷、变硬。那种痛楚,不是悲哀,真切而深入肌肤。"⑥

和伍尔夫由于爱和同情,在作品中塑造美丽善良的母亲形象不同,莱辛作品中

---

① 弗吉尼亚·伍尔夫.论小说与小说家[M].瞿世镜,译.上海:上海译文出版社,2009:52.
② 弗吉尼亚·伍尔夫.论小说与小说家[M].瞿世镜,译.上海:上海译文出版社,2009:57.
③ 弗吉尼亚·伍尔夫.论小说与小说家[M].瞿世镜,译.上海:上海译文出版社,2009:59.
④ Doris Lessing, *Under My Skin*. London: Harper Collins Publishers, 1994:4.
⑤ Doris Lessing, *Under My Skin*. London: Harper Collins Publishers, 1994:10.
⑥ Doris Lessing, *Under My Skin*. London: Harper Collins Publishers, 1994:5.

的母亲形象要么死去,要么在叛逆的女儿眼里总是那样严厉而苛刻,那样不解人意。无论是《青草在歌唱》中的玛丽,还是《暴力的孩子们》中的玛莎,女主人公们无不憎恨自己的母亲,梦想着早一点逃离家庭。《简·萨默斯的日记》中的简甚至对母亲的死都无动于衷。许多评论家都说莱辛的小说中有很大的自传成分,然而如果说莱辛只是想在作品中表达自己的个人情绪的话,那么就太贬低了这位伟大作家的心胸和才能。而事实是,正是她自己经历的坎坷,使她对妇女的地位有着超乎常人的敏感。如果说伍尔夫是在用爱的笔触描绘母亲们任劳任怨、任人宰割的悲哀处境的话,那么莱辛就是在用恨的情绪诉说着母亲们这种年复一年,世世代代重复的悲剧。她们世世代代重复着一首歌,那就是"她谁也不是,她什么也不是"①,"妇女常常被记忆漏掉,然后被历史遗忘"②。在莱辛的作品里,在众多层面的主题意义里,女主人公抗争的无奈和妥协的结局是显而易见的。无论是《青草在歌唱》中的玛丽,还是《暴力的孩子们》中的玛莎,抑或是《金色笔记》中的"自由女性"安娜莫不如此。莱辛在《金色笔记》序言里说道:"妇女们怯懦怕事,因为她们已经差不多做奴隶做的时间太久了。"③她的女主人公们虽然有母亲,但事实上却都没有母亲的庇护,她们在更深的层面上属于没有母亲的孩子。这是比失去母亲更深切的一种痛苦。回首过去,莱辛看到的是历史母亲的懦弱和无形,看到的是世代女儿们延续着母亲的悲剧。莱辛痛心疾首,心裂成了"碎片"。

如果说伍尔夫在追寻文学传统母亲时,痛苦地发现了撒落一地的情感碎片,那么,莱辛不仅仅看到了它们,更看到了这些碎片对于今天的价值。如果说莱辛感到的仍然是痛楚的话,那么这种痛楚恰恰是对今天人们对它们的忽视和漠然的痛心。莱辛在谈到《傲慢与偏见》时说:"人们忽略了书中的一个事实,那就是当伊丽莎白拒绝了有地位、有财产的科林斯先生时,她的未来……她很可能就没有了未来。但这是事实,即使今天当我们回首妇女的地位,回顾她们的选择的时候,我们的血液也会感到一阵寒意。……那些要求学生们读《傲慢与偏见》的老师汇报说今天许多年轻妇女对历史,对妇女的历史,对她们自己的好运几乎没有什么意识,居然会问这样的问题,如:为什么伊丽莎白和简不去找工作? 为什么她们要不停地找丈夫?"④对文学传统母亲的态度,莱辛不是像伍尔夫那样指责,从而背离,而恰恰相

---

① Doris Lessing, *Under My Skin*. London: Harper Collins Publishers, 1994:1.
② Doris Lessing, *Under My Skin*. London: Harper Collins Publishers, 1994:12.
③ Doris Lessing, "Preface to *The Golden Notebook*". Paul Schlueter ed.. *A Small Personal Voice*. New York: Vintage Books,1975:26.
④ Doris Lessing, *Time Bites: Views and Reviews*. London: Harper Collins Publishers,2004:4.

反,她认为是我们对母亲的历史思考得太少。透过主人公的反叛,她讲述的是对母亲的依恋。

二、书写的困惑

追忆的痛苦使这两位作家都不约而同地想在自己的创作实践中改变现状,找到一条新的女性文学创作之路。然而在失去母亲的巨大痛苦中,她们发现虽然她们对父亲欺压母亲的历史深恶痛绝,但却不能像男性作家一样试图背离自己父辈的主流文学传统。因为她们没有自己的文学传统历史,甚至没有女性自己的语言。她们不得不依赖文学父亲表述自己、证明自己,在主流文学的缝隙中寻找自己的机会。

在回顾传统的路上,伍尔夫看到的是"米尔顿的怪物",妇女们的视野必须越过它,才能看到美好的前景。根据桑德拉·M.吉尔伯特和苏珊·古笆的分析,这里伍尔夫的"米尔顿的怪物"指的是男权的文学传统以及同此传统相关联的一整套菲勒斯·逻各斯社会经济、文化机构。[1]那么,越过它的前提就是妇女要拥有金钱和自己的"一间房间"。这种理论和当时伍尔夫积极支持妇女解放运动正好是相吻合的。可是在拥有了必要的物质条件之后,"朱丽叶·莎士比亚"就一定会出现么?

在《贝内特先生与布朗夫人》一文中,伍尔夫对传统的现实主义创作手法提出了尖锐的批评,并阐述了自己的小说要反映心灵的瞬间感受,追求内在的真实生活的创作主张。实际上,在对意识的流动性、生活的内在的真实性肯定的背后,隐含着伍尔夫对现实生活中消除性别界限的理想。这同她在《一间自己的房间》中所表达的"双性同体"的创作理念是完全一致的。伍尔夫在许多伟大男性作家的身上看到了女性所没有的才华和智慧,也看到了他们身上所缺乏的直达人心灵的女性气质。[2]在男女和谐的关系中,在伟大作家的人格中,伍尔夫读出了"双性同体"的"整体性":"我们必须回到莎士比亚那儿,因为他是雌雄同体两性合一的;济慈、斯特恩、柯伯、兰姆、柯勒律治都是如此。雪莱或许是无性的。……任何作者只要考虑到他们自己的性别,就无可救药了。纯粹单性的男人和纯粹单性的女人,是无可救药的;一个人必须是男性化的女人,或女性化的男人。……男女两性因素必须

---

[1] Sandra M. Gilbert and Gubar, *The Madwoman in the Attic*. New Haven: Yale University Press, 1979: 187-207.
[2] 弗吉尼亚·伍尔夫.论小说与小说家[M].瞿世镜,译.上海:上海译文出版社,2009:160.

有某种谐调配合,然后创作才能完成。"①

因此,意识流成为伍尔夫创作的主要手段。而这种意识流动中的男女主人公的心灵碰撞及融合的可能性也成为她作品探索的主题。然而,我们在她的作品中却读到了拉姆齐先生和拉姆齐夫人婚姻关系的不平等,拉姆齐夫人社会自我和真实自我的不一致,莉丽对婚姻的恐惧以及她画笔的犹豫(《到灯塔去》);达罗威夫人同丈夫之间的貌合神离以及斯蒂芬的自杀。这个主题在《奥兰多》中通过奥兰多的变性以及对文学和生活关系的思考和绝望表现得更为明显。

莱辛和伍尔夫一样,在重构传统的道路上也经历了"父亲的暴力"和"作家的障碍"。我们知道,莱辛的父亲在第一次世界大战中失去了一条腿。在《在我的皮肤下面》这本自传中,莱辛谈到了战争对他父亲的巨大影响,更谈到了其父亲对她自己的影响。她最初的记忆是她两岁前被父亲带着骑马的经历:"……它是一个巨大的极具危险的马,像塔一样很高很高,坐在上面的父亲更加高大,他的头和肩膀像是触到了天。他坐在上面,裤筒里是——他的木头腿,又大又硬,滑溜溜的,总是藏在里面。一双大手把我紧紧地抓住,提起来放到我父亲的身体前面,告诉我抓住前面的马鞍,我使劲伸出手才够着的一个突出来的硬邦邦的东西。我忍着不哭。我被包裹在马的热气、马以及我父亲的气味中。马一走,人颠簸摇晃得厉害,我把头和肩膀靠着父亲的肚子,能感到他硬邦邦的木腿的拉力。一下子离地这么高,我一阵眩晕。现在,这个记忆还非常真切、强烈,能闻到那种身体的气味。"②父亲因为战争身心遭到重创。父亲在她眼里就是暴力的化身。在《青草在歌唱》中,玛丽因为年龄大没有结婚而遭到社会的排斥,这时,社会就是男权暴力的化身。当她不得不迅速结婚,从而逃避社会的指责,跟随丈夫来到农场后,又因为不会处理和黑人男仆的关系,同他们走得过近而遭到以查理为代表的白人社会的冷眼。这时,殖民主义意识又是主宰她的暴力。在《暴力的女儿们》这本自传体五部曲小说中,玛莎试图用各种方法逃避殖民主义家庭的控制。她先是辍学,远离家庭去工作,后来试图通过和受大家歧视的犹太青年恋爱抗争她所属的白人阶层。失败后又想通过结婚找到出路,最后还参加了激进的左翼运动。然而她的所有努力都失败了。通过玛莎反叛的成长经历,我们看到莱辛对社会中的男权意识以及与此相联系的社会文化体系禁锢人心灵具有清醒的认识。然而女人一定要通过所谓的女权运动才能获得解放吗?并且能通过女权主义运动获得解放吗?这是莱辛一直在苦苦思索

---

① 弗吉尼亚·伍尔夫.论小说与小说家[M].瞿世镜,译.上海:上海译文出版社,2009:162-163.
② Doris Lessing, *Under My Skin*. London: Harper Collins Publishers,1994:18.

的问题。

在《金色笔记》中,莱辛以"自由女性"作为框架小说的题目,通过主人公安娜和她的朋友莫莉作为"自由女性"的经历,透过独特的女性心理,更进一步深刻探讨了英国社会中的两性关系问题,包括不同种族之间的两性关系问题。同她的作品分割成几部分的形式一样,莱辛也在女性是否在经济上、情感上和心理上可以完全摆脱男性的控制,是否可以在生理上拥有和男性一样的主动权等问题上因找不到明确的答案而经历着痛苦的"作家的障碍"和"精神的分裂"。值得注意的是,在《金色笔记》中,作家索尔给安娜的书中写的第一个句子,这就是《金色笔记》的第一句话,而安娜也给索尔的书写了第一个句子。而这治好了安娜和索尔的"作家的障碍"。除了形式上的循环作用之外,实际上,莱辛非常明确地表明了男女双方的互相依赖性。在这一点上,莱辛和伍尔夫一样推崇"双性同体"的理念。然而,正是这相同之中的不同,导致了她们俩人最终得出不同的结论,从而导致了她们不同的结局。

如上所述,伍尔夫非常推崇"双性同体"的理念,她不仅在自己各种有关小说创作和小说理论的著述中践行这种理念,还大力在创作实践中探讨其可行性。莱辛虽然没有明确使用"双性同体"这个概念,但她在作品中,同样以各种方式说明了男女双方对彼此的依恋和依赖不仅是社会的需要、心理的需要,更是人性使然。然而在现实生活中,两性真的可以达到这种"双性同体"的理想境界吗?

伍尔夫把它作为自己创作的最高理想,试图在形式上通过意识流的手法,表达自己祛除两性界限,达到精神上融合的境界。然而表面形式的融合下面却涌动着不和谐的暗流;在乌托邦的幻象中,映现着死亡的阴影。同伍尔夫不一样的是,莱辛把它作为探索的主题,试图通过分裂的形式再现人们现实生活中渴望融合的心理真实。在现实的绝望中,映现着理想的光芒。

在寻找传统母亲的记忆中,伍尔夫和莱辛都看到了传统的缺失,看到了历史的阴暗。然而伍尔夫在重建传统的努力中,试图在爱的追忆中,抛开传统,创建独立的乌托邦。然而,她的乌托邦之梦在幻灭中结束,在大海中随着她的身体消失而去。而莱辛却在反叛的追忆中看到了传统的价值,在现实的绝望中看到了努力的方向。她用历史的教训和现实的绝望给人类以警示,为人类指明了前进的道路,那就是从我做起、从现在做起,全身心去投入社会,为了社会。每个人都离不开社会,社会依靠每个人而存在。这样,才能达到和谐的两性关系和和谐的社会。也许,这就是莱辛较之伍尔夫更能给今天的我们以启示的原因。

第二节　女性人格的多棱镜

多丽丝·莱辛在小说《简·萨默斯的日记》中运用了双人物这一擅长表现人类意识二元性的古老文学手段，使小说中的几个颇具社会典型性的女性人物之间形成了超现实的关联，她们如同人格的多棱镜，映射出主人公简·萨默斯自我的各个层面，表现了女性普遍遭遇的心理矛盾，实现了简对自我的认知、悔改和整合，更使读者认识到人格成长的重要性。本节将借助荣格分析心理学中的相关理论阐释这些双人物对于女性人格整合的作用。

一、析出的自我

双人物是在文学作品中析出主体自我的某些元素产生的人物个体。它通过人物内在心理冲突的可视化来探索人格画像。例如，当自我愿望受到外界的强烈压制时，对立的双人物就凸现展示出来，在文本中达成人格的整合。因此，双人物又被称作"另一个自我"（alter ego）。双人物主题常常涉及人格颠覆、角色篡夺、宿命、忏悔的可能等等。这里讨论的《简·萨默斯的日记》就包含多对特征完备的双人物。小说以日记形式表现了叙述者简·萨默斯这位典型的现代职业女性人到中年的一段感悟。有评论家发现小说中人物和情节有许多重复暗合的地方，在一定程度上揭示了生活的普遍性和规律性。但莱辛绝不仅仅是在陈述这些人生轮回规律的表象，而是借助精心选取的一组女性人物和她们遭遇的具有社会普遍性的矛盾作为切入点，引导人们，尤其是女性，对"自我"进行剖析、反思、悔改和整合，其中的重复和暗合之处正是双人物关系的体现。

既然对"自我"进行剖析，必然涉及心理学理论。综观双人物主题的文学史，心理学与艺术总是携手并肩。[①]著名分析心理学家荣格的部分理论与双人物主题最为契合。荣格把人的心理功能分为四种：思维、情感、感觉、直觉。其中，思维与情感都是理性功能，但是它们却相互冲突、相互干扰，换言之，思维发达的人则情感功能羸弱，怕被情感攫住，反之亦然。小说中的简·萨默斯作为一家高级时尚杂志

---

① John Herdman, *The Double in Nineteenth - Century Fiction*. London: The Macmillan Press, 1990: 153.

的编辑,终日沉浸于繁忙的工作,工作使她感到愉悦,"在杂志社工作,我的思维方式是另一样的,快速的决策,令我如同身处浪尖,而我正是如鱼得水。这就是为什么我总把工作放在首位"①。然而她对丈夫非常冷漠,对母亲的离世也无动于衷。可见,简以思维功能见长,思维是支配她生命的激情,而作为价值判断功能的情感则令她感到困惑、恐惧,从而逃避或避免。虽然她已经模糊地意识到自己人格的缺陷,"决定学些别的东西","应该表现得像一个人,而不是一个小女孩"②,但此时她对自己的情感世界是缺乏自知的。缺乏自知正是双人物出现的一个重要条件。"我们已经看到,对于那些产生双人物作为第二个自我的精神和心理分裂的人物,缺乏自知总是其致命的弱点,这个弱点产生于道德盲区,没有悔改的可能。"③因此,双人物便有必要凸现出来发挥作用,帮助叙述者实现自知和悔改。毛蒂作为析出主体的年老自我给了简情感启蒙,使简看到了自己的未来;简的外甥女吉尔,作为成长起来的新一代,崇拜简,模仿她,最后变成简年轻的自我。简通过她们展望未来,忏悔过去。三位命运暗合的女性构成了一个"自我"的统一体,表现了简的人格变化轨迹,但是简的人格完善尚未达成。

荣格主张,人类心理的发展以获得完整(wholeness)为最终目标,但由于人是复杂的矛盾体,总是存在许多似非而是的对立,因此没有体验对立就没有体验完整。荣格在《心理学与炼金术》(*Psychology and Alchemy*)一书中谈到"the dilemma of 3+1"现象,指出在宗教、炼金术等能够间接反映人类心理现象的神秘学领域,包含对立的完整和统一(unity)常由四个元素表现:"一般有四个元素,但经常三个为一组,第四个处于特殊位置。"④而所谓的第四元素,与前三个元素对立,是"否定的、丑陋的、卑鄙的,是恐惧的对象(object of fear)"⑤。例如,圣父、圣子、圣灵和撒旦达成宗教的完整性,这种宗教意象正体现了实际存在于人类人格中的矛盾对立。小说中毛蒂、吉尔和简是同一性的一组,承载了其人格的发展变化过程,但这种不模糊、不矛盾的组合是片面的,并不适合表现人格的复杂性。因此乔伊斯充当对立人物、反叛角色,持与简相反的态度,做与简相反的选择,正外显了简的内心冲突,或者说是压抑的另一种可能,使简"在另一个人明显的异质(foreignness)中,找到

---

① [英]多丽丝·莱辛. 简·萨默斯的日记[M]. 赵东泓,译. 北京:外语教学与研究出版社,2002:9.
② [英]多丽丝·莱辛. 简·萨默斯的日记[M]. 赵东泓,译. 北京:外语教学与研究出版社,2002:11.
③ John Herdman, *The Double in Nineteenth-Century Fiction*. London: The Macmillan Press,1990:65.
④ Carl Gustav Jung, *Psychology and Alchemy*(Collected Works, vol. 12). Trans R. F. C. Hull. Princeton: Princeton University Press,1968:26.
⑤ Carl Gustav Jung, *Psychology and Alchemy*(Collected Works, vol. 12). Trans R. F. C. Hull. Princeton: Princeton University Press,1968:225.

自己愿望的特征轮廓"①,帮助达成了简的"自我"的完整性和立体感。可以说,这部现实主义小说对人格的把握的准确性、辩证性和深度恰恰体现在"the dilemma of 3+1"模式的双人物形象中。

二、三位一体

在《简·萨默斯的日记》中,毛蒂·福勒是简的老年自我,她寡居、孤独、自尊、自立、照顾自己力不从心、愤怒——这些老年人典型的生活和心理特征都印证在中年丧偶的简身上,"她(简)与毛蒂的关系使简意识到先前埋藏的自己的许多方面"②。暗示毛蒂就是简的老年。

通常,年轻人会把老年人看作"别人",不同情他们,也避讳谈及跟衰老有关的话题。但对于老年人,衰老已经成为残酷的现实,个中滋味,只有自身知晓。弥足珍贵的是,简对这种衰老做到了"感同身受"。起初,毛蒂混乱、肮脏的老年生活对简来说也是陌生的。渐渐地,简才理解了这种状态。她在日记中记录了"毛蒂的一天",生动描述了衰老造成的生活混乱。"我(毛蒂)得去厕所,否则就得尿床了。可怕!我是不是已经尿了?她的手摸索着床,嘟囔着,可怕,可怕,可怕……"③年轻人易如反掌的事情却是毛蒂的大麻烦,因此毛蒂的混乱、肮脏在所难免,由于无助和无奈而形成的自尊和自立也可见一斑。但简仍不明白毛蒂为何终日愤怒和抱怨,理解这一点也成了简情感得到启蒙的关键。"我不理解在她嘟囔'糟糕,糟糕'的背后说明什么,也不理解让她的蓝眼睛闪着怒火的愤怒。"④然而双人物的命运总是息息相关的,很快,简通过自己的经历有了感悟——她犯了腰病。同样因寡居没人可以求助,"两周以来,我像极了毛蒂,……过度焦虑地想,我还能憋得住吗,不行,不能喝茶,护士可能不来,我可能会尿床……"⑤她也第一次嘟囔起"糟糕"⑥——这个毛蒂常说的词来。简通过病中的感受联想到毛蒂衰老的肌体与鲜活的灵魂之间的无奈、"糟糕"的矛盾,找到了导致毛蒂终日愤怒的原因,两个人物内心达成了共情——察觉到当事人蕴涵着的个人意义的世界,就好像是你自己的世界。

---

① John David Pizer, *Ego-Alter Ego: Double and/as Other in the Age of German Poetic Realism*. Chapel Hill: The University of North Carolina Press,1998:2.
② Nuria Soler Perez, *The Diaries of Jane Somers*. http://mural.uv.es/nusope/work10.html,2005-3-10.
③ [英]多丽丝·莱辛.简·萨默斯的日记[M].赵东泓,译.北京:外语教学与研究出版社,2002:113.
④ [英]多丽丝·莱辛.简·萨默斯的日记[M].赵东泓,译.北京:外语教学与研究出版社,2002:127.
⑤ [英]多丽丝·莱辛.简·萨默斯的日记[M].赵东泓,译.北京:外语教学与研究出版社,2002:131.
⑥ [英]多丽丝·莱辛.简·萨默斯的日记[M].赵东泓,译.北京:外语教学与研究出版社,2002:133.

第三节 两世怨女魂,空有梦相随

多丽丝·莱辛(Doris Lessing)写于 1996 年的晚年代表作《又来了,爱情》(Love, Again)在国内尚未引起评论界的重视,而国外的研究主要集中在探讨作为"边缘弱势群体"的老年人尤其是老年妇女像年轻人一样也需要爱情和性这一主题性分析和精神研究分析方面。然而在这部小说的叙述话语里,这一艺术特色则很少被论及,对于莱辛这样一位执著于小说形式的实验和创新的作家来说,这无疑是一大缺憾,这部小说需要更多的阐释空间。①

一、戏内《朱莉·韦龙》与《法国中尉的女人》的互文性——历史的虚构性

第一条戏内历史时间线索中的一部历史剧《朱莉·韦龙》与英国后现代作家约翰·福尔斯的二战后的畅销名著《法国中尉的女人》具有互文关系,这种模仿和降格化的改写呈现出虚构性的历史,是对历史主义的批判。《又来了,爱情》初看是一部现实主义风格的作品,但其后现代文本印记使我们不得不重新审视它的风格,其中互文性是它的一大特点,不容小觑。作为后现代小说中一个不可忽视的文本策略,互文性指"文本利用交互指涉的方式,将前人的文本加以模仿、降格、讽刺和改写,利用文本交织和互相引用、互相书写,提出新的文本与世界观"②。《又来了,爱情》中的名为《朱莉·韦龙》(以下简称《朱》)的历史剧与《法国中尉的女人》(以下简称《法》)的互文性集中体现在前者模仿后者故事所发生的年代,以及四位主要男女人物的身份和个性特点方面。

首先,时间背景几乎相同。两部作品的背景都是 19 世纪,时间相差不过两年,《朱》于 1865 年发生在法国,《法》于 1867 年发生在英国。其次,女主人公的社会状况和个性特点相似。两部作品中女主人公的社会地位都很低下,处在社会的底

---

① Wang Lili, *A Study of Doris Lessing's Art and Philosophy*. Beijing: Social Sciences Academic Press, 2007:225.
② 廖炳惠. 关键词 200:文学与批评研究的通用词汇编[M]. 南京:江苏教育出版社,2006:137.

层,她们由于卑微的出身都做过富家子女的家庭教师,她们都不被当地居民容纳而被称为"荡妇"。但她们都是聪明过人、容貌美丽的女才子,且都擅长绘画。《朱》中的朱莉擅长绘画兼作曲,死后其绘画作品受到世人瞩目;而《法》中的萨拉也喜爱并擅长绘画,并受到著名的前拉斐尔派画家们的影响。再次,两位女主人公先后所遇到的三位男子的特点也都很相似。第一位抛弃朱莉的男人是名叫保罗的法国军官,他是个年轻的中尉,他"英俊潇洒,性格冲动、喜怒无常"①;而在《法》中,萨拉也是被一名年轻的浪漫而又英俊的法国中尉抛弃。第二位抛弃朱莉的是米雷,他出身于贵族,"清醒稳重,严肃认真"②,代表成熟的爱情,已经与一位门当户对的姑娘订了婚;这同《法》中萨拉遇到的第二个男人查尔斯也如出一辙,查尔斯是一位严谨的考古学知识分子,成熟稳重,贵族出身,其祖父是一位准男爵,未婚妻蒂娜与他门当户对,是一位巨富的女儿。第三位她们遇到的男人都更加成熟且职业都与绘画有关,尽管各不相同,一位是绘画印刷铺老板,一位是先锋派艺术家、前期拉斐尔画派画家罗塞蒂。上述复制写法非常类似于故事层面的嵌套式结构,但被复制的故事也就是原文本出现在作品之中,必须依靠读者的想象才能出现,因此只能称其为互文策略。

除了上述《朱》对《法》的模仿方面,还有对《法》的改写,集中体现在结尾情节的改写上。在《法》中,萨拉在结尾成为一名新女性,她自由地选择结婚或者拒婚,一切皆由她自己做主,让我们看到了些许希望。而朱莉在《朱》中却在结婚前夕溺水身亡,成为悲剧性人物,而戏剧在此戛然而止,作者在此没有提供任何解释和线索,而是把广阔的思考空间抛给了还在迷惑中的读者或观众,打碎了朱莉从此过上美好生活的童话式的结局,把读者重新抛入社会等级制所造成的悲剧的深渊。如果说《法》具有典型的后现代特征的多重结尾结构是一大特色的话,那么《朱》的结尾更加出人意料,把读者抛入无限的未知的境地,给人留有更多的自由决定权,其后现代特征不言而喻。而最具有讽刺意味的是在《又来了,爱情》中,《朱》被描述为一部根据历史人物朱莉的真人真事而编写的历史剧,但实际上却成了对一部战后名著的大胆模仿与改写,成了小说,使真实的历史落入虚构的窠臼,"从而否定了在历史与小说之间划出清晰的、可维持的界限的可能性"③。小说中的历史剧却不是在写历史,莱辛在此揭示了历史的虚构性和语言的虚构性,颇具新历史主义的特点。从这个意义上讲,所有的历史都是一种文学。

---

① 多丽丝·莱辛.又来了,爱情[M].瞿世镜,杨晴,译.上海:上海译文出版社,2007:23.
② 多丽丝·莱辛.又来了,爱情[M].瞿世镜,杨晴,译.上海:上海译文出版社,2007:56.
③ 史蒂文·康纳.后现代主义文化[M].周宪,许钧,译.北京:商务印书馆,2007:184.

总之,莱辛通过戏内线索中《朱》对《法》的模仿和改写颠覆了历史,嘲弄了历史的真实可靠性,戏谑了福尔斯在《法》中所宣扬的新女性主义时代的到来,打碎了读者和观众心中女性社会地位提高的幻想,给读者一针清醒剂,昭示了并未解决的女性社会问题。同时,戏内朱莉悲剧性的结尾和她溺水前痛苦的内心挣扎映照了戏外年老萨拉的内心和生理上的痛楚,朱莉在深潭中溺水悲惨地死去如同年老的萨拉在情感的漩涡中痛苦挣扎,生不如死。

二、戏外话语次序的颠倒性——边缘身份的中心化

在第二条戏外的当代时间线索中,讲话主体始终是女编剧萨拉,而追逐她的戏外的四位男性则走向边缘,女性的边缘身份和声音向中心靠拢。这样,莱辛通过女主人公的视角降格颠覆了男权话语的主导权,实现了女性边缘身份向中心的转化。珍妮·福特认为,话语依赖于将女性作为对象的构建,依赖于总是得以表达但却从未取得完全讲话主体地位的语言符号。这意味着女性处于不在场的空间。在女性后现代表演中,同时突出和拒绝这种对女性声音的压制,发现女性作为"讲话主体"的身份,并且以友好的方式展示出来。[①]这种话语次序的逆转构成了对象任次序的挑战,从而直接对抗话语的父权结构。文本中充斥着大段的编剧萨拉的内心独白与叙述话语,读者都是通过编剧萨拉这个透视镜来得以了解整个事件的发展过程。因此编剧萨拉成为作品的中心人物,她以讲话主体的身份来直接对抗父权话语,使父权话语被击退到边缘位置。

同样,戏中的朱莉也变成戏剧中讲话的主体,成为真正的女主人公,文中大段引用她遗留下来的日记,而对她始乱终弃的男人们则在小说中走向了边缘。这是萨拉作为女性编剧的有意安排,因为生活在朱莉那个时代的妇女还没有取得选举权,女性的地位还很低下,女性在历史中不可能作为表达的主体出现,但是在这里,戏内戏外的两个女主人公都反客为主,颠倒了说话次序,实现了后现代语境中女性边缘身份的中心化。而被戏仿的《法》的女主人公萨拉的存在状况才是朱莉那个时代的真实写照,在福尔斯的《法》中女主人公萨拉的话语极少,几乎是无声的,萨拉的内心世界从未展示给读者,萨拉成了一个谜团、一个无限延伸的符号、一个语言的代码和一个人物的代理符号。同时由于《法》的作者福尔斯是位男性作家,所以在作品中萨拉的角色也难逃被男性客体化、欲望化的命运,而在莱辛的小说中,

---

① 史蒂文·康纳.后现代主义文化[M].周宪,许钧,译.北京:商务印书馆,2007:214.

在当代叙事话语下,女性角色的地位发生了改变。

莱辛的当代时间线索所反映的这种后现代语境下的女性主体化,对抗着父权结构,预示着新的女性困境的重演,但这次不是社会等级制度的悲剧,却是年龄等级制导致的悲剧,年龄的差距使年老的萨拉面对迟来的爱情只能压抑自己的情感,在痛苦中挣扎而无法跨越和解脱。同时,这种年龄差距的社会歧视也具有超时空性,也就是说,年龄等级制在历史中早已存在,在女性被符号化和边缘化的维多利亚时代同样具有年龄等级制,但只因当时的社会等级制和女性的边缘地位的凸显而被忽略了。由此可见,现代社会在给人自由和进步的同时,使人们看到了社会现实中新的不平等,当然,这不是倒退,而是时代进步自由扩大的显现。唯有站到以女性为主体的中心位置,女性才能觉察到这种新的歧视和不平等,也就是说,正是后现代语境中的女性边缘身份的中心化,才使当代社会中女性年龄的等级制凸显出来,从而烘托了作品的主题。

三、萨拉穿梭于历史和当代时空之间——时间的无止境化

"萨拉"是戏外当代主人公女编剧的名字,同时"萨拉"既是对福尔斯的小说《法》的嵌套,也是对戏内女主人公朱莉名字的隐形嵌套,这样"萨拉"作为一个具有多层内涵的代码符号,横穿并连接了历史和当代的时空。在这令人眼花缭乱的时空之维中,不变的仍是关于女性平等的社会问题,只不过莱辛在此昭示的是女性年龄等级制的不平等,年老女性同样拥有获得爱情的平等权利。

小说女主人公——戏外《朱》的老年编剧取名萨拉,是对《法》的年轻女主人公名字萨拉的嵌套,但是因为年轻萨拉的名字并没有复制本身,也就是说,没有真正出现在文本中,所以这种名字的嵌套是隐形的嵌套。而同《法》有互文关系的《朱》的女主角的名字却不是萨拉,而是做了名字嵌套的调整而改名为朱莉·韦龙。这种人物名字的嵌套和调整激活了维多利亚时代年轻萨拉的生命,她仿佛转入了新世纪,成为"青鸟"剧团的老年编剧萨拉。年轻的萨拉步入老年魅力依旧,所不同的是,年老的萨拉面对的皆是小她二三十岁的男性而不是适合她年龄的男性。这同强势的既定社会成规形成了巨大的张力,仿佛年轻萨拉所遭受的不平等的社会问题在重演,但是老年萨拉陷入比年轻萨拉更痛苦的情感漩涡之中,因为当代的萨拉遇到了比维多利亚时代严格的女性社会等级制还要难以跨越的女性年龄等级障

碍的鸿沟,而这是当代社会的人们还未曾觉察或依旧引以为耻、被人嘲笑的现象。在西方后现代社会中,随着全球化在人们"生活世界"(哈贝马斯语)的渗透,人与人之间的交往关系呈现出前所未有的复杂性、多层次性和空间性,这使得人与人之间的交往呈现出更多的可能性和民主性的景观。但是,女性年龄等级成为横亘在当代年老女性获得自由平等权利的新障碍,这种不可翻越的壁垒在以往时代则是被人忽视的,而在后现代状况下则凸显出来。莱辛站在人性角度敏锐洞察这一老龄化歧视的状况,其预见力可见一斑。

就这样,萨拉这个名字行走在历史和当代的时空之中,穿针引线,把超越时空的女性悲剧连接起来,延伸了时间,拓展了故事的内容,深化了主题。《又来了,爱情》的主题正是通过女主人公萨拉的名字的嵌套得到充分体现,名字的嵌套拉伸了时间之维,使时间在历史和当代的时空维度中跨越与绵延,变化的是时间,而不变的仍是女性的社会性问题,年老女性同样拥有爱与被爱的权利,正如老年男性、年轻男女一样。

四、结语

正如耐尔斯(William Nells)所言,对于叙述结构层次的分类、辨识不是最终目的,它实际上应该是为文学主题的阐释服务的。[1]上述分析中的写作特点和技巧是与作品所蕴含的深层意义相关联的,从而揭示了莱辛对于双重叙事线索的选择和互文策略的运用就是文本主题意义产生的一个重要源泉。而且,莱辛的写作技巧的运用源于并服务于对人物心灵的视觉再现,戏仿是推动读者想象力发展的重要手段,正是莱辛的双重叙事线索、戏仿和名字的隐形嵌套才使我们得以洞悉当代老年女性弱势群体的状况,窥探到被忽略的社会群体的"心灵景观"和隐形的"年龄等级制",最终成为我们得以认识自身所处的社会问题的空间。莱辛作为一名人道主义小说家,她的小说的主题常常集中反映被社会践踏的弱势群体,为追求人物个体身份的价值而呼吁和改革。同样在《又来了,爱情》中,莱辛秉承她在小说中所一贯保持的人道主义传统,使老年人的个人意识与情感戏剧化,为被社会剥夺的、践踏的老年人的情感问题与年龄歧视问题而呐喊。正如Mercy Famila所言,莱辛的小说充满了人道主义。[2]人道主义与小说家的关系极为密切,二者"不是偶

---

[1] William Nells, "Stories within Stories: Narrative Levels and Embedded Narrative". in Brian Richardson ed.. *Narrative Dynamics*. Columbus: The Ohio State University Press, 2003:345.
[2] Mercy Famila, "Humanisim in Dorris Lessing's Novels: An Overview". in *IRWLE* vol.7 No.1 January 2011:1.

然"的。①莱辛作为一名肩负社会责任感的目光敏锐的作家,以她先知先觉的问题意识对抗着具有失望意识的现代人们,试图重建已残缺破碎的人道主义碎片,不遗余力地致力于人类意志的恢复与重构,让人类社会更加自由与繁荣。②文学阅读的伦理学在于充分意识到其特意的他者性,使读者产生负罪感、责任感和使命感,因此作为读者如果能够感受到社会上隐形的"年龄等级制"对老年人的精神压迫,并为老年人的这种不平等而鸣不平,这就是多丽丝·莱辛的作品蕴含的积极文化意义。

第四节 表象的背后

在长达半个多世纪的创作生涯中,莱辛始终如一地关注人类社会生存状况及其未来的命运。在创作长篇小说的同时,莱辛也十分关注短篇小说的创作,她自称为"短篇小说创作的瘾君子",并声称虽然短篇小说没有市场,但她还是会一如既往地坚持短篇小说写作,就算它们最后的归宿是书房的抽屉。③莱辛的短篇小说更能体现其创作技巧上独辟蹊径的实验精神。《喷泉池中的宝物》(Out of the Fountain)收入莱辛的短篇故事集《另外那个女人》(The Other Woman)。近几年,莱辛的作品备受关注,但遗憾的是人们却很少把批判的眼光投向这篇堪称经典的小说。从已有的一些讨论来看,大多都只是对小说的主题意义进行阐释,对小说的艺术技巧都有不同程度的忽略。本书将焦点聚集在小说的叙事策略上,通过对其独特的叙述结构、特殊的象征意象以及置换的叙述空间的分析,解读作者如何将艺术技巧与主题意蕴结合在一起,进而挖掘潜藏在表面文本之下的深层意义及其主题蕴涵。

一、套中套结构

《喷泉池中的宝物》以一个陌生人的角度,用轻松诙谐的语气讲述了一个有关理想和追求的沉重深邃的话题。年近四十的钻石打磨匠伊甫瑞姆到亚历山大港为一个富商之女打造钻石,完工后他应邀到富商家里参加晚宴,期间邂逅了富商家的

---

① Peter Faulkner, *Humanism in the English Novel*. London: Pemberton, 1975: 3.
② Mercy Famila, "Humanisim in Doris Lessing's Novels: An Overview". in *IRWLE* vol. 7 No. 1 January 2011: 2.
③ Doris Lessing, *African Stories: Preface*. New York: Simon and Schuster, 1981: 8.

千金米润,并对她戴假珍珠的事耿耿于怀。他用自己的积蓄买了颗美轮美奂的珍珠送给米润,而这颗珍珠也从此改变了两个人的人生轨迹。米润解除了同保罗的婚约,甘愿放弃养尊处优的生活,嫁给了一个"在正常情况下,她绝对不会认识"的意大利工程师,成了一个贫穷的家庭主妇。而偶然的相遇使伊甫瑞姆内心深处从此揣了一个美好的梦想,他辗转多年收集了许许多多的宝石,一心想要打造一盘由各色珠宝拼成的玫瑰送给米润。两个只有两面之缘的人四年后在街头重逢:如今米润已成了穷困潦倒的妇人,她饥肠辘辘却不肯把缝在衣裙里的那颗曾经给过她勇气、价值不菲的珍珠卖掉。

  这篇小说虽然只有寥寥数千字,但它的叙述结构却是独特的、耐人寻味的。小说采用故事套故事的框架式结构,在故事开始时,作者提引了一个总的框架,导出故事。她放弃了上帝式全知全能的叙述视角,始终在自己和故事之间隔开一段距离,以一个旁观者的身份聆听他人讲述故事,对整个故事进行客观冷静的审视。早在 19 世纪就有很多文学大师采用这种独特的叙述结构来反映小说的深刻主题,如马克·吐温(Mark Twain)发表于 1865 年的《加拉维拉县驰名的跳蛙》(*The Celebrated Jumping Frog of Calaveras County*)以及约瑟夫·康拉德(Joseph Conrad)发表于 1897 年的《礁湖》(*The Lagoon*)。在这种故事套故事的叙述结构中,作者始终躲在故事叙述者的身后,其实作者"从叙述中隐藏起来,其目的只是为了更好地'显露',对叙述视角进行限制,其目的是为了让叙事获得更大的自由"[①]。莱辛在该小说中采用的客观化叙事完全放弃作者对读者进行"引导"的权利,而是留给读者想象和思考的空间,让读者自己进行是非评价。小说框架中的时间结构是想象和现实交混的两种序列。作者在故事开始及结束时提到的巴黎机场把读者从想象的虚构世界带到现实社会中。在这个现实的框架结构中,叙述者获得了讲述故事的空间与时间,他讲述的故事就更加凸显出其虚构性。整个故事从开始到结束都像是被一团浓雾笼罩着,作者到处设暗语,处处有玄机,其目的都是为了提醒读者这只是个虚构的故事。读完整篇小说,读者恍如坠入虚构与现实的叙述迷宫中,游走在虚构与现实之间。作者借用这种特殊的叙事结构向读者传递了这样的一个信息:现实再也不是一个充满戏剧性的圆满的线性结构(在这样一个结构之中,世界似乎于每一秒钟都在上演着一出出因果相承、悲欢离合的戏剧),而是充满偶然性的松散事实的总和。[②]这样的现实总是给人们一种虚幻的想象,现实与虚构的界限变

[①] 格非. 小说叙事研究[M]. 北京:清华大学出版社,2002:184.
[②] 格非. 小说叙事研究[M]. 北京:清华大学出版社,2002:7.

得越来越模糊。小说采用套中套的结构使真实和虚构交替出现、互相交叉,以虚构的故事来揭露现实社会的不完美。

除了故事的虚实给读者设置了阅读的障碍外,讲述者的身份也犹如笼罩在机场上空的浓雾,给读者一种扑朔迷离、云里雾里的感觉。对于他的身份作者并没有做明确的交代,讲故事的人一开始出场时,作者是这样介绍他的:"旅客中有一个迄今还没有讲过话的人这时开口说。"①这样的介绍并没有向读者透露任何关于叙述者的信息。当他讲完故事后,乘客中有人质疑他会不会就是故事的主人公伊甫瑞姆,然而这个猜疑被作者否认了:"不是,他绝对不是伊甫瑞姆。"②那么他怎么会了解发生在主人公身上的事情? 当伊甫瑞姆向广场上的人群撒落珠宝时,他是在场的。叙述者承认他认识伊甫瑞姆,他们认识"已经接近五十年了"。故事接近尾声时,作者又提到了罗森博士,罗森博士是故事讲述者吗? 看完全文读者仍对故事讲述者的身份感到疑云重重。作者为什么要安排这样一个身份不明确的人物向大家讲述故事呢? 这样一个虚构人物所讲述的故事可信度高吗? 其实这样的安排主要是为主题的表达服务的。这种若即若离的讲述就像半山腰的云雾,时不时把主峰挡住,使小说的主题若隐若现,增强了作品结构的流动性和开放性,是对传统小说叙述形式的一种突破。

传统小说经常采用全知视角,叙述者是无所不知的"上帝"。而在《喷水池中的宝物》一文中,作者采用的是有限视角,人物的言行、外表、背景只能通过某一在场人物传递给机场上听故事的乘客以及小说的读者,作者主要是想通过这样一个故事反映第二次世界大战后英国的社会状况和人们的精神状态。第二次世界大战持续时间之长久、破坏程度之强烈都是前所未有的,给英国人民带来沉重的精神创伤,人们的精神信仰出现了空前的危机感,对传统价值的信念都流于幻灭,各种权威也都受到不同程度的挑战。随着尼采"上帝之死"的提出,罗兰·巴特也发出了"作者已死"的言论,在文学写作中作者的权威也受到了挑战。作者不再是全知全能的"上帝",而只是一个不介入故事,不作道德、是非判断的局外人。作者采用一个不可靠的叙述声音来为我们讲述故事,是想提醒读者时刻牢记这只是个故事,它是虚构的,进而引导读者对社会现实进行思考。通过这种特殊的叙述视角,现实和想象的对立矛盾得到了深刻的揭露。

战争使"一切都在解体",战后的社会是一个四分五裂的社会。社会主体不再

---

① 多丽丝·莱辛.另外那个女人[M].傅惟慈,译.杭州,浙江文艺出版社,2003:103.
② 后文出自《喷水池中的宝物》一文的引文,将随文标明出处页码,不再另行作注。

是稳定、统一的主体,人们不再拥有统一的世界观及人格,而是变得分裂、破碎和不稳定。作者对传统叙述形式进行革新,叙述结构很好地表达了分裂的社会现状。其开放式的结尾更是给读者留下想象的空间,启发读者对人生意义进行思索。在使用独特的叙述结构来表现小说主题的同时,作者还采用了具有象征意义的特殊意象,使小说的主题得到了进一步升华。

二、象征诗艺

象征是文学创作中的一种艺术手法,它借助具体可以感知的事物或形象来揭示某种抽象的概念、思想和情感,化抽象为具体,从而诱发读者的想象力和联想力。美国学者劳伦斯·坡林指出:"象征的定义可以粗略地说成是某种东西的含义大于其本身""象征意味着既是它所说的,同时也超过它所说的"。[1]小说的象征描写,使小说具有一种暗示意识,使小说搭建起超越于表层之上的审美空间,从而使小说诗意化、哲理化和形象化。[2]莱辛善于运用象征性的事物来揭示具体事物背后的深层含义。在短篇小说《喷泉池中的宝物》中,莱辛通过对雾和珍珠等象征意象的形象化叙事,赋予了这些事物丰富多样的深层寓意。象征手法的有效运用增加了小说叙事的跌宕起伏感,对小说的主题起了很好的烘托作用。

1. 雾

在《喷泉池中的宝物》中,雾的意象贯穿于整部作品,对小说的内容起了一种象征性黏合的作用。由雾创造出来的喻象氛围极大地增加了作品的艺术感染力。对于作者来说,这个故事是"从一场大雾开始的"(102)。因为大雾延误了航班,素不相识的乘客才有机会围坐在一起聊天,叙述者也才有机会向大家讲述这个发人深省的故事。故事一开始,乘客们就分享着跟金钱有关的趣事,作者强调"这段开场白告诉读者故事发生的时间,至少叫我们知道那时正大雾笼罩"(102)。当故事讲述者在犹豫有没有时间跟其他乘客分享这个他"极其珍爱"的故事时,"餐厅的大玻璃窗外又出现了像大块绸皱一样闪亮的雾团"(104),飞机起飞的时间又要延迟,为旅客赢得了讲述故事的宝贵时间。故事开始时,叙述者假设了故事的两种开场,但随即又被他否认了,因为"如果是这种情况,这个故事就不会这样开头了,不

---

[1] 劳·坡林. 谈诗的象征[J]. 世界文学,1981(5):56-59.
[2] 施军. 叙事的诗意:中国现代小说与象征[M]. 北京:人民出版社,2007:279.

会跟下雾发生任何关系"(104)。当故事讲完时,作者乘坐的班机也即将起飞,"机场的起飞跑道上仍然留着一些透明的薄雾"(121)。雾的意象一再被提及,小说中无所不在的雾已超出其本身的含义,而被当作一种意象。作者借助雾的意象到底向读者传递一个怎样的信息呢?小说中的故事发生于第二次世界大战期间。当伊甫瑞姆与米润再次在一个小广场上相遇时,第二次世界大战刚好结束。经过战争的洗礼,英国从一个"日不落"帝国最终衰弱成在欧洲只能屈居第二的国家。整个社会显得萎靡不振,人们消沉的情绪弥漫在整个空气中。作者借助雾的意象渲染笼罩在人们精神世界的愁云。战争动摇了人们的传统信仰,对现有社会秩序的安全感和传统价值的信念都流于幻灭,人们的精神世界被战争的浓雾笼罩着,大家都感到迷惘,看不到出路在何方。同时,作者采用迷雾的意象是有意混淆现实和虚构的区分。雾掩盖了真实的世界,使真实不再真实,它象征着隔在幻想与现实世界之间的一道屏障。战争使人们的人生观发生了极大的变化,人们对金钱的崇拜已经达到了顶礼膜拜的程度。在物欲横流的社会里,伊甫瑞姆用自己积攒下来舍不得花的钱为米润买了一颗极其完美的珍珠,并"毫无索取回报之心"(108)。珍珠唤醒了米润的自我意识,即使在"丈夫战火中身亡,第二个孩子再过几个月就要分娩"(113)的最困难的情况下,她也珍藏着那颗珍珠,舍不得把它卖掉。尽管如果卖掉它,自己就可以舒舒服服地过日子了。这样一种对美和和谐的崇高的精神追求与纸醉金迷的社会现实互相映衬,引起了读者的震撼。这个贯穿始终,并得到反复渲染的雾的意象,给作品涂上了一层浓重的象征色彩,一切都变得虚虚实实。在虚实的置换中,人们对于个人存在的价值感到迷茫、困惑,陷入了苦闷和彷徨。

2. 珍珠

珍珠是大自然的璀璨奇迹,它具有瑰丽的色彩和高雅的气质,象征着富贵和幸福,自古以来就为人们所喜爱。在《喷泉池中的宝物》中,珍珠对整个故事的转折起着举足轻重的作用。因为到亚历山大港为一富商的女儿打磨钻石,伊甫瑞姆才有幸邂逅富商的女儿米润。米润身上戴的假珍珠让伊甫瑞姆看到了完美背后的瑕疵,他用自己辛苦积攒下来的钱为米润买了颗"极其完美"的珍珠。而正是这颗"极其完美"的珍珠使两个人的人生都有了转向。珍珠唤醒了米润的自我意识,并坚定了她的决心,她毅然拒绝了三周后就要举行的婚礼,嫁给了一个"除了工薪收入以外别无资产,也没有特殊发展前途"(111)的意大利工程师。放弃了荣华富贵的生活后,米润成了一名贫穷的家庭主妇,珍珠并没有像传说中的那样给她带来幸福。米润的生活极其艰辛,关于这颗珍珠的回忆却成了她唯一的精神支撑。无论

第四章 多丽丝·莱辛小说创作探究

现实如何残酷,丈夫战死,孩子夭折,她依然可以坚强地活下来,因为她想象着自己的价值也有如这颗珍珠般熠熠生辉。即使在最困难的时候,她也舍不得把珍珠卖掉。一颗珍珠带给了米润无限的遐想,她借此熬过了人生最艰难的日子。珍珠成了米润走向成熟和获取人生知识的象征。珍珠给了米润出行的勇气,米润的出走虽然使她失去了物质的乐园,但她的精神却因为有了珍珠的滋润而获得升华和救赎,进入了崇高的境界。伊甫瑞姆带着苦苦搜集的一盒宝石度过了战火纷飞的四年,他也不知道是否要把它们献给米润,因为他的记忆已经变得越来越像一份陈旧的月份牌了,只是时常在梦幻中出现一个穿着月光纱衣的美丽少女。两条没有交点的平行线却因为一颗珍珠的种种想象而变得曲曲折折。他们不约而同地始终执拗地坚持着什么。当两人最终偶然相遇时,钻石匠所有美丽的幻想顷刻间都破灭了,米润也突然觉得一切都无关紧要了。

象征美好的珍珠在小说中带给两人的似乎更多的是悲剧和厄运。通过珍珠这个象征意象,莱辛究竟想传递给读者一个怎样的信息呢?珍珠在唤醒米润自我意识的同时,也使伊甫瑞姆的生命因为有了追求而变得更加充实,他们都感受到生命的价值和生存的意义。虽然现实社会中的"珍珠"并没有想象中的美好,但作者主要是借助伊甫瑞姆和米润梦想的幻灭来揭露现实社会的真实面貌。他们的生活越是不尽如人意,在他们对立面的那个无声而残酷的社会现实的面貌就越是清晰。作者对这些象征符号独具匠心的运用不仅加深了文章的内涵,而且使之更具艺术感染力,使整部作品有了更加精深、恒久的艺术生命。在使用象征意象深化小说主题的同时,莱辛也借助了空间意象的变化从另一个侧面对小说的人物进行塑造。

三、空间置换

空间是故事得以发生与进行的场所,人物的性格在此成长与展现。空间方位的变化往往蕴含着深意。小说家们早已发现空间的意义,在空间的变换中寻找与思索人生意义。[1]空间及其意义一直是莱辛创作中所关注的主题。创作初始,莱辛就关注人物内心的精神空间,到后来创作的科幻小说,莱辛将注意力转移到外部的宇宙空间,她借助于空间的变换表达了对人类命运的关切和对世界未来的忧虑。在莱辛的小说中,小说空间场景的选择、人物活动的场所都被赋予了特殊的含义。作家有意的空间描述与主人公在精神取向上的契合,使读者有可能通过寻求一种

---

[1] 何岳球,乐婵.《喧哗与骚动》的时空观[J].文学教育,2008(2):94–97.

空间格局与作家价值寻求之间的关涉,进而切入和把握作家创作意图和表现主题,揭示出那种非纯粹科学的、经验的和知识化的空间背后所指涉的社会意义。①

在短篇小说《喷泉池中的宝物》中,叙述空间被赋予了特殊而强大的社会意义。小说的情节是随着空间的改变而不断地展开的,叙事空间被赋予了象征意义,更好地为主题的表达服务。故事主人公伊甫瑞姆住在约翰内斯堡,这是个"建造在金子上面的粗犷的城市",整个城市是"由于有了黄金的力量才有了生命,它的繁荣与衰弱都与黄金的涨落息息相关"(107),作者通过这个城市指代物欲横流的现实社会。伊甫瑞姆成长在这样一个与金钱息息相关的城市里,天天浸染在拜金主义的毒液里却不为周围的环境所影响。他倾囊为一个只有一面之缘的富商之女买了颗价值不菲的钻石,却不图任何回报,只为那和谐的完美。伊甫瑞姆的追求显然与这个物质追求至上的城市格格不入,但他的立场绝不会轻易为世俗观念所左右。正如他四十未婚却依然我行我素,努力将自己置身于世俗的道德规范之外。伊甫瑞姆是一个被城市边缘化的人。以富商为代表的亚历山大港则是一个充满神秘感的城市,它与约翰内斯堡完全不同,这个城市有着悠久的历史,它可以藏匿任何东西,令人充满幻想。富商所属的阶层是"遵循传统、平凡、庸俗的阶层"(106)。他们非常有钱,追求时尚的生活,但他们的精神生活却是一片空白。亚历山大港象征米润的精神荒原。20年来,她虽然一直生活在一个"得天独厚的豪华环境里",但她却毫无主见,在收到珍珠之前,她"大概从来没有遇到过需要自己决定的事"(109)。对于亚历山大港而言,伊甫瑞姆是一个异乡人,当应邀参加富商的家宴时,他便以一个旁观者的身份审视这个充满神秘感的城市,有了很多不同寻常的感受。对米润戴假珍珠的行为,伊甫瑞姆作为上层社会的闯入者一眼便看出了那看似完美的表象背后所隐藏的瑕疵。上层社会的虚伪与不和谐使他有"如坐针毡"的感觉。而作为当事者的米润对此事并不以为然,她周围的人也对之熟视无睹。"当时风尚,这个季节妇女只戴'化装'的珠子,而把真正的珠宝首饰放在梳妆台上的盒子里"(107)。那么来自一个"毫无神秘感"城市的伊甫瑞姆在以富商为代表的上层社会中又是一个怎样的形象呢? 米润的父亲———一个"脑子灵活,精明机敏"的人,最早就是被伊甫瑞姆认真的工作态度打动才会破例邀请他参加家宴,因为"只有少数人迈进这位富商家与世隔绝的门槛"(106)。当他得知伊甫瑞姆要送她女儿一颗价值不菲的珍珠并毫无索取回报之心时,他的反应倒有些"奇特"。伊甫瑞姆诚恳的态度与富商周围那些"被利益驱动"的人们形成了强烈的反差,深深

---

① 赵晶辉.殖民话语的隐形书写———多丽丝·莱辛作品中的"空间"释读[J].当代外国文学,2009(3):31-37.

地打动了他。伊甫瑞姆初次见到米润就粗鲁地连问两次为什么她戴假珍珠,听惯了阿谀奉承的恭维话的米润当然无法接受这种赤裸裸的真话,她认为伊甫瑞姆是个粗人,并"很快就把他抛到脑后了"。而对伊甫瑞姆赠送珍珠一事,米润的家人更是议论纷纷,都认为"那个犹太小疯子叫米润迷上了……""米润对那个可怜的小老头太善心了……"(110)在看与被看的过程中,约翰内斯堡与亚历山大港互为镜像,约翰内斯堡的开放性与亚历山大港的神秘性互相映衬,这两个物质追求至上的城市被赋予了不同的内涵。

珍珠唤起了米润的自我意识,她毅然逃离了亚历山大港这个物质的伊甸园,离开富裕却空洞的生活,在伊斯坦布尔寻找到自己的精神家园。米润与意大利工程师卡洛斯之间具有"浪漫主义情调的爱情"却被家里人认为是在"自暴自弃"。在一个追求门当户对的社会,一个"除了工薪收入以外别无资产"的年轻人是无论如何也不会被上流社会接受的。但是这一联姻在卡洛斯的朋友看来"有些屈就的不是米润,而是卡洛斯"(112)。亚历山大港与伊斯坦布尔的交锋象征着物质与精神的对峙。卡洛斯是个有着崇高精神追求的年轻人,他关心国家的前途命运,战争爆发后,他积极投身革命,成了一名革命者。卡洛斯的热情也给了米润极大的精神启发,即使生活再艰辛她也"绝不同父母言和",除非他们"依从她自己的条件"(113)。在这场物质与精神对峙的战役中,精神的力量似乎占了上风,强大的精神支柱给了米润生活的勇气。叙述空间的转换隐含了深刻的社会意义。

伊甫瑞姆跟米润各自辗转多年后在意大利一个以"V"字起头的城镇广场上再次重逢,一切都已时过境迁,物是人非。这是一个"被战争破坏"的城市,粮食极度匮乏,酒就是人们的食物,人们纷纷"以酒果腹"。在这样一个饥饿的城镇里,两个曾经给过对方梦想的人再次碰面时感受最多的是"窘迫不安"。在残酷的现实面前,那些曾经美好的情愫都消失得无影无踪。想象中的情感,搁在心里的时候美好而强大,呈现于空气中时却会化为乌有。以"V"字起头的城镇象征着现实的强大。在残酷的现实面前,个人的力量是渺小的,梦想最终还是被严峻的现实打垮。伊甫瑞姆把他辛苦积累下来的,比生命还重要的宝石撒向了饥饿的人群,而对于米润来讲"待在意大利也好,回到她出生、成长的圈子里也好,对她已经无关紧要了"(121)。战争彻底摧毁人们的梦想,珍珠曾带给伊甫瑞姆和米润积极探索生命意义的勇气,但面对现实,他们的内心都经历了困惑与失望。对于战争给人们内心投下阴影的消极影响,莱辛在小说中提出拷问,让读者去思考。美国学者爱德华·索亚(Edward W. Soja)认为:从根本上来说,人类是空间性的存在者,总是忙于进行空间与场所、疆域与区域、环境和居所的生产,人类主体自身就是一种独特的空间单元。人类的空间性则是人类动机和环境或语境构成的产物。所以,在空间的生产过程中,起着极为重要作用的因素仍然是形塑我们思想的文化观念。①在不断置换的空间叙述中,米润的自我生命意识逐渐被唤醒,追求自我的生命意识又赋予空间丰富多彩的文化意义。通过挖掘空间转换所蕴含的深刻意义,有助于读者更好地了解隐藏在表面文本之下的真正意义。

个体,尤其是女性的社会化过程,是一个不断地与外在的社会力量抗衡或顺应的过程。②在《喷泉池中的宝物》中,米润通过与父权社会的决裂和毅然出走完成了她的社会化过程。米润的出走看似没有给她带来完美的结局,但她已走出了生命的漩涡,走出了一片新的天地。根据皮尔瑞凯斯的观点:与漩涡相对立的是喷泉。喷泉象征走出封闭的自我,观察世界;它自然与那种净化心灵的超然(超越自我)力的获得联系。而所谓超然,就是能摆脱各种对人产生控制的(社会的、文化的、心理的)结构的无意识的服从,进而接受其他的知识来源。在喷泉形象的背后,还可以看出另外一种运动,那就是喷涌出的水会流回泉源。这种倒流象征着一种新的向内退隐,但它不是(漩涡所象征的)放纵的热衷自我,而是一种高度克制、超然的关注,这种关注产生新的对世界的感悟和理解。③米润把自己从原来的生活模式中剥离开来,新的生活犹如喷泉的水花有了无限多的可能性。虽然最后对米润来说,一切都看似无关紧要,但是米润对生活已经有了全新的体验和理解。故事的最后伊甫瑞姆也回到约翰内斯堡继续琢磨钻石,但是这种回归并不是单纯意义上的回归,而是带着一种对生命新的感悟。这也就是皮尔瑞凯斯所提到的:虽然喷泉之水也有流回泉源的可能性,但是这种相反的走向并不是简单意义上的回流,而是带着对世界的全新的感悟和理解。《喷泉池中的宝物》以独特的艺术技巧揭示了一个时代的特征、一个时代人的精神面貌,"缩微"地体现了莱辛高超的创作技巧和她对人类所面临的整体性生存境遇的思考。

---

① 包亚明.后大都市与文化研究[M].上海:上海教育出版社,2005:1.
② Wang Lili, *A Study of Doris Lessing's Art and Philosophy*. Beijing: Social Sciences Academic Press, 2007:67.
③ Phyllis Sternberg Perrakis, *Spiritual Exploration in the Works of Doris Lessing*. West Greenwood Press, 1999:84.

第五章 20世纪初美国女性小说创作探究

20世纪初的美国女性作品从一定意义上延伸了19世纪的女性文学传统,歌颂了女性作为家庭和社会栋梁的力量。但与之不同的是,这一时期的女性作品在艺术上更加臻于成熟,在创作风格上更加敢于创新,逐步跻身于美国文学经典的行列。在思想意识上,女性作家们更多地融进了社会大背景,逐步把侧重点转移到新时代女性所面临的种种困境,立足于表现女性自我意识的觉醒和对个性自由的追求,从而吹响了女性自身解放斗争的号角,为半个世纪之后的美国女权运动奠定了基础。

第一节 伊迪丝·华顿——"欢乐之家"中的"智者"

伊迪丝·华顿(1862—1937)以精湛的艺术技巧再现了19世纪末20世纪初的纽约上流社会,描写了女性在以男性为主导的传统社会中的遭遇,被称为美国文学里"最好的社会历史学家之一"①。在她去世后的近四十年里,华顿却被排挤出美国主流文坛,被讥为在审美品位上与现代主义背道而驰的"垂死僵化的贵族阶层的回忆录作家","社交场上的玩偶","在美国文学的伟大试验中不足挂齿"。② 随着20世纪六七十年代妇女运动和女权文学批评的兴起与发展,华顿再次崛起,被

---

① 朱刚. 新编美国文学史(第二卷)[M]. 上海:上海外语教育出版社,2002:433-447.
② Henry Seidel Canby, "Fiction Sums up a Century". *Literary History of the United States*, eds. Robert Spiller et al., vol. 2. New York: Macmillan, 1948:121.

誉为"美国最杰出的世俗风情作家""美国心理小说的教母""美国最聪明的妇女之一"①。有的评论家甚至认为"在小说和诗歌方面,她同时代的美国人根本不能望其项背"②。不过,华顿始终是一个颇具争议的作家,其作品得到了迥然不同的解读。当代评论家正在从不同角度发掘华顿作品里的女性主义、现实主义、自然主义、后殖民主义、战争小说、哥特小说等特色。可见华顿作品涉及范围之广泛、内涵之丰富。

伊迪丝·华顿于1862年1月24日出生于纽约的名门望族。得天独厚的家庭条件使幼年的伊迪丝在家中接受了良好的教育,并在1866年到1872年间随父母先后旅居意大利、西班牙、法国和德国等欧洲国家。1885年,华顿和比她年长13岁的波士顿银行家爱德华·华顿结婚。他们的婚姻并不美满,婚后无嗣也进一步导致了两人关系的破裂。后来爱德华又患了精神病。华顿卖掉了马萨诸塞州的住房,1913年与丈夫离婚,定居巴黎直到1937年8月11日去世。华顿出身豪门,得以结识许多美国及欧洲望族。她本人也非常喜欢交际,其在法国的住宅成了当时各国艺术家云集的地方。在亨利·詹姆斯生命的最后12年,华顿是他最亲密的朋友。这段友情对华顿的创作风格产生过重要影响。但她没有盲目模仿詹姆斯的风格,而是带着批判的眼光对詹姆斯晚年过于注重纯粹的艺术技巧表示了不同看法。她说:"那些认为我是詹姆斯先生的随声附和者的批评和认为我写的人物不'真实'的看法真是让我无奈(我已经有十年没读他的书了)。我写的是我所看见的、发生在我身边的事情。"③

华顿早年熟读父亲书架上的古典名著,深受欧洲文化的濡染,对文学产生了浓厚的兴趣。她在16岁时就写过诗集,但直到婚后几年才真正开始创作,目的是为了排遣上流社会家庭生活的苦闷。1899年,37岁的华顿出版了第一部短篇小说集《高尚的嗜好》(*The Greater Inclination*),次年中篇小说《试金石》(*The Touchstone*)问世。从此她进入小说创作的高峰期,在此后的二十年中相继出版了小说集《重要时刻》(*Crucial Instances*,1901),第一部长篇小说《抉择之谷》(*The Valley of Decision*,1902)以及为后来的一系列纽约小说打下了基调的成名作《欢乐之家》(*The House of Mirth*,1905)。《特莱梅夫人》(*Madame de Treymes*,1907)、《暗礁》(*The Reef*,1912)和《乡村风俗》(*The Custom of the Country*,1913)则把背景转到了法国,表现婚嫁法国的美国女性在两种文化与伦理传统冲突中所经历的矛盾与痛苦。在

---

① 周静.解读《纯真年代》情感外衣下的时代特征与社会现实[J].江汉论坛,2007(8):141–143.
② R. W. B. Lewis, *Edith Wharton: A Biography*. New York: Harper & Row, 1975:122.
③ R. W. B. Lewis, *Edith Wharton: A Biography*. New York: Harper & Row, 1975:123.

中篇小说《伊坦·弗洛美》(Ethan Frome,1911)中,华顿一反小说创作中采用上流社会背景的惯例,第一次直接描绘了下层社会的生活与复杂的感情世界。中篇小说《班纳姐妹》(The Banner Sisters)则以一种悲凉又不乏温情的写实主义手法书写了纽约下层人的生活。

无论是上流社会风俗画,还是下层人物辛酸史,华顿的创作都是典型的现实主义作品。评论家海德格尔·胡勒说:"由于华顿非常了解她的阶层,所以她才是个现实主义者。"撒拉·赖特也评论说:"华顿熟知她所描写的世界的所有细微之处。"①

在第一次世界大战期间,住在巴黎的华顿积极参与社会救济活动,并因此获得法国政府颁发的荣誉勋章。她亲眼看见了战争带给人类的灾难,也见证了在战火洗礼中人类灵魂的反应。受某种现实责任的激发,华顿创作了许多战争作品。除了散文之外,还包括短篇小说集《兴古河和其他故事》(Xingu and Other Stories,1916)、小说《创作一个战争故事》(Writing a War Story,1919)和《难民》(The Refugees,1919)等。华顿的战争小说有两个明显的特点:第一,它们虽然都和战争有关,但时间上和空间上都远离正在进行的战斗场面;第二,提出了妇女地位和现状问题,以小说为掩体揭示了男性试图把女性看作第二性的做法。正是以战争故事为契机,华顿表现了战争时期女性的命运。她往往通过"看似男性的视角来叙述故事,但是故事的情节却颠覆了男性的权威,赋予故事以一种反讽的滑稽"②。

20世纪20年代以后,华顿进入创作后期。尽管这一时期她继续长篇小说、短篇小说和游记等作品的创作,但从整体上来说作品质量下降。这时期较重要的有长篇小说《月亮的隐现》(The Glimpses of the Moon,1922)、反映19世纪40—70年代纽约上流社会生活的中篇小说集《老纽约》(Old New York,1924)、文学论集《小说创作》(The Writing of Fiction,1925)、长篇小说《纯真年代》(The Age of Innocence,1925)等。《朦胧入睡》(Twilight Sleep,1927)和《孩子们》(The Children,1928)表达了对物质主义的追求、对妇女的压迫以及离婚父母对孩子的忽视等主题。华顿最后两部完整的小说《夹在中间的哈德逊河》(Hudon Rivers Bracketed,1929)及其姊妹篇《诸神到了》(The Gods Arrive,1932)中的人物范斯·威斯顿其实是华顿作为艺术家的自我肖像,表达了她在小说写作中逐渐形成的创作理论。未完成的最后一部小说《海盗》(The Buccaneers)于1938年出版。

---

① 王丽明.伊迪丝·华顿作品中女性主义意识的演进[J].郑州航空工业管理学院.2008(4):23-27.
② Alan Price,"Edith Wharton's War Story". Tulsa Studies in Women's Literature,1989:95-100.

1923年,华顿成为第一个获得耶鲁大学荣誉文学博士头衔的女性,她在1924年获得美国国家艺术学院金质奖章,1927年获得诺贝尔文学奖的提名。诺贝尔文学奖虽然最终未能如愿,但也反映了她的作品在世界文坛的影响。华顿的自传《回顾》(A Backward Glance,1934)为她带来了法国荣誉军团勋章。《未曾收录的评论作品》(The Uncollected Critical Writings)在1996年发表,其小说《伊坦·弗洛美》和《纯真年代》在1993年被搬上大银幕,掀起了一股"华顿热"。

　　华顿是位高产作家,在长达五十多年的创作生涯中共创作了19部中长篇小说、11部短篇小说集以及包括小说、诗歌、自传、文学批评在内的四十余部非小说作品,其中的"鬼故事"尤其值得一提。华顿八岁时感染了严重的伤寒,幸亏一位著名的俄国医生救了她的命。这场大病使鬼怪和奇异可怕的幻想带来的恐惧在她心头挥之不去,以致后来创作了多篇她自己称之为"鬼故事"的作品。从《藏有一只死手的屋子》(The House of the Dead Hand,1898)开始到《鬼节》(All Souls,1937)。《鬼故事集》(Ghosts,1937)在华顿逝世后两个月出版。

　　作为女性作家,华顿忠实地记录了其所处时代的男性和女性在男权传统社会中的遭遇和地位,被誉为"女性主义的先知"。同时,其小说带有明显的悲观宿命的色彩,体现了自然主义的特征。在强大的自然环境和社会力量面前,华顿笔下的男女主人公被环境中的"风俗、礼仪、文化"等个人所无法控制的社会因素所缠绕,显得处处被动。他们或无力抗争,或徒劳拼搏,统统摆脱不了失败的命运。遗传因素、生活环境和特定的历史时期决定人物命运的自然主义观点在华顿的笔下多处出现。通过自然主义观点和女性意识的结合,华顿表达了自己对于人的命运尤其是女性命运的深刻思考,突出了人在强悍无比的现实环境面前的软弱性、受控性和悲剧性。

　　《欢乐之家》是华顿最重要的作品之一,首先连载于《斯科利伯纳》(Scribner's)杂志,后出版成书,三个月内连续印刷四次,达14万册,几次列畅销书榜首。华顿自称这部小说使她由漫无目的的业余爱好者变成为一个专业作家。《欢乐之家》的出版使她成了20世纪前20年最受欢迎的美国作家。这部小说为华顿的纽约小说打下了基础。纽约小说系列常常表达老纽约社会对人性的束缚,这种情感态度几乎成就了她所有成功的作品(《伊坦·弗洛美》除外)。在《欢乐之家》中,华顿描写了一个觉醒者在无奈中的自我毁灭。百乐山庄是纽约上流社会人们的聚集地,也是女主人公莉莉最初心中向往的伊甸园和"欢乐之家"。莉莉出身没落的中产阶级家庭,经济原因迫使她只能通过自己的美貌和智慧换取婚姻。只有通过与富有的上层贵族联姻,她才能在"欢乐之家"中牢固地占据一席之地。

莉莉的美貌使她成为上层社会一个美丽的装饰品,也给了她成为欢乐之家永久成员的机会。然而,她被穷律师塞尔登的"精神共和国"所吸引。为了追求自由,莉莉一次次逃离虚伪的婚姻。尽管莉莉非常清醒地意识到这个社会对男女两性的不同标准,但是她是这个社会的产物,离开这个社会她无法生存,更无法成为一个有思想、有能力参与社会的真正意义上的新女性。周围的环境和多年受到的教育使得莉莉根本无法独立生活,她的身份完全建立在商品的基础上,除了以他者的眼光,她无法定义自己的身份。女主人公莉莉要逃离以"欢乐之家"为代表的父权制,又无法与现实环境彻底决裂去寻找真正的"精神共和国",最终被无情的社会所吞噬。莉莉不是在故事结束时才意识到自己人生的悲剧,她的故事是一个觉醒者更为深刻的无奈和绝望。

在小说《夏季》中,华顿表现了一个反叛者的妥协和绝望。主人公查莉蒂·罗约尔是一个充满反抗精神、不轻易妥协的人,但最终还是被纳入了北达莫的世俗之中。查莉蒂由养父母劳耶·罗约尔夫妇抚养成人。养母去世后,罗约尔先生试图诱奸她并两次向她求婚。查莉蒂有一种要去做大事情的冲动,可是自己也不知道要做什么。哈尼的出现使她意识到自己的梦想是嫁给像哈尼这样的城里人,做一个年轻漂亮的新娘。但是最终当她被哈尼引诱而抛弃时,这种渴望被残酷地扼杀了。查莉蒂不顾传统礼教的束缚,追寻与自己心灵契合的生活,大胆表露内心对爱情和情欲的渴望,充分说明了一个自由女性的觉醒。怀孕后,查莉蒂不顾周围环境的压力,勇敢地接受了母亲的身份和角色。不幸的是,查莉蒂最终为了生存不得不嫁给养父,接受社会给她安排的既定命运,放弃了自由和渴望。对社会地位和命运的屈服表现了一种绝望和无奈。这个女人最终没能实现她的理想去决定自己的身份和命运,被改造成了一个顺从周围环境的妥协者。

《伊坦·弗洛美》被公认为是华顿创作的最好的、最重要的悲剧故事,刻画了另一个反抗世俗者的悲惨命运。故事通过一位来自新英格兰地区以外的工程师"我"的口述,记述了生活在马萨诸塞州西部小镇斯塔克菲尔德的伊坦·弗洛美以及妻子齐娜和情人马蒂的悲惨命运。年轻时的伊坦由于要照顾生病的母亲而放弃学业,回到贫瘠的农场上。母亲去世后,伊坦与一直照顾母亲的表姐齐娜结婚。伊坦对婚后生活失望却无奈。马蒂是齐娜的表妹,她从外地来照顾生病的齐娜。马蒂的到来使伊坦看到了生活的希望。为了拆散伊坦和马蒂,齐娜要赶走马蒂。在驾车送别马蒂时,两人恋恋不舍,马蒂提议两人死在一起,于是伊坦驾雪橇撞向大榆树。最终的结局是马蒂终生与轮椅为伴,伊坦面目全毁,终身残疾。三个人从此生活在一起,统统失去了生活的乐趣和追求幸福的自由。20年后的"今天","我"

在伊坦家中看到,齐娜照顾着瘫在沙发上的马蒂。先前活泼可爱的马蒂变得性情乖张,牢骚满腹,完全是一副传统的坏脾气女人的形象。华顿似乎在告诫人们,马蒂的这种违背世俗的反抗只能以害人害己的悲剧收场。

华顿的主人公反抗后的结局或是生命的结束,或是精神的自杀。从女性人格这个角度出发,华顿笔下的女性展现了迷失、觉醒、反抗的不同形象。虽然华顿无力给出有价值的解决办法——其主人公都以悲剧收场,却并没有完全悲观,在作品中还是给予了些许希望,尽管这份希望未能成为一股明显的力量。华顿在1913年结束了长达28年的婚姻,感受到冲出牢笼后的轻松和自由,《乡村风俗》便是她这一时期的代表作。华顿在这部作品中成功地塑造了一个具有无限活力的女性形象,年轻美丽却又野心十足的安丁。她凭借执着的信念和锲而不舍的精神,逐步实现了自己的梦想。她先是踏进"老纽约"社会坚固的大门,跻身贵妇行列,接着又跨越大西洋闯入法国贵族的社交圈。嫁给法国人后,她以自己的力量和勇气与法国社会的大男子主义相抗衡。她意识到男人对女人的压迫是这里的风俗,因此她不懈地抗击这一陋俗。经历四次婚姻,安丁终于实现了她的愿望。尽管安丁与莉莉一样,同样生活在一个以男性为中心的社会,都把婚姻作为唯一的经济来源,但她目标明确、行动果断。她非同寻常的勇气与执着显示出女性在性别抗争过程中日益增强的自我意识和获得成功的希望。

华顿在关注女性命运的同时,对男性面临的困境同样给予了清醒的认识和深切的同情。除了各具特色的女性形象之外,她还描写了形形色色的"边缘男性"形象,他们或为男性主宰的社会的牺牲品,或为女性人物眼中被物化了的商品。在父权制社会里,婚姻也被物化,被当作赤裸裸的买卖,也同样物化了拥有操纵妻儿命运的男人们。在上流社会中,男性享受父权制的种种特权,也带给他们无法摆脱的束缚和羁绊。最终,在一个商品化的社会里,男性和女性都成了牺牲品。

《欢乐之家》中华顿塑造了几种典型的"边缘男性"形象。莉莉的父亲是适者生存社会的失败者,从家庭生活中的"中心"变成了无声的"他者"。金钱对人性的扭曲以及道德价值观的虚伪不仅使女人成了受害者,也使她们成了这些社会理念的内化者,以同样的规则衡量着男人们的价值,物化着她们身边的男性。与其说巴特先生最后是因破产郁郁而终,毋宁说是因丧失财富而被抛弃,因为对他的妻子来说,他或生或死已无足轻重,因他一旦不能对这个家庭履行应尽的职责,实际上他就等于不存在了。失去挣钱能力的他在妻子眼中成了可有可无的负担,在女儿的记忆中也只是一个可怜虫。淹没于商品社会大潮中的巴特先生失去了话语权,成了小说中最为模糊的形象。经济上的失败者巴特先生如此,成功者泰纳先生也未能摆脱这样的命运。泰纳事业有成,过着随心所欲的奢华生活。可是,妻子爱的是他的金钱和金钱所赋予她的上流社会生活,内心的情感天平上却根本没有他的位置。她表面上唯命是从,暗地里却和别人风流不断。泰纳以为自己可以凭借手中的财富"购买"女人的感情,自作多情地企图用金钱博得莉莉的欢心和感情,试图把莉莉变为任他摆布、利用的对象。莉莉最终决定以自己继承的微薄遗产偿还债务,用无声的语言表明了这个所谓成功男人在她的生命中所扮演的无非是一个无足轻重的小丑。阔家少爷珀西·格雷斯也是金钱的受害者。这位羞涩、富有的大男孩是个典型的"妈妈的乖宝宝"形象。一心试图用金钱换取欢乐之家地位的莉莉为了解决自己的窘境决心用美貌引诱他,他的金钱使他成了莉莉虚荣心的牺牲品。在莉莉的眼中,这位阔少爷就是金钱的代名词,是她可利用的一个有价值的物品而已。珀西和莉莉的关系,一方面揭示了莉莉面临即将成为老处女时的无奈和窘境,同时也向读者展现了当时社会生活的另一个侧面。男权社会所推崇的拜金主义不仅酿造了无数女人的婚姻悲剧,同时也会使男人成为内化了这种社会道德准则的女人的欺骗对象,带来婚姻的不幸。塞尔登是华顿小说中塑造的典型男性形象。塞尔登是一位接受了新思想的年轻人,和莉莉一样年轻、富有魅力,但并不富有。他所处的时代和社会环境造就了他的矛盾性格。上流社会的价值观对他产生了深刻的影响。他对上流生活有着一种潜在的、无法抗拒的向往,渴望成为这些人中的一员。他的良知和情感告诉他莉莉的纯洁和高雅,他也意识到了自己对莉莉的好感和爱慕,然而,他不敢正视自己性格中的这一面,惧怕被上流社会抛弃的结局。于是,他生活在矛盾之中。在他和莉莉的最后一次会面中,莉莉倾诉了对他的爱,然后回到住处自杀。在塞尔登终于认识到莉莉的清纯与高贵时,这朵美丽的小花已经因为不堪生活的风吹雨打而枯萎凋零了。这一无情的事实同时也宣告了塞尔登试图成为一位"新男性"的失败。表面看来,他比同样单身而贫困的莉莉有更多的自由,可以随意和女性交往,悠然自如地享受生活。事实上,他和莉莉同样缺乏自由。小说中最可悲的人也就是这位梦想建立"理想共和国"的律师了。明明不想为却又为之,厌恶却又不去反抗,有爱却不能给予,甚至不敢向自己承认,这种人比莉莉更为可怜,同样是社会环境的牺牲品。华顿在抨击旧纽约的道德堕落和那些腐败新贵们的同时也表现了当时社会中男人们的可悲一面。

在《纯真年代》中,男主人公纽兰·阿切尔也是老纽约上流社会的一分子,却与之格格不入。他热爱艺术,喜欢读书,追求自由。他所读过的人类学的书籍使他以一种新的方式来观察社会。他试图反抗传统习俗的束缚与压抑,对墨守成规的枯燥生活时有不满,从心底厌恶这些上流社会的繁文缛节和虚伪无知。在对于女性的问题上,他有着独到的见解,认为女人应当有自由。在面对埃伦离婚这件事情上,他坚持说不能因为她不幸结下了倒霉的婚姻,就得像罪犯一样躲起来。纽兰对女性的态度体现了他内心对男权社会的反抗。他同情埃伦,支持埃伦与放荡的丈夫离婚。但这样一位具有反抗精神的年轻人在男权社会的强大势力面前也是无能为力。放弃了爱情的纽兰和他并不爱的妻子厮守一生,最终也没有开始新生活的勇气。其实,让纽兰厮守一辈子的不是他的妻子,而是妻子背后的那个强大的父权制度。男性对于家庭的责任扼杀了他争取自由的思想萌芽。男性和女性的关系就像寄主和寄生虫的关系,寄主喂养寄生虫,让它活下来,但是寄主同时会被寄生虫杀死。男性没有意识到在给女性戴上枷锁的同时,也给自己套上了锁链。

在《伊坦·弗洛美》中,伊坦是他所生活的社会环境及其伦理道德的彻头彻尾的牺牲品。伊坦始终都想离开贫穷落后的家乡去寻求自己的理想,但努力均以失败告终。在青年时期的短暂求学期间,伊坦梦想着能到城市里做工程师体面地生活。然而他没能实现理想就不得不回到家中照顾母亲。结婚之后,贫穷再次摧毁了他离开家乡的梦想。妻子齐娜变得抑郁寡言,但她却懂得利用自己的病痛通过社会舆论牢牢把握着自己的丈夫。马蒂是伊坦实现理想的希望。然而,最终的结局却是两人的伤残和心里的创伤。伊坦和马蒂想以死来保有这份情感。但他们遭到了无情的惩罚,强大的社会伦理道德彻底压垮了他们。

正像华顿在自传《回顾》中所描述的,为了能够在男性主宰的社会中自由选择角色和生活方式,她进行了长久的抗争与努力,在付出了巨大的努力和代价后才最终得以成功。在华顿的生活和写作生涯中,她从未停止过对社会传统的抗争,一直都在追寻自己创作的梦想,追寻作为女性和女性作家的自我意识和自我价值。作为一位收入丰厚的职业女性,华顿基本上做到了物质和精神的完全独立。

作为一位女性作家,华顿体现了对女性命运的关注,特别是19世纪和20世纪之交美国纽约上流社会女性的喜怒哀乐,同时表达了对男性命运的关注。《旧约·传道书》说,"智者之心属于悲伤之家,而愚者之心属于欢乐之家"。而身处"老纽约"上层社会的华顿却以局内人的眷恋和局外人的无情针砭而成为"欢乐之家"的智者。

第二节 伊迪丝·伊顿——种族歧视污泥中的水仙花

19世纪与20世纪的一些西方文学女性为了获得男权社会的认可,往往在作品上注上笔名以掩饰自己的性别。而在"黄祸"论气焰嚣张的20世纪初,一位美国女性作家却公然以一个非常中国化的笔名"水仙花"来表明自己的亚裔血缘,这种举动不能不令人钦佩她的勇气。伊迪丝·伊顿(1865—1914)是北美第一位华裔职业作家。她与那些以笔名来掩饰自己真实身份的女性作家用意不同,其笔名恰恰披露了她的异族血统,成为一种获得种族真实性的手段,并用来支撑其以描绘种族主题为主的写作生涯。自1896年起,伊顿创作的关于华裔或欧亚混血儿经历的故事和文章陆续出现在美国和加拿大的杂志和报纸上。1912年,芝加哥的A. C. 麦克勒格书局将她的37篇故事辑集出版,并以第一篇故事《春香夫人》(*Mrs. Spring Fragrance and Other Writings*)作为故事集的题目。这是伊顿发表的唯一作品。《春香夫人》出版两年之后,伊顿去世。伊顿对于美国文学的重要贡献在于她对20世纪初美籍华人和欧亚混血人生活的真实刻画,她是第一位涉及这一主题的华裔作家。伊顿不仅是华裔美国文学当之无愧的拓荒者,也是华裔美国女性文学的创始人。

伊迪丝·伊顿是欧亚混血儿,父亲是英国人,母亲是中国人。19世纪50年代,其经商的父亲到了中国,遇到一位温柔贤淑的中国女士,两人结为连理。返回英国后,这对异族通婚的夫妇饱受社会歧视,于是举家移民到加拿大的蒙特利尔。生于英国的伊顿在这个有14个子女的贫困但温馨的大家庭里长大。她很早就出外工作,从事过速记员、排字工、记者、秘书等工作以补贴家用,于1898年搬迁到美国。伊顿家的子女都没有学过中文,而且伊顿的相貌几乎显示不出来她的中国血统,但她逐渐对母亲的民族产生了浓厚的兴趣。她公开了自己的亚裔血统身份,以手中之笔为亚裔社群仗义执言,在许多报刊上发表了关于华裔美国人的故事和文章,赢得了华人的充分肯定。为了表达这份感激之情,蒙特利尔和波士顿的华人社区在水仙花去世后,在她位于蒙特利尔的墓前立了刻有"义不忘华"字样的碑石。

值得读者回味的是,伊迪丝有一位妹妹也是作家,却选择了与她完全相反的写作策略。温妮弗莱德·伊顿(Winnifred Eaton)按照文学市场的游戏规则行事,充分利用白种人无法区分日本人和华人这一条件,假扮日本人身份,从而获得美国社会认可。为了修建铁路而大量输入的华人劳工在铁路完工之后的19世纪末20世纪初涌入劳动市场,他们因对白人形成了经济威胁而被仇恨,饱受排挤和欺压。而日本在1895年打败了中国,1904至1905年间又战胜了俄国,令美国人刮目相看。温妮弗莱德深知日本人在白人的眼中享有比华人更高的地位,因此虚构了自己的生活。她取了一个日本味道颇浓的笔名小野(Onoto Watanna),声称自己的出生地为长崎,母亲为日本贵族。在1902年出版的《紫藤之恋》(The Wooing of Wistaria)一书的封面上有她一张身着和服、把头发梳成流行日本发式的照片。与只出版了一部短篇小说集的姐姐相比,她的成功令人瞩目:第一部小说就引起广泛的注意;第二部小说极其畅销,不仅再版好几次,还被翻译成好几种外语,并改编为百老汇舞台剧。她之后的多部作品都是知名出版社发行的畅销书,而她的成功还使她在1924年至1931年间获得为好莱坞环球制片厂撰写电影脚本的职位。两姊妹一个表明身份而另一位隐瞒身份的做法为我们了解当时女性的文学创作生态环境提供了有趣的例证。

伊顿创作的20世纪初,是美国社会经济急剧发展的时期。美国人急于将领土不断向西部推进,而华工在美国西进运动中功劳卓绝,在美国横跨大陆的铁路修建过程中发挥了重要作用。但1869年铁路竣工之后,占修建铁路劳工90%的华人涌入劳动市场,在美国社会引起恐慌。华人在19世纪70和80年代中在西部各州受到令人发指的恶劣待遇。美国白人畏惧华工在劳动力市场上的竞争,不仅仅出于经济的考虑,一个更为深层的顾虑是基于在他们眼中属于劣等民族的华人的道德水准认识,以及华人进入美国社会后将会带来的亚洲人与盎格鲁-撒克逊人通婚的潜在种族混杂的危险。在这种前提下,美国制定了一系列排斥华人和禁止通婚的法案,以限制亚洲人口在美国的增长与繁衍。

1882年出台的歧视性排华法案使得华人移民的数量急剧减少,直到60年之后才废除。伊顿曾经写过一篇自传文章《一位欧亚混血儿的回忆拾零》(1909),回忆了饱受歧视的自身经历。正是这种作为被歧视民族的痛苦经历,促使伊顿对于这种不平等的社会现象进行了深刻反思,开始了对种族歧视的鞭挞和种族平等的呼吁。

作为欧亚混血儿,伊顿从小就不断受到来自白人儿童的人身攻击。这种对于华人的歧视和欺辱使她逐渐从情感上与母亲的民族更加靠近,最终选择将自身命运与华人族群捆绑在一起。她将自己视为其中一分子,为这一民族所遭受的不公正待遇而义愤填膺、摇旗呐喊。她在自传中提到,一次聚会时,主人和其他客人在不知道她身份的情况下,以极不友好的态度谈论华人。经过短暂的犹豫,她挺身而出,公开了自己的华裔身份,当面抨击了他们的反华言论。之后不久她便离开了这个城镇。

与日俱增的华人情结在伊顿作品中得到了充分体现。伊顿的文学抱负就是为了揭示在美华人的真实面貌,排除美国人心目中根深蒂固的关于他们弱点的错误印象,展现他们值得夸耀的众多优秀与高贵品质。作为华裔美国文学的拓荒者,水仙花在写作中没有现成的文学传统可以继承,也没有现成的榜样可以仿效。如评论家索尔伯格所指出的,伊顿在选择与华人认同并创作关于他们的作品时,发现自己孤军奋战在尚无现成模式的领域里。伊顿从传统文学创作模式中汲取了一定的养分,开创自己的叙事方式和故事题材,来讲述她所知道的真正的美籍华人。《春香夫人》分为两部分,前17篇故事被冠于《春香夫人》的题目,而后20篇故事被称为《华人孩子的故事》。水仙花的观点集中反映在为成人创作的故事里。应该说,伊顿的作品基本沿袭了当时流行的情感小说创作模式,在创作手段和思想深度上略显不足,在艺术水准上与同时代的文学大师们相比的确有些逊色。但如1912年《纽约时报》的一篇书评所指出的,伊顿在美国小说史上书写了新的篇章,这样做是需要勇气的。从某种程度上来说,她对于自己所创作主题的不同寻常的知识弥补了她艺术手段上的不足。伊顿以自己对于种族歧视和文化冲突的切身体会,开辟了一片新的疆土。她的作品在反映这一主题时,颠覆了传统文学中以白人为中心的模式,把白人移到了边缘,使其成为外人或他者,而把华人置于自己作品世界的中心位置,表现了她对当时文学传统中所描绘的白人与华人关系的直接挑战,开拓了在19世纪末主流美国意识和文学中被认为是未开化和异教徒的华人自我展现的崭新方式。伊顿的传记作者安妮特·怀特-帕克斯也认为,伊顿的作品有两个方面必须予以重视:一是对于传统族裔文学中位置的倒置,也就是把华裔美国人而不是白种美国人置于作品视野的中心;二是对于性别优先权的倒置,也就是把女性而不是男性置于被描绘的华裔美国群体的中心。更准确地说,作为一个生活在文化边缘的人,一个特定族裔的他者,伊顿自身的文化身份使她超越了东方和西方、白人和黄种人、男人和女人的狭隘定义,将笔触延伸到对于人(无论是华人、女人还是下层人)的身份和生存状态的探讨。

一、伊顿笔下的华裔美国人：文化冲突与种族歧视的牺牲者

　　文化冲突是水仙花创作的最主要主题。短篇小说集《春香夫人》不仅提供了对于当时美国华人文化的现实主义描写，也从多层面批评了世纪之交美国社会强加于这种文化的苦难和剥削。由此看来，水仙花的故事不是为了沟通不同文化，而是对整个种族主义意识形态的挑战。其作品不是强调华人和白人的"一致性"或相同之处，而是创造了一种可见性、一种声音，最终在艺术世界里为美籍华人取得了一种在现实生活中被否决了的统治地位。

　　在这个故事集里，《春香夫人》是一个分量并不算太重的故事。它讲述了一个华人丈夫是怎样慢慢理解自己美国化了的华人妻子的。发人深思的是，水仙花通过故事中的对话巧妙地揭露了美国这个鼓吹平等自由的社会里的残酷现实。在春香先生与一位白人朋友的谈话中，那位朋友说，所有的美国人都是王子和公主，而一个外国人一旦踏上美国海岸，他就变成了贵族。"那么我被关在滞留所的兄弟呢？"春香先生反问道。春香先生的话显然让这位白人朋友感到尴尬。"我们真正的美国人是反对这样做的，它违背我们的原则。"春香先生讽刺地说，"那么我向被迫去做违背他们原则的事情的真正美国人表示慰问"。

　　不言而喻，这位好心的邻居没有把春香先生视为像他一样的"真正"美国人，而春香先生对种族歧视的社会现实比他的邻居有着更为深刻的认识。在另一个故事《自由的国度》中，水仙花批判了排华法案如何使得华工长期享受不到家庭生活，而且又为他们的家庭团聚制造障碍的。丽珠带着还没有见过父亲的幼子来到美国，与丈夫相聚。当船靠近码头时，她内心充满了对于在美国这个自由国度里生活的憧憬。她告诉自己的儿子，这就是他父亲发财的地方。可悲的是，美国这个自由的国度带给她的不是美国梦的实现，而是一场梦魇。移民官员把她在申请移民之后在中国出生的儿子作为非法移民扣押了起来，理想破灭了的丽珠在美国亲身体验了将母子分离的法律。这种不公正的法律又因为移民官员自己的私利而使移民更加无助和不幸。最大的不幸在于，在母子最终于10个月后得以团聚后，幼小的孩子已经不认得自己的母亲，亲情遭到了无情的践踏。这种造成种族之间紧张关系的排华法案的出台，对美国这个自由国度的性质画上了一个大大的问号。

　　《新世界里的明智之举》和《宝珠的美国化经历》两个故事再现了华人女性进

入一个陌生国度后所经受的巨大压力。《新世界里的明智之举》讲述了华人吴三贵与妻儿在美国的团聚。与美国化了的春香夫人不同的是,新到达美国的宝琳拒绝融入新的文化。对她来说,美国缺乏明智,因为它造成了丈夫和儿子与她的隔阂,以及丈夫的美国朋友埃达·查尔顿对她婚姻的威胁。来自一个男女授受不亲的国土,宝琳对于埃达在已经美国化了的丈夫生活中的角色充满疑惑,而丈夫对于埃达的亲切态度更使宝琳百思不得其解。遗憾的是,埃达·查尔顿在文化差异方面的无知使她在与宝琳的交往中无法明白宝琳的感受。宝琳对异族文化的强烈抵制最终导致了悲剧的发生。宝琳在丈夫要把儿子送到美国学校就学前夕毒死了儿子,以阻止他也像丈夫一样被美国化,以及最终与她的隔阂。尽管宝琳的行为令人震惊,但它表现了陷于绝境的宝琳坚持把儿子从新文化的魔掌下救出来的决心。水仙花通过这个故事说明,早期来到美国的华人的美国化使他们与自己的亲人有了巨大的隔阂,这种隔阂最终也毁掉了他们亲人。

同样,在《宝珠的美国化经历》中,宝珠的丈夫万林福也是一位美国化了的男人,他也有一位美国白人女性朋友埃达·雷蒙德。万林福与包办婚姻的妻子成亲之后,把她移民到了美国,还想按照埃达·雷蒙德的样子塑造自己的妻子,甚至让她换上美式服装。宝珠心里十分抗拒,不懂丈夫为何不让她使用筷子,而去操纵笨拙可怕的美国器具。宝珠同样对于丈夫与埃达的关系心怀忧虑,而万林福竟然还坚持在她生病时让一个男性白人大夫为她医病。但宝珠对于美国化的抵制没有宝琳那么激烈。她将悲哀藏在心里,在中西文化的冲突中变成了失语者。宝珠误认为丈夫在心里更想与埃达结为夫妻,而从丈夫身边逃走。直到这时埃达才认识到自己为宝珠造成的情感压力,而万林福也试图与妻子和解。

在这两个故事里,水仙花生动地表现了文化差异对新移民尤其是对从传统的中国社会刚踏上美国国土的女性造成的种种压力。先前到达美国的华人男性已经内化了美国人的自由思想观念,他们在美国社会中已经有了自己的事业,甚至交上了美国朋友。而对于他们在中国足不出户的妻子来说,美国是一个充满陷阱和危险的地带。美国化过程带给她们的只有难以忍受和难以言说的巨大痛苦。

在《帕特与潘》中,水仙花又一次涉及社会建构的文化身份以及强加给华人和欧亚裔人的他者身份。一位名叫安娜·哈里森的白人传教士在华人社区里看到一个名叫帕特的白人男孩,而让她感到惊愕的是这个男孩只能说汉语。原来,帕特的母亲在病危时将儿子托付给了一对华人夫妇,他们把帕特和自己的女儿潘一起带大。哈里森决心让这个男孩回归他的"自然"文化身份。水仙花在这个故事中创造了帕特和潘的兄妹情谊与安娜·哈里森的文化视角之间的情节张力。对于还没有被种族化观念同化的儿童来说,他们的肤色差异并没有给交往带来任何障碍,帕特之前也没有对自己的身份有任何质疑。哈里森完全无视帕特被华人社区收留并被抚养长大这一事实,坚持要让帕特学会他的"母语",执意使他回归美国文化身份。这一举动揭示了她对于华人文化传统的蔑视态度。而收养帕特的华人夫妇的举动恰恰表现了超越种族界限的亲情的可能性。他们向白人孩子伸出了同情的手,将他视为己出,抚养成人。尽管帕特在华人家庭里享受着和潘一样的亲情,但这对华人夫妇无法阻止帕特被从自己家里领走。很快,在白人社区观念的熏陶下,帕特开始排斥曾经养他疼他的华人家庭和社区。当他又一次遇到曾经情同手足的潘时,他竟然把她从身边轰走。潘无奈地哀叹道,可怜的帕特不再是华人了。通过这个故事,水仙花深刻地揭示了19世纪末美国的社会现实。白人,即使是出自好意的白人,从来没有把华人看作是与自己同等的公民和这个国家的真正组成部分。社会建构的文化身份无法创建和谐的社会环境,而只能营造种族歧视的社会氛围。

二、伊顿笔下的女性:文化的主体身份

如果说水仙花笔下的男性都是为了发财才来到美国的,那么许多女性则是因为远在大洋彼岸的丈夫的需要才来到这片国土上的。在这些女性之中,除了对美国文化持强烈反感态度的,也不乏深明大义、真正接受美国文化中追求自由和平等的思想的女性。

在故事《下等女人》中,白人女性是通过华人妇女春香夫人的调解才真正认识到自己的。春香夫人的朋友劳拉无法与自己相爱的男人结婚,因为她的父母已经将她许配给校长的儿子。通过春香夫人的调停,两人才最终得以喜结连理。卡门夫人的儿子与出身卑微、自食其力的艾丽斯·温斯洛普相爱,遭到她的强烈反对。她希望儿子能够娶门当户对的伊夫布鲁克小姐为妻,因为伊夫布鲁克小姐出身上流社会,还受过良好教育。当卡门夫人的儿子向心仪已久的艾丽斯求婚时,遭到艾丽斯的断然拒绝。她告诉他,如果他的母亲认为她配不上他的话,她是绝对不会嫁给他的。伊夫布鲁克小姐对艾丽斯充满同情和钦佩,她承认,自己虽然被称为美国的上等女人,但比起艾丽斯来,只不过是个幼稚的女学生。在春香夫人的劝说下,卡门夫人最终接受了艾丽斯。虽然美国人崇拜自由精神,但在这个故事中则是一个具有开明思想的中国女人让具有传统思想的美国女人改变了观点。让华人女性教育传统的白人女性,这是水仙花的叙事策略。她歌颂了这些新型的美籍华人,他们才是真正具有进步思想的人。《春香夫人》同样挑战了文化传统,维护了女性选

择婚姻对象的权利。

《一位嫁给华人的白人妇女》和故事的续篇《她的华人丈夫》都是从一位白人女性的视角叙述的。米妮讲述了自己与两任丈夫卡尔森和刘康海的婚姻生活。与虐待她、鄙视她、最终抛弃她的第一任白人丈夫卡尔森相比,她的华人丈夫刘康海在她对生活绝望的时刻救了她,他尊重她、爱护她、对她体贴有加,展示了高尚的品质。与米妮同族裔的卡尔森没有带给她幸福,反而造成了她的灾难,而来自异族文化的华人刘康海却能让米妮享受到真正的爱情。但是,在一个对华人充满仇恨和恐惧的社会里,米妮的幸福是无法持久的。水仙花为这个故事设计了一个发人深思的结尾。刘康海一天晚上被抬回家里,子弹穿透了他的脑袋。杀他的并非白人,而是他的华人兄弟。由此看来,不仅白人对于异族通婚不能接受,华人对此也耿耿于怀。米妮和华人丈夫的幸福婚姻注定要被拆散。

水仙花在现实生活中目睹了如此多的对于华人男性的反面描绘,因此她在自己的创作中常常以理想化地塑造华人男性角色的艺术手段来为他们呼吁。作为在排华的西方文化中写作的欧亚女性,水仙花很难采用批判的视角。如果她涉及华人文化中的性别歧视等文化陋习,她就会为西方种族主义对于华人的歧视起到推波助澜的作用,所以她在作品中常常通过美化华人男性来宣示对西方种族主义的抗争。这也是她作品中不得已的文化妥协策略。

三、水仙花笔下的欧亚裔人:文化的双重被放逐者

由于水仙花自己的欧亚裔混血儿身份,她在作品中表现出对于这一独特社会群体的高度关注和极大同情。在她自身的经历中,无论在加拿大还是美国,她都逃脱不了华裔和欧裔北美人对于欧亚裔混血儿的敌意。这种缺乏归属感的现状使水仙花感慨万分。水仙花把自己的身份视为不同民族之间的边界。如果边境是不同文化相遇的边缘,那么对水仙花来说,它就是一个中立地带,一个没有国籍的地方,一个"自我主义"的地方。最终,当她意识到自己特殊的文化身份时,她试图通过置于东西方的中间地带兼顾两者,并试图通过假定一个基本的自我来超越悲惨的欧亚裔人的命运。

水仙花反对美国和加拿大对于华人的种族歧视政策,对欧亚混血儿受到的恶劣待遇深表同情。不幸的是,他们被白人和华人同时放逐,无论在中心还是边缘都没有存在的位置。这种双重放逐使得水仙花成为华裔美国文学的一个引人注目的先驱者。水仙花认识到自己特殊的文化身份以及这种身份所带来的文化孤立,因

此她把写作视为一种根据自身经历建构社区以逃离被放逐命运的方式。她的这种解决办法就是根据自己的模式创建一种全球大"家庭"。这种解决身份分裂的方式，不是对于种族纯洁的期盼，而是以自己的家庭这个微观世界作为宏观世界的模式。民族身份终有一天会成为悬而不决的事情，因为多数人会成为欧亚混血儿。

在故事《摇摆不定的形象》中，年轻女子潘曾因为自己的种族身份而犹豫和痛苦，但是她最终做出了抉择。浅肤色的潘在自己的白人母亲去世后，跟着华人父亲住在唐人街。即使她与其他华人相貌不同，但她从未为此感到与他人有何区别，一直过着宁静的生活，直到后来遇到年轻的白人记者马克·卡尔森。卡尔森努力向她灌输白人文化的观点，而对卡尔森的朦胧爱情使她第一次对自己的文化身份产生怀疑，态度开始摇摆不定。她对这位向她表示好感的白人给予了充分信任，因为卡尔森是她的第一位白人朋友。但卡尔森的目的竟然是利用她来了解唐人街华人的生活，并且通过发表恶意中伤的文章伤害了她所热爱的华人。在对于爱情和自己社区的忠诚之间曾经犹豫不决的潘，在事实面前看清了卡尔森的真实面目。为了得到一个故事可以出卖自己灵魂的卡尔森的所作所为就是要让潘出卖她的灵魂，爱情的代价竟然是对自己文化的背叛。潘对于自己在此事中扮演的角色感到耻辱，也懂得了自己既是华人又是白人，从而坚定了自己的文化归属。水仙花在故事中融入了自己的经历，描绘出欧亚裔混血儿对民族身份的追求和认同。结论是显而易见的，在一种种族隔离的文化氛围中，一个混血儿无法长期生活在两种文化的交界处，她最终只能作出选择。

在《一位嫁给华人的白人妇女》和故事的续篇《她的华人丈夫》里，表达了对于文化和谐的良好愿望。不幸的是，水仙花在自身的经历中得出的惨痛教训是，华人经常也同白人一样心胸狭隘。许多纯血统的华人对她这样的欧亚混血儿也是歧视的。她曾经谈到过一个与白人订婚的混血女子。她在拒绝了那个白人男性九次之后与他订婚，但她坦言自己是华人，还需要赡养自己的父母。虽然这个白人一再表示自己不会介意她的种族身份，但终于委婉地向她提议在他们婚后是否可以让别人认为她是个日本人。这位女子毅然决然与他分手，并在日记中称自己再也不会有不忠于自己的感觉。水仙花一生未婚这一事实使得评论家认为这很可能就是发生在她自己身上的故事。

评论家 S. E. 索尔伯格指出，伊顿不是一位伟大的作家，名下仅有一部作品，但是她的努力应该得到认可。今天看来，水仙花的作品并不具有美国文学经典作品中复杂的心理探讨，精湛的创作风格和深刻的思想内涵。但作为敢于站出来为一个受歧视受迫害的民族呼吁的作家，水仙花勇气可嘉、令人钦佩。从这个意义上来说,伊顿就是一朵真正出自种族歧视的、出淤泥而不染的水仙花,而华裔美国文学如今已经成为美国文学大花园里的奇葩。

第三节 埃伦·格拉斯哥——美国南方女性史诗的编纂者

格拉斯哥 1873 年生于弗吉尼亚州一个富有的贵族家庭。父亲是苏格兰移民,笃信长老教,对子女极为严苛。母亲是弗吉尼亚潮水郡地区的贵族后代,在长达 22 年的时间里先后生育了 11 个子女。因为不堪养育的重担,再加上美国内战以及战后重建所带来的一系列痛苦,格拉斯哥的母亲一生都无法摆脱抑郁症的纠缠,身体也极为虚弱。格拉斯哥深爱母亲,也从母亲的身上第一次看到了作为女人需要经历的痛苦。格拉斯哥在家里排行第九,从小体弱多病,不能像其他同伴一样随意玩耍,16 岁时又出现了耳聋的问题。因为身体不好,格拉斯哥几乎从未上过学,而是在家博览群书进行自学。她在 7 岁时就写了自己的第一个故事《仅是一朵雏菊》,表达了一个年仅 7 岁的女孩孤独的内心世界。除了身体上的病痛,格拉斯哥的一生还在与各种各样的不幸做斗争。1893 年,格拉斯哥的母亲去世。深受打击的格拉斯哥亲手撕毁了即将出版的第一部手稿《后裔》(*The Descendent*, 1897),并在痛哭了几个星期之后,耳聋问题不可逆转地恶化了。次年,格拉斯哥的姐夫兼挚友沃尔特·麦克马克神秘自杀,留下来的只有悲痛欲绝的遗孀卡里和满城的流言蜚语。格拉斯哥眼见着与自己关系最亲密的姐姐日渐消瘦,并在 1911 年罹患癌症去世。其间,哥哥弗兰克又在 1909 年神秘自杀。这种种不幸致使格拉斯哥对男性产生抗拒心理,也成为她终生未婚的原因之一。这种对男性的失望与不满在格拉斯哥的作品,特别是中后期作品中常有体现,也是其南方女性小说的一个重要特色。

在格拉斯哥看来,写作的目的在于寻找一种帮助人类忍受世俗生活的动力。或许是在这种动力的驱使下,格拉斯哥从 1897 年发表第一部小说开始,几乎每隔三年就有一部新作问世。她一生发表了 19 部小说、1 本诗集、1 部短篇小说集和相当数量的评论文章,创作时间也从 19 世纪末一直延伸至 20 世纪中期。格拉斯哥是第一个,或许也是唯一一个试图记录她那个地区整个社会历史、特别是女性社会历史的作家。在格拉斯哥的作品中,可以看到丰富多彩的南方女性形象,然而塑造最成功的,还是南方贵族女性以及她们在新旧秩序交替过程中的挣扎和徘徊。格拉斯哥将自己的作品分为三类:历史小说、乡村小说和城市小说。然而,她在分类时似乎有意回避了自己早期创作的两部作品:《后裔》和《低级行星面面观》(*Phases of an Inferior Planet*,1898)。的确,与她的中、后期作品相比,格拉斯哥的这两部早期作品尚有许多不足之处。作品在语言上略显稚嫩,人物塑造也有明显的模仿痕迹。评论家霍华德·琼斯就曾详细分析了托马斯·哈代和维克多·雨果对格拉斯哥早期作品的影响。此外,这两部作品的最大问题在于作者将纽约作为小说的故事背景。尽管格拉斯哥曾数次到过纽约,但她对这一城市的了解远不如自己的家乡。在作品中,格拉斯哥对曼哈顿的描述几乎永远都是一个冷冰冰的灰暗孤岛,能看到的也只是一些毫无意义的诸如"66 街东""第五大道西"这样的街道名称。然而,不得不承认的是,作为一个自学成才的文坛新人,能在 24 岁时就出版自己的第一本小说,并在接下来的数年时间里再版三次,已经着实不易。

  格拉斯哥中期作品中最成功的是 1913 年发表的《弗吉尼亚》。小说围绕一个名叫弗吉尼亚·彭德尔顿的南方少女展开,讲述她是怎样被教育成一个南方绅士眼中的模范妻子,具有纯真、美丽、忠诚、顺从的品质,而又在完成这一切后被丈夫抛弃,只能用坚韧的另一"南方传统美德"支撑自己度过余生。小说堪称格拉斯哥创作生涯中第一部真正成熟的作品,揭示了美国战后重建时期真实的南方女性生活,表达了对男权话语中女性行为规范的批判,探讨了女性是怎样在不知不觉中接受这一传统,并在其过程中丧失自我的。原本是想要讽刺南方女性典范对男性传统的盲目接受,格拉斯哥却在创作该小说的中后期越来越意识到女性反抗这一传统的艰难与无助,而该小说也在结尾处由风俗喜剧转变成了关于人类命运的悲剧。事实上,格拉斯哥对于女性问题的关注由来已久。在《弗吉尼亚》出版的同年,格拉斯哥便在 11 月 30 日的《纽约时报书评》上发表了题为《女权运动》的文章。在该文章中,格拉斯哥极力抨击了男性理想中的女性形象,指出当女性急切地按照男性理想的女性形象规范自己的行为,并在此过程中欣然否定了自己的本性,按照摆在面前的女性模范改造自己的灵魂和肉体时,人们很难期待男性作家会按照她的真实本性而不是男性所期望的那种形象来描写她们。在格拉斯哥看来,女权运动的意义便在于反抗这种虚假的存在,并为个性解放而斗争。从这一角度来讲,弗吉尼亚无疑是男权话语的牺牲品,她的悲剧也代表着整个南部女性典范形象的幻灭。

  从 1900 年到 1922 年,格拉斯哥共发表了 11 部长篇小说和 1 部短篇小说集。在这些作品中,她始终坚持现实主义的创作理念,为读者描绘了一幅生动的美国长篇历史画卷。然而,在此期间,她也经历了许多常人难以想象的病痛与不幸:耳聋问题的日益恶化,母亲、哥哥、姐姐的相继去世,更重要的是格拉斯哥个人感情生活的挫折。在其自传中,格拉斯哥坦言曾与一位名叫杰拉尔德的已婚男士相恋,这场感情最终以杰拉尔德的病逝而结束。尽管格拉斯哥之后又与他人订婚,但最终也出于各种原因解除了婚约。种种挫折与不幸在其中期作品中均有反映,折射出作者对生活的不满与失望。然而,在1922年,已经49岁的格拉斯哥终于慢慢走出了生活的阴影,迎来了文学创作的又一次高峰,格拉斯哥将这一转折期称作是幸福的人生转折之一,在这之前是笼罩心灵的黑暗森林,而之后看到的则是地平线上的曙光。这一变化在《荒芜之地》(*Barren Ground*,1925)中有明显的反映。女主角多琳达·奥克利是格拉斯哥作品中少有的几个非贵族出身的女孩,但格拉斯哥却对这一角色倾注了相当多的个人情感,并通过多琳达的命运表达了她对两性关系的重新认识。多琳达出生于弗吉尼亚州一个不知名的小村庄。像许多年轻女孩一样,她希望通过爱情改变自己的命运,离开贫穷的家乡。然而,她最终得到的是爱人的背叛和自己的流产。不同于格拉斯哥之前的作品,《荒芜之地》的后半部讲述的是多琳达怎样在挫折中站起来,靠个人力量重建农场的故事。通过这一结局,格拉斯哥打破了传统小说以结婚或者死亡结束女性命运的模式,提出了女性可以摆脱两性关系,通过个人努力和女性群体重新界定自我身份的观点。在格拉斯哥看来,女性应该从根本上拒绝男权话语下的女性形象,在建立女性联系的基础上讲述女性自己的历史。评论家帕梅拉·马修斯将这种女性联系总结为"女性情谊",并指出这种女性情谊并不意味着对自我的否定。相反,它是指女性以一种较为成熟的方式相互依赖。这种依赖以一种坚强、独立的自我意识为基础,并在此基础上承担一份对他人的责任。在格拉斯哥重新构建的女性传统中,这种女性情谊具有了切实的可能性。《荒芜之地》的出版得到了评论界的一致好评。

从《荒芜之地》开始,格拉斯哥进入了文学创作的黄金时期,出版了一系列的经典作品,包括带有强烈讽刺意味的三部曲[《浪漫的喜剧演员》(*The Romantic Comedians*,1926)、《他们不惜干蠢事》(*They Stooped to Folly*,1929)、《温室中的生活》(*The Sheltered Life*,1932)]以及《铁脉》(*Vein of Iron*,1935)。格拉斯哥认为这五部作品不仅仅是她自己最好的作品,也是美国小说创作史上较为杰出的几部。在结束《荒芜之地》的创作后,格拉斯哥便对喜剧产生了浓厚的兴趣。在这种情绪的影响下,格拉斯哥在数年内创作出了"格林柏勒"三部曲。正如福克纳的约克纳帕托法县,格拉斯哥在自己的作品中构建了一个名叫"格林柏勒"的小镇,细心的读者可发现其影射的正是弗吉尼亚的里士满。格拉斯哥将其称为"风俗悲喜剧",因为她认为这三部小说刻画的是一个已成形的社会和在这个社会里个人经历的悲喜剧,阐释的是个人面对传统和社会背景所进行的斗争。值得注意的是,尽管被称为三部曲,这三部小说并没有连贯的故事情节,甚至没有相同的人物角色。把它们放在一起是因为三部小说有着相同的社会背景,描述的是相同的社会阶层。如果说格拉斯哥对于大多数美国内战及战后重建时期的南部女性充满同情,那么她对第一次世界大战后的新女性则更多的是不满,而"格林柏勒"三部曲刻画的恰恰便是20世纪二三十年代的新女性。在格拉斯哥看来,第一次世界大战打破了传统理念和行为准则,却没有新的信念取而代之。战后女性认为自己获得了自由,但却在所谓的自由面前手足无措。她们不再愿意为家庭牺牲自我,却在追求个人幸福时变得不择手段。格拉斯哥在"格林柏勒"三部曲中以这些新女性为焦点,对第一次世界大战后的美国南部社会进行了无情的嘲讽。在这三部曲中,《温室中的生活》被公认为是最成功的作品。小说围绕一个名叫珍妮·布莱尔·阿奇博尔德的南方少女展开,讲述她是怎样在家人的呵护下长大,变成一个不谙世事,为追求个人享乐而不惜伤害他人的"新女性"。对于这个被宠坏的南方少女来讲,为了追求个人幸福,她可以在自己最好的朋友伊娃·伯德桑生病时与其丈夫通奸,并且在伊娃发现了一切并愤怒地射杀了自己的丈夫后,不负责任地辩解说自己不是故意的。在小说中,珍妮总是试图依靠否定她与其他女性的关系来实现自我身份,她一直强调自己与母亲的不同,并对女性情谊嗤之以鼻。然而,她最终得到的只能是躲在家人呵护下的"温室中的生活",而与坚强、独立的自我意识渐行渐远。以《温室中的生活》为代表的"格林柏勒"三部曲表达了格拉斯哥对于所谓战后"新女性"的强烈不满,并对当时的享乐主义进行了鞭辟入里的剖析和批判。格拉斯哥对于风俗喜剧的运用也受到了评论界的一致好评。

"格林柏勒"三部曲发表后不久,格拉斯哥便亲眼看见了影响整个美国社会的20世纪30年代经济大萧条。同时,格拉斯哥自己的身体也每况愈下。这使她在1935年出版的《铁脉》中,放弃了对风俗喜剧的运用,重新回到了自己较为熟悉的正剧题材上来。小说《铁脉》以1901—1933年间的社会历史为背景,将格拉斯哥的女性人物谱系延伸到了20世纪30年代。小说的题目源于格拉斯哥与友人的一次谈话。女主人公埃达·芬卡斯尔深爱着自己青梅竹马的男友拉尔夫·麦克布赖德,然而这份感情很快就因为拉尔夫的不忠而遭到破坏。眼见着男友与别人结婚,埃达感觉到自己内心深处藏在自我身份背后的铁脉不愿让步、不愿屈服、不愿被打破。六年后,拉尔夫的婚姻破裂,他在即将奔赴战场的前两天找到了埃达,爱情的火花再次迸发。然而,接下来等待埃达的是未婚先孕的不良名声以及独自抚养孩子的艰辛。尽管拉尔夫在战后重新回到了埃达的身边,但此时的拉尔夫已对生活失去信心。在经济大萧条的打击下,两人陆续失去了工作,生活几乎陷入绝境。此时,唯一支撑家庭的便是坚强的埃达和她不愿服输的"铁脉"个性。在小说的结尾,埃达已步入中年,但她的家庭却在她的坚持下逐渐迎来了希望。在埃达与生活中的种种挫折相抗争的时候,她有一种感觉,不像是看到而更像是感觉到,在她身后站着的那一代代已逝的先人。她们从过去走来,借给了她们的坚韧个性,并在困境中向她伸出手来。拥有了这一传统,埃达便成为自己生活的主人,小说《铁脉》也自然地变成了一部讲述女性历史的小说。埃达与格拉斯哥本人有许多相似之处。除了家庭背景之外,埃达对于男人的看法、对于爱情的描述以及生活的态度都与格拉斯哥如出一辙。她们并不认为男人是生活的强者,相反,在诱惑与困难面前,男人常常显得意志薄弱;她们都曾对爱情充满向往,但不得不在生活的现实面前感叹爱情的一去不返;她们都不愿向生活低头,努力做着生活的强者。在格拉斯哥的女性人物图谱中,埃达无疑是最为成功的坚强女性。这也是为什么格拉斯哥在创作《铁脉》时充满热情,并在小说创作完成时称它为自己最成功的作品。

  不可否认的是,格拉斯哥的文学创作存在许多问题。尽管她对南北战争后美国南方仍旧存在的种族主义持尖锐的批评态度,但也摆脱不了南方贵族惯有的一些想法。在她的小说中,有白人如何帮助黑奴逃跑的细节,有白人与黑人之间的真正友谊,但也有多处情节描写南方黑奴对主人的忠实与顺从以及格拉斯哥对这一品德的欣赏。在格拉斯哥看来,现今社会的黑人已丢弃了上述品德,因此远不及他们祖先具有人格魅力。这一观点被后人指责为对南方奴隶制的无形辩护,甚至小说《荒芜之地》中多琳达与黑奴的友谊也被指责为不平等关系下的力量失衡。除此之外,还有评论家指责格拉斯哥在塑造女性角色时倾注了太多的个人情感。巴博·厄曼就曾指出格拉斯哥经常通过塑造和自己命运相似的女性角色并让其在最后取得胜利来表现自己对抗命运的信心,《荒芜之地》中的多琳达和《铁脉》中的埃达都是典型例证。因此,较之格拉斯哥塑造的其他女性形象,多琳达和埃达这样的坚强女性显得不够真实可信。针对格拉斯哥的批评,主要还是集中在她的现实主义创作手法上。特别是在自然主义作家出现在美国文坛之后,格拉斯哥的现实主义就显得更为保守和不够彻底。然而,我们必须看到,格拉斯哥在开始文学创作的时候,美国南方现实主义文学尚未形成气候,维多利亚时代的遗风尚在。作为一个20岁出头的南方女性,能够有勇气反抗当时极为盛行的浪漫主义风格已实属不易。尽管格拉斯哥的现实主义有一定的局限性,但她在南方现实主义文学中的拓荒地位是不容置疑的,而她对南方女性长达一个世纪的刻画,也必将成为美国南方文学史里一份不容忽视的宝藏。

第四节　薇拉·凯瑟——来自荒野的缪斯女神

薇拉·凯瑟(1873—1947)是20世纪一位独具特色的女作家。她的作品题材清新,笔调简洁细腻,带有浓重的农业社会价值观和女性美学色彩,在热衷猎奇、充满工商业喧嚣之声的20世纪文坛上显得格外清纯优雅。面对工业社会的异化,凯瑟从女性的视角关注人的生存状态,通过缅怀19世纪的拓荒品质为堪称精神荒原的时世开了一剂良方。女性艺术和开拓荒野这两个主题缠绕交织地贯穿她整个创作,是其作品内在的精魂。正因为其作品别具一格的怀旧情调和雅致的脱尘气息,凯瑟被誉为物质文明过程中精神美的捍卫者,在评论界一直享有盛名。她凭借自身高度的艺术成就与海明威、福克纳诸大师齐肩而立,进入了美国文学经典作家的行列。

内布拉斯加系列是凯瑟最亮丽的艺术成就,捕捉并再现了拓荒时代的和煦余晖。这三本小说存在承递关系:女性艺术的载体依次变换——女性之智、女性之音、女性之体;意义逐步递进——个人独立、艺术探寻、生命永恒;始终不变的文魂是女性与自然的相互指涉。这样的承袭加强了小说间的内在互文性。系列中的每部小说都呈现了拓荒之业与情感之火、永恒意义与瞬间绚烂的对立。消融主体于外在之物,或笑看风月以证我在,虽然结局殊异,却都是伟大的人生艺术。

凯瑟作品的成功和动人之处是多方面的,例如笔调、意象、构思等。她的文笔恬淡雅致,节奏舒缓悠长,内蕴丰富浓郁,是描述自然的绝佳风格,并以轻柔的气氛唤起读者的淡淡乡愁。甚至她最忧烦的作品中都不乏甜美的回忆与深情的抒怀,犹如燥热中的一丝清凉,之间的张力极大增加了作品的艺术性。

凯瑟行文简洁,内蕴却绝不单薄,很大程度上得益于对意象的高妙运用。在她的笔下,经常出现自然物体和人造空间两类意象。月亮、花木被赋予性别编码,总是喻指女性柔情或艺术,如《啊,拓荒者!》《我的死对头》和《死神来迎大主教》中的月夜与花园;水流经常象征着受意识压制的欲望能量,如《亚历山大之桥》和《露西·盖伊哈特》中的溪河;房屋则是贯穿凯瑟所有作品的主要人造空间意象,小则象征着温暖的子宫,如《我的安东尼亚》和《磐石上的阴影》中的厨房;大则成为一个时代的缩影,如《教授之屋》和《迷途的女人》中的旧宅。此外,色彩的强弱、光线的明暗、季节的交替等,都是凯瑟小说中喻指情感或人生的常用意象。

　　构思别致是凯瑟最引人注目的创作技巧。几乎她所有的小说都像一枚镂空镶宝的戒指:有美轮美奂的整体框架,却含许多断层,一些看似离题的片段夹杂其间。这便是凯瑟重要的创作手法——并置,亦即把似乎毫不相关的情节、场景、事件、细节放在一起而不加任何解释。相并置的事物实际上总含有感受或意义上的相互对照,它们只有在有机整合后才能呈现小说的主旨。《我的安东尼亚》中"彼得的故事""流浪者的故事""威克·卡特的故事"便从空间、移动性、性别等多个角度加强了小说的主题。另外,叙述角度也是凯瑟小说的精妙之处。叙述者的选择不仅满足了行文的需要,往往还拓展了主题的层次,使之更具多样性。比如《我的安东尼亚》不仅是安东尼亚的故事,还是叙述者吉姆本身的心路历程;《迷途的女人》记载了福瑞斯特夫人的经历,同时也有尼尔对她的性幻想和对拓荒时代的怀旧,等等。

　　技巧的完美没有使凯瑟小说失之浮华,其艺术成就归根结底还来自内容的深度与感染力。作为20世纪美国女作家,凯瑟在字里行间倾注了浓重的时空意识和性别意识。正是鲜明的时代性、区域性和女性色彩铸就了其文学创作的艺术价值,使之成为美国文坛的空谷足音,跻身于不朽经典之列。

　　利奥·马克思曾批评美国作家在地域文学创作中存在着天真的想象,把美国看成一幅远在天边、纯洁无瑕的风景面,一个供人逃避现实、隐退于田园之间的理想场所。凯瑟之作大都缅怀往昔的美好,因此常受攻击,被称为"美学的逃避主义",这种评判实则有失公允。从主题上看,凯瑟的小说没有一部真正地退缩到艺术的象牙塔中去孤芳自赏,而都是针砭时弊的抗议之声。拓荒系列和逃离系列不像问题系列那样直接取材于城市生活,却通过弘扬迥异于时世价值观的美学理念表达了对现今的关注和希冀。即便是最远离尘嚣的《死神来迎大主教》都通过主教瞬间心理活动的形式对贪婪的商业气息顺戈一击。实际上,凯瑟三个系列小说的主题都是象征性的拓荒,或直接颂扬,或间接相衬,对立于商业社会的投机钻营。19世纪的拓荒运动是美国国家疆土的开拓过程,更是美利坚民族性格的形成过程。拓荒时代因而带上了强烈的理想色彩,成为自然、纯真、独立、互助等美好品质的能指。这些品质正是踏入20世纪的美国社会所缺乏的。凯瑟深知时代症结所在,却没有像"揭幕者"(muckrakers)那样进行直接无情的批判,而选择了极具美感的拓荒时代作为超验象征并表之以文,艺术地表达了自身的时代意识。她比上层贵族伊迪斯·华顿更加入世,却比下层平民西奥多·德莱塞出世;比抨击现代荒蛮的T.S.艾略特乐观,却比迎接工业文明的舍伍德·安德森悲观。处于中间地位的凯瑟,既钟情艺术又留恋生活,调和地将理想寄托在一个已经逝去的时代上,用之替代已经异化的现实社会。

所有乡土之情的表达都来源于一种对失去的乐园的想象,其表现就是将令人羡慕的过去与令人失望的现在进行对比。所以《我的安东尼亚》中,在城市里漂泊不定的吉姆会回到草原去寻求那无法言传的过去,以期重获那份久违的宁欣。

恰恰也是拓荒的选材使得凯瑟小说呈现出显著的区域性。凯瑟创作始终情系内布拉斯加或象征它的自然地区,除了亲身经历外,也是她作为一名20世纪作家对自美国建国以来一直困扰人们的问题——什么是"美国人"的解答。作为美国独特的历史经历,拓荒运动已经融入美国民族意识的最深处。西部草原的地域性因此得到了空前的强化,跃升为美国经历和美国精神之滥觞。

凯瑟作品能如"晨的清新气息般走进读者的心灵"的根本原因还在于女性特色。美国文学一直为男性价值观所笼罩,要求创造统一的宏大叙事,反映民主、移动、进步、独立等被认为是美国性的主题。艺术传统由此带有性别烙印,成为反映男性经历和特征的女子禁区:它是公共的、政治的、超验的、自我的。而19世纪女性作品则置身私人的、家庭的空间,聚焦于日常的体验,歌颂网状联结的女性联盟(母女关系和姐妹情谊),并以此形成了别样传统。作为承上启下的女作家,凯瑟深受二者的共同影响,却又能把握时代女性的实际情况而越乎其上,最终形成了经历多样化、价值女性化的独特艺术。所谓多样经历,指女性不再囿于家庭的狭小空间,拥有自由移动能力而走向外面的宽广世界,经历如何只凭自己选择。所谓女性价值,相对于男性艺术的超验性,是指手工与艺术一体、日用与美学不分的艺术观。《我的安东尼亚》综合体现了凯瑟的艺术思想,通过吉姆、莉娜、安东尼亚三个角色分别体现了对男性艺术传统的传承、抗争和反思。吉姆取得了男性标准下的成功,却心无定日,因为太过追求超验自我的男性传统切断了他与过去的时间和周围的空间的联系而使之无所依附。莉娜以男性的移动能力抗争传统女性命运,从乡村走向城市,用女性之针书写了"她者"的自我建构。但她对女性艺术的理解屈从了男性视角,身后无嗣的事实也象征性地暗示了撕裂甚至毁灭女性传统的危险。安东尼亚是女性传统的继承和延续者。她完全履行了一个女人所能担负的所有职责,其最终形象的神圣性暗示了女性美学对生命的蕴生和感召力。

近乎完美的技巧和独特深刻的思想使凯瑟小说获得了永久的艺术生命,成为美国文坛不败的芳葩。凯瑟终身未婚。1947年4月24日她在纽约家中去世,葬于新罕布什尔州的杰弗雷。慕志铭是引自《我的安东尼亚》的一句话:"这便是幸福,融于某个伟大完整的东西之中。"来于斯,归于斯。凯瑟用一个女性意象表达了对人生真谛的领悟,并在其中完成了自己生命的循环。

第六章 第二次世界大战后至20世纪60年代美国女性小说创作探究

第一节 玛丽·麦卡锡——独具风骚的女性

人们往往不把较好的容貌和出众的才华联系在一起,而玛丽·麦卡锡(1912—1989)恰恰同时拥有这两种特质。她是美国20世纪中期引人注目的文坛人物,其聪明才智和独具一格的创作手法获得了学界和大众的认可,而她在作品中大胆表达自己观点、直言不讳谈论自己私生活时的做法也招来颇多微词。但这位我行我素的女性,以自己的创作描绘了并且身体力行地展现了20世纪中叶那个所谓进步时代里女性的彷徨、困惑和追求,并且丝毫不因别人的非议或指责而改变自己。

玛丽·麦卡锡坎坷的童年影响了她的一生。她1912年出生于西雅图的律师家庭,是家中四个子女中的老大。祖父是明尼阿波尼斯家境殷实的商人,外祖父是西雅图颇有名望的律师。麦卡锡的父母在她六岁时举家迁往明尼阿波尼斯。时值流感猖獗,仅一周后夫妻俩双双命丧黄泉。麦卡锡和三个弟弟突然之间成为无家可归的孤儿。她和弟弟们之后被送往祖母的妹妹和妹夫家,在他们的监管下生活了五年。这段充满着痛苦回忆的生活经历以及她后来在外祖父家生活的六年构成了她的第一部自传《一个天主教女孩的回忆录》(*Memoirs of A Catholic Girlhood*,1957)的内容。麦卡锡自小便表现出不俗的聪明才智,她痴迷于书籍,耽于想象和编造故事。在西雅图的外祖父把她从虐待她的亲戚家解救出来后,为她提供了一个舒适的生活环境和良好的阅读条件。1929年至1933年,她就读于美国著名的女子学院瓦萨学院。在20世纪30年代,这是一个特权的象征。瓦萨女子学院对于麦卡锡的成长至关重要,直接影响到其世界观的形成。

幼年失去父母的遭遇使得麦卡锡未能享有世人那种被爱与施爱的天伦之乐,也使她养成了一种敢作敢为、反叛权威的独立精神。这种独立的性格使她毫无顾忌地为自己的生活做出重要决定。从瓦萨学院毕业仅一周,21岁的麦卡锡便与演员哈罗德·约翰斯拉德结婚。在后来的几年中,她居住在纽约,为《新共和国》和《民族》杂志写稿,也为《党派评论》做戏剧编年,逐渐引起人们的注意。1936年,她结束了第一次婚姻,之后积极投身左翼运动,一个偶然的事件还使她卷入托洛茨基委员会的活动。20世纪40年代末,她的作品开始出现在《纽约人》杂志上,逐渐成为国内小有名气的作家。多年来,麦卡锡是美国左翼文学批评刊物《纽约书评》的经常撰稿人,美国政府的越战政策曾是她猛烈抨击的话题之一。

麦卡锡一生经历过四次婚姻,其间还夹杂着几段婚外情。1938年,她与美国著名评论家埃德蒙·威尔逊结为连理,并生有一子。这场婚姻充斥着争吵与暴力,持续了七年之后终告结束。麦卡锡对于这个既是暴君又是妄想狂的人充满怨恨,但她承认是威尔逊引导她走上文学创作之路,是他指出麦卡锡的才华不在于评论而是创作,帮助她实现了从书评人到作家的角色转换。而她对于自己的婚姻和婚外恋毫不隐晦的态度也成为公众和评论家津津乐道的话题。

麦卡锡的文学作品可分为三大类。除了散文与评论之外,她主要的艺术成就集中于自传与小说。麦卡锡共创作了六部小说和一些短篇故事,创作范围较窄,基本上限于自己的经历和熟悉的现代知识分子环境,但她的局限也同时是她的优势。她对于现代美国知识阶层的刻画入骨三分,笔锋犀利,带有明显的讥讽色彩。小说《绿洲》(*The Oasis*,1949)故事发生在第二次世界大战之后。这个绿洲是无家可归的人们在远离文明社会的山中建造的避难所。在这个知识的奥林匹斯山上,人们企望像神话里面的天神一样建立自己的规则和价值观,以武断的方式对他人实施正义的裁决。《学术园林》(*Groves of Academe*,1952)是对于一个具有试验性质的学院的讥讽,作者描绘了这个封闭的学术机构里的人们是如何的不切合实际、愚蠢和危险。在《受神力保护的生活》(*A Charmed Life*,1955)中,女主人公玛莎·辛诺特与第二任丈夫回到她曾经与前夫住过的城镇新里兹。新里兹是一个当代的波希米亚,城里住着许多艺术家和知识分子,生活完全不受传统、道德和职业的拘束。人们不断离婚再结婚,常常酗酒闹事,但是似乎又过着一种受神力保护的生活,免受伤害。在一次晚会上,玛莎遇到前夫并且与他发生了性关系,而且还怀了他的孩子,玛莎忍受不了内心道德的谴责,决定去流产。小说以玛莎不幸遭遇车祸身亡而结尾,她没有受到神力的保佑,但她用生命的代价为自己赎了罪。

第六章　第二次世界大战后至20世纪60年代美国女性小说创作探究

麦卡锡最为成功的创作有三部,即《她所交往的人》(The Company She Keeps, 1942)、《一个天主教女孩的回忆录》和《少女群像》。《她所交往的人》是麦卡锡在小说创作上的首次试笔,她之后的创作主题和叙事手法在此初见端倪。这是一部由六个系列短篇组成的小说。麦卡锡曾经说道,这本小说的前几个章节是作为短篇小说来创作的。值得一提的是,书中女主人公的许多故事基于麦卡锡自身的经历,这种做法形成了麦卡锡后来的独特创作风格,虽然她为此不断遭到评论界的批判。小说描写了女主人公玛格丽特·萨金特踏上社会后的经历。玛格丽特是20世纪30年代的纽约年轻知识分子。她怀有强烈的政治信念,崇尚独立的职业生活,向往自主的婚姻和性关系,但自始至终她的身份没有得到来自与之交往的男性的认可。麦卡锡描绘了一幅现代社会的男性众生相,其中有广告商、政治激进分子、作家、出版商、律师、教师等。作者自己以及评论界都指出,这本书就是女主人公在其众多身份中对于真正身份的不懈追求。在作者笔下,这种追求似乎比她的道德发展更为重要,女主人公最终的目标不是找到自我,而是像成年人那样行事。

小说六个故事中对于自我身份的寻找这一主线因为麦卡锡的叙事试验而容易被读者所忽略。女主人公的姓名在第一个故事中一直没有披露,只是在第二个故事中间接地被提到,在第三个故事中又被第一人称替代。麦卡锡之所以这样做,正是以此来揭示小说女主人公玛格丽特·萨金特的自我割裂。她以不同的面貌出现,在与不同的男人交往时扮演着不同的角色。这是一位失去自我的女性,她在寻找自我的过程中被周围的世界所定义,被与她交往的人所定义。玛格丽特是30年代美国的中产阶级年轻知识女性的代表,作者当然也是这个群体的一员。

第一个故事《残酷与野蛮的待遇》(Cruel and Barbarous Treatment)中主人公是一位无名女性。她正准备向丈夫坦白自己的婚外情,提出离婚。故事没有道明她背叛丈夫的原因,没有太多的背景介绍,也没有对于人物行为的道德评判,仅聚焦于心藏秘密的女主人公的心理活动。《骗子的画廊》(Rogue's Gallery)描绘的是为这个女子提供了第一份工作的希尔先生,希尔先生是艺术商人,将萨金聘为自己的秘书,使这个刚刚跨出校门不久的年轻女子见识了这一行当中各种形迹可疑的阴暗勾当。在《穿布鲁克斯兄弟牌衬衫的男人》(The Man in the Brooks Brother Shirt)中,刚刚从一场破裂婚姻中脱身的玛格丽特·萨金特在开往西部的火车上与一位身穿布鲁克斯兄弟牌绿色衬衫的中年商人发生了性关系。她对于自己的未来尚无确切的打算,而移动的火车代表了一个无归属感的动荡世界,影射了对于自我的丢失与寻找。在《亲切和蔼的男主人》(The Genial Host)中,玛格丽特应邀出席了一个晚会。晚会的男主人属于那种倚傍社会名流而使自己出名的人。玛格丽特无法冲破男主人公为自己的定位。《一个耶鲁知识男性的画像》(Portrait of the Intellectual as a Yale Man)塑造了年轻的杂志主编吉姆·巴尼特。他在杂志社的工作受到众人的认可,享有极好的人缘,但几年之后,他对于自己感到厌恶。在这个故事里,玛格丽特既是他的政治良知,也是他的婚外恋情人。在小说的最后一个故事《神灵的父亲,我坦白》(Ghostly Father, I Confess)中,女主人公在五年内经历了两次婚变之后,接受了心理学家的治疗。她在探究自己痛苦的根源,同时也在寻求生活的意义。中产阶级知识分子的生活使玛格丽特感到厌倦和压力,她空虚的内心充满渴望,但在现实中又没有前进的方向,在生活中一次次碰壁。她对自己的道德身份一直持怀疑态度,而对自我的认识也只有通过她所交往的人才能完成。《她所交往的人》题目取自亨利·詹姆斯的小说《贵妇人画像》,玛格丽特与后者的女主人公伊丽莎白·阿彻一样,对于个人自由和道德选择充满浪漫信念,但最终意识到塑造她生活的外在力量。

不难看出为何女权主义者对这部作品不感兴趣,因为玛格丽特既非受害者也非角色榜样。她所交往的人都是男性,她既与他们周旋,又对他们持有批评态度。只有那些男性可以为她提供一个令她出彩的平台,一个使她可以俯视他们的平台。而她对所交往的女性都持蔑视态度,这包括与其丈夫发生性关系的女人或是激进分子圈里的那些女人。难怪有人说,这本书的所有故事都涉及一个天资聪明但思想混乱的女性与令人失望的男性之间的关系。但麦卡锡所刻画的女主人公恰恰体现了当时知识女性的真实境遇。麦卡锡笔下的女性个个聪明透顶,但被剥夺了个人发展的机遇,无法施展她们的才能,只能徘徊于社会许可的狭窄空间里。她们的行为不能说是无可厚非,但这是她们对于强烈的孤独感和异化感的排泄,她们或许能在政治活动和性活动中获得某种快感,得到某种解脱,但最终无法获得真正的解放。

麦卡锡的这种"系列短篇小说"也是现代文体的重要形式,它以将自我想象变为支离破碎而预兆了小说和自传的后现代文体试验。在1942年的版本中,封面上对于该书的介绍有一个有趣的比喻,将麦卡锡的角色塑造比作一个摄影记者的试验手法。每一个故事都是从不同的角度、不同的光线来拍摄的。作者不断变换视角,就像摄影家不断移动其摄影机。故事中既有第一人称、第二人称、也有第三人称。小说题目在作者或近或远地审视人物角色时也在不断变换,这个年轻女子的性格破裂为片段,而她所交往的不同男性象征着各个片段。读者的作用在于把它们放在一起,直到最后一个故事中作者才终于现身介绍了女主人公的历史。麦卡锡成功地以这种形式表现了小说主题,取得了不同凡响的叙事效果。

第六章　第二次世界大战后至20世纪60年代美国女性小说创作探究

麦卡锡共创作了三部自传,除《一个天主教女孩的回忆录》之外,还有《我的成长历程》(*How I Grew*,1987)和《才智回忆录》(*Intellectual Memoirs*,1992)。《我的成长历程》描绘了她的家人和亲戚,以及塑造了她才智性格的经历,而《才智回忆录》追溯了她的几次婚姻和婚外情以及她作为书评人的经历。这两本传记因为麦卡锡对于自己的婚姻、婚外恋和性活动赤裸裸的告白为她带来不少负面反应,读者多关注麦卡锡的私生活而不是她自传的其他方面。客观来看,较之《一个天主教女孩的回忆录》,这两部传记缺乏深度和广度,在手法上也无创新之处,虽然为读者提供了进一步了解麦卡锡的机会,但自身并无很高的艺术或思想价值。

《一个天主教女孩的回忆录》早已成为美国女性传记作品的经典,受到美国学界极高的评价。这本书中的主题和叙事技巧独辟蹊径,对于传统自传体体裁进行了大胆的修正,被视为女性自传体研究的范本。传统的(特别是以男性为中心的)自传体总是强调自我的真实再现,但麦卡锡的自传从根本上颠覆了这一模式。在这部自传中,作者对于往事的回忆蕴含着缺失与不确定性,回忆的缺失使这种自传体裁失去意义,而时间距离又使得对于那个半遗忘的自我的追忆和重构成为必要。此外,麦卡锡自传中所叙述的生活阶段充斥着遗忘、虚构和谎言,这种独特的叙事巧妙地削弱了这个关于人物身份自我建构的特有文学体裁的力量。

麦卡锡从自己缺少爱的童年经历中学会了识别生活中的真实与欺骗、表象与本质,因此记叙带有强烈的讥讽味道。她爱自己的父母,但他们的早逝带来了她后来生活的磨难,使她之后一直过着寄人篱下的生活。父母的离世也为她对往事的回忆制造了障碍,因为家庭的破裂造成了记忆链的断裂,父母的缺失使她对于往事的真实性常常产生怀疑。她记忆犹新的只是她信仰的破灭。她的父母出身于不同的宗教背景,她童年则一直生活在天主教的氛围之中。天主教对于她童年的影响极大,但给她带来的印象又是矛盾的。这是因为天主教也分两种不同的类型,一种是她母亲和明尼阿波尼斯的修女们所展现的那种美好和人性化的宗教信念,另一种是她的亲戚所实践的那种充满仇恨和无知的天主教信念。麦卡锡和三个弟弟的监护人对于几个孤儿的精神和肉体的折磨和摧残使麦卡锡接触到宗教的另一面。麦卡锡在这种令人难以忍受的环境中生活了五年之后,外祖父把她接到西雅图,她自此过上了一种与以往全然不同的舒适生活,之后又被送到修道院学校。生活的磨难使麦卡锡养成了敢于挑战权威的性格,而外祖父的宠爱也给她安排自己生活的权利。她违背外祖父希望她成为律师的意愿,执意要成为演员,直到后来意识到自己缺乏表演天赋才放弃。麦卡锡对传统自传体裁的修正还表现在她对传统女性角色的处理上,她在自传中轻描淡写地谈到自己的第一次婚姻,甚至没有提到丈夫的姓名。她在童年的经历中学会从自己的实践中掌握生活的真谛,从各种虚假的表象中逐渐辨别真伪。

麦卡锡的创作在1963年发表《少女群像》时达到巅峰。麦卡锡用了11年才完成这本小说的创作,但小说在出版当年便一跃成为畅销书。它被译成多种语言,据1991年的统计,在全球已经销售五百多万册。小说通过追溯八位瓦萨女子学院毕业生的生活,再现了生活在20世纪30年代这个所谓进步时代里大学毕业生的爱情观、职业观、道德观、婚姻观。小说故事从1933年7月开篇,至1940年7月结尾。麦卡锡曾经设想在作品里追述这些女孩子20年的生活,后来放弃这一计划,小说情节仅涉及7年时间。凯·斯特朗·彼得森是小说中的中心人物。小说以她的婚礼开始,以她的葬礼结尾。凯与哈罗德的婚礼也为作者提供了一个介绍其他主要人物的机会。这个群体的大多数成员只是在小说的第一章和最后的章节里一起出现,而在小说的其他章节里,麦卡锡的笔触从一个人物转换到另外一个人物,集中描绘了她们生活中具有代表意义的事件。以一组角色作为群体主人公的《少女群像》显然不是自传,但麦卡锡自己生活中的痕迹在小说中依稀可见。凯的许多经历来自麦卡锡自身,譬如她自己就是1933年7月毕业于瓦萨学院,一周之后成婚,其丈夫与凯的丈夫也有不少相像之处。而凯后来被丈夫送进精神病院的场景也曾发生在麦卡锡身上。

《少女群像》描述了在婚礼现场的八个成员(还有一位少女诺琳·施密特兰普不在场)毕业后踏入社会后的生活。这些青春韶华的女大学毕业生对于社会进步和已经取得的女性权利充满信心,踌躇满志,坚信会获得比她们的母辈更多的自由和更大的成就。她们时髦而且前卫,先锋而且荒唐,或是希望以浪漫爱情的婚姻生活来使自己的生活得到充实,或是投身于左翼政治事业、通过积极参与工会活动和政党活动实现自己的价值,或是试图通过尝试性禁果来寻求自己的身份。麦卡锡记述了这些人物的个人成长,也探索了时代和她们所受到的教育对于她们生活的影响。凯是个来自西部的女孩,她在学校中就以聪明才智和分析能力令人折服。她对戏剧感兴趣,渴望被人仰慕,毕业后立即嫁给了一个愤世嫉俗、自私自利、但又缺乏才智的剧作家哈罗德,希望通过他实现自己的抱负。他则不仅在外拈花惹草,还虐待自己的妻子,后来甚至把她送进了精神病院。凯的经历说明,女性是男性暴力和贪欲的牺牲品。凯后来终于与丈夫离婚,一年后她的葬礼又一次把这些女性角色聚在一起。在第二次世界大战开始后,她在观察天上的飞机时从开着的窗口坠落身亡。她床边烟灰缸里燃着的香烟、仍然响着的收音机和即将到来的求职面试似乎都显示了她死亡的意外。麦卡锡有意在凯的死因上持隐晦态度,留下了令人回味的悬念。如果凯的坠落真是出于不慎,那么这个人物的死亡没有什么启示意义。但如果是自杀,说明她从生活中学到了一些事情。而以身亡为代价所获得的知识,导致她对于自己和这个世界失去了平衡。

麦卡锡的写作就像一个文化符号,折射了20世纪30年代知识女性的整体生活境遇。多蒂·伦弗鲁的经历代表了女性对于浪漫爱情和性的态度。多蒂是个害羞但是具有开放思想的女孩,渴望尝试新观念所带来的自由。她轻易地失去了自己的童贞,又被与其发生性关系的男人遣派到诊所安放避孕环。醒悟后的多蒂决定与亚利桑那的一位富商结婚,重返传统的女性生活轨道。麦卡锡对于这些希望超越上一代女性的年轻女子的作为进行了讽刺。相比之下,上一代人的传统价值反而比起年轻一代人的进步观念更让读者认同。多蒂的母亲在女儿结婚前夜发现她还对有过性关系的迪克·布朗念念不忘,她劝女儿将婚礼推迟,以便确定自己的感情,但遭到女儿的拒绝。在尝试过性自由带来的苦果之后,多蒂放弃了社会工作者的职业和浪漫爱情梦想,急于进入看起来门当户对的婚姻,作为受人尊重的中产阶级家庭主妇安居下来。

20世纪30年代女性生活和社会进步的其他方面也在小说中得到了详细的描述,麦卡锡通过描绘这些女性的生活无情讽刺了这个所谓的进步时代的价值观。莉比·麦考斯兰的故事展示了瓦萨毕业生作为职业女性的境遇。她们尽管受到了良好的教育,但社会的性别歧视使她们在工作中遭受了比男性更加苛刻的要求和更加不公的待遇。为了在职场上取得成功,她们中的一些人不得不借助于肉体来达到目的。普里斯的育婴经历也颇有代表性。她听从了医生丈夫斯隆的指导,相信在育婴过程中要有精心设计的饮食、定时的饮食时间和良好的如厕习惯,成为丈夫的育儿试验中不情愿的执行人。女性经验和母爱天性让步于对于科学和男性的盲从,试验终告失败。海伦娜是一个心智极高的女子,所受到的教育使她成为极好的谈话伙伴,但她的聪明才智反而使她无法成为男性所期望的那种唯唯诺诺的女人,无法谈论婚嫁。女伴中走得最远的是莱基。她冲破了性别束缚,变成了同性恋,从而完成了她在欧洲的旅行并实现了学习艺术史的梦想。波莉应该是作者笔下的"理想女性"。她不仅诚实正直,乐于助人,还喜欢在厨房里忙忙碌碌,自己制作圣诞礼品。她曾有过情人,但后来与其分手,把自己有精神病的父亲接去同住。她最终嫁了一个好丈夫,过着一种虽不富裕但是充实的生活,也利用自己的护士职业做些有意义的事情。

《少女群像》在内容上有不少惊世骇俗之处,一发表便取得了轰动效果。这部作品触及了当时社会的禁区话题,大胆描绘了女性的性活动和性感受,并公开表明人物的同性恋身份。小说也对当时涉及女性生活的各种先进技术进行了详细的描述,其中对于刚刚问世的避孕环和先进育婴理论的细节描述令人印象深刻。在小说中,社会发展依靠技术进步,而技术正是男性的统治领域,因此营养变成了食谱和罐头食品问题,性生活变成了关于避孕的技术,生育变成了方法论。这些细节的出现象征着现代女性生活的轨迹。在进入社会几年之后,这个群体的成员最初的雄心壮志已经变为对于子女、如厕教育、计划生育和墙纸图案的兴趣。她们逐渐忘却自己的追求抱负而安于平庸的家庭生活,重新落入传统家庭妇女角色的窠臼。麦卡锡笔下的女性品行尽管不是那么高尚,但她们的确令人难忘,因为她们构成了20世纪30年代知识女性的文化版图。这些女性受过的高等教育未能彻底改变她们的生活,她们仍然受到传统社会角色的局限,其中多数人的结局与她们的母辈没有太大差别。小说的主人公们离开瓦萨之后面对的是一个令人失望的现实世界,沮丧地发现她们不得不依赖男性来保障自己的经济和社会生存。正是通过这些人物的塑造,麦卡锡对于当时的社会进行了讽喻和质疑:这些曾经相信自己能够对社会进步做出重要贡献的瓦萨毕业生最终为何一无所成?是她们自身的原因还是社会的局限所致?小说对于所揭示的问题并没有给出答案,相信这也是麦卡锡自己倍感困惑的问题。值得特别指出的是,这部与弗里丹的《女性神秘》发表于同一年的作品以小说形式所揭示的正是弗里丹在其作品中所提到的不可言状的问题。

麦卡锡在创作《少女群像》时娴熟的写作技巧也同样令人称道。小说的叙事是集体的声音,这种集体的声音所描述的是一个群体:瓦萨女子学院的八位毕业生。麦卡锡把自己的声音融进人物角色之中,不断更换叙事角度。小说按照时间顺序分为15章,每一章都以浓墨刻画了这个群体成员中的一人。小说情节围绕少女凯的生活展开,她的故事把其他人物的生活线索串在一起。小说的第一章为读者展示的既是个人肖像,也是集体像,而凯的形象主要是通过其他成员的视线折射出来的。这种多视角的叙事从不同角度讲述了同一件事情,为读者提供了一个多方位地了解人物的机会。虽然评论家批评麦卡锡这部作品中塑造的大多数人物都是平面的,但她们也是鲜活的、令人印象深刻的。麦卡锡在创作中对于细节的关注也是评论界经常提到的。她之前新闻写作的训练培养了她对于细节的敏锐观察能力,但也有人认为她对于细节的依赖似乎表明其生活没有经过作者想象力过滤网的充分提炼。

麦卡锡没有从正面塑造那些反抗男性社会的女性角色,却描绘了男性给女性生活所带来的巨大压力和毁灭性后果,揭示了女性在追求抱负和自由的过程中所经历的彷徨、苦闷和挣扎。她们宣称自己的智力独立和性自由,希望与男性在同一世界里竞争,但是最终她们因受到外部世界的种种限制和业已内化的传统道德观、负罪感和宗教教义的束缚,导致理想破灭。由此看来,她的小说还是表现了一种女权主义的立场。在美国女权运动第二次浪潮到来的前夜,麦卡锡在自己的小说世界里为20世纪中叶美国女性的境遇做了最好的脚注。

第二节 蒂莉·奥尔森——打破缄默的工人阶级母亲

  2007年1月,蒂莉·奥尔森(1912—2007)以94岁的高龄谢世。奥尔森一生著述不多,但其短篇小说和文章产生的广泛影响使她成为20世纪美国文坛的重量级人物。她一生多次获奖,其中包括1959年的福特基金、1961年的欧·亨利最佳短篇小说奖、1975年的古根海姆奖、1976年的美国学院和全国艺术与文学院美国文学特殊贡献奖。她的作品曾被译为10多种文字,一再出现在各种文集和学校的教材中。这个当初连高中都没有毕业的人自20世纪60年代起登上了美国大学讲台,在包括斯坦福大学、麻省理工学院、马萨诸塞大学、加利福尼亚大学、阿默斯特学院在内的好几所著名大学执教。
  奥尔森是目前仍然能够激发读者、学者的文学和政治想象力的仅有的几位美国左派作家之一,对现代美国工人阶级生活的描绘极具震撼力。奥尔森的声誉建立于她创作的女性这个群体生存境况的再现,其文本完整表现了作为社会中饱受压迫的性别阶层的女性的生活和心理经历——性朦胧、妊娠、生产、流产、绝经,以及家庭重负和家庭暴力——而这样的题材极少出现在作家的文学创作之中。奥尔森明确指出20世纪的美国社会未能开发下层社会尤其是工人阶级女性的潜能。她聚焦于母亲这个在文学中被忽略了的角色,强调由于这种忽略造成的文学创作的缺失,而其作品的意义就在于弥补了这种缺憾。奥尔森也把关注点延伸到那些禁锢人类创造性活动的社会环境中,探讨了社会环境对于具有创作意识的母亲的巨大伤害。在批判性别歧视的社会环境的同时,奥尔森没有为了女性的苦难而埋怨男性,而是指出男性也是这个具有剥削性的社会的牺牲品,只有家庭才能在这个冷酷无情的社会中为个体生存下去提供支撑力量。奥尔森的犹太背景也受到评论界的普遍关注。但奥尔森宣称自己是个犹太无神论者。她的犹太社会主义背景为她的创作提供了两种基本视角:其一是关于非正义、歧视、压迫和种族灭绝的知识和经历,以及永远和随时与之进行斗争的需求;其二是对于人类潜能的绝对信念。这两种视角贯穿于她的创作始终。

奥尔森作品中的自传成分常常使学者把她本人视为她文本的延伸。的确,她笔下那些"沉默"的女性(母亲)角色都是来自工人阶级,富有才华但在生活的重压下疲惫不堪,充满渴望但在奋斗的路途上孤立无援。然而这些女性能够在生活中的某些时刻获得自我意识,此时她们的创造精神将冲破贫困的生活和繁重家务的束缚。奥尔森的家庭背景、文化认同以及生活经历都是工人阶级的,她的作品素材也都源自她生活的劳动阶层。奥尔森的父母都是俄国犹太移民,在参加了1905年反对沙皇统治的革命失败后逃亡美国。尽管迫于生计过着颠沛流离的艰苦生活,奥尔森的父亲还是积极参与了政治斗争。父亲的政治热情与社会参与使奥尔森很早就接触到当时的政治运动,那些社会主义者演说家们的政治热情和修辞技巧对于奥尔森的成长和创作起到了重要的启迪作用。与社区里大多数很早就辍学去谋生计的人不同,奥尔森进入高中学习。她在学校里接触到莎士比亚、德昆西、艾德娜、圣·文森特·米莱等文学大师的作品,还亲眼见过美国诗人卡尔·桑德博格。不过学校在开发奥尔森智力的同时也使她饱尝社会地位的差异——其工人阶级、移民和女性的三重身份所带来的种种歧视。由于家庭贫困,在6个子女中排行第二的奥尔森在读到11年级时被迫辍学,以打工来减轻家庭负担。18岁时,奥尔森加入了共产主义青年团,以满腔的热情参加了当时的政治活动。1932年奥尔森在有孕在身的情况下开始创作《铁喉》(*Iron Throat*),其中一章于1934年在《党派评论》上登载,得到了一致好评,被认为是一位文坛新秀的作品。不久她因向包装工人散发传单而锒铛入狱,一个月后出狱时身患重疾。出狱后不久她完成了两篇文章,一篇是控诉警察暴力的《千元流浪汉》(*Thousand Dollar Vagrant*,1934),另一篇是描述工人运动的《罢工》(*The Strike*,1934)。1944年她与同居八年的青年团战友、码头工人杰克·奥尔森结婚,育有三女。在1936年至1959年间,奥尔森从事过各种工作——侍者、抄写员、封瓶工、仓库审核员、秘书等,但一直没有放弃对文学创作的挚爱,渴望写作的强烈欲望对她来说就是呼吸的空气。尽管政治活动加上不断扩大的家庭使得她创作的最基本环境并不存在,但奥尔森坚持认为作为母亲的需求与她的自我实现并不矛盾。当她后来接受采访时说道,一个母亲的角色只能使她的创作内涵更为丰富,女性应该也可以把有益的工作和母亲角色结合起来。艰难的生活和斗争经历为她蓄积了丰富养分,在她终于拾起笔杆之后充实了她的创作。奥尔森在20世纪30年代后期加入共产党,在40年代和50年代积极参与了政治活动,并在50年代麦卡锡主义盛行时受到迫害。小女儿于1953年入学后,奥尔森终于能够把更多的时间用于自己钟爱的文学创作。她尚未完成的故事《帮助她相信》(*Help Her to Believe*,1955)为她赢得1955年斯坦福大学为期八个月的创作奖学金。在这一时期,她还创作了《洗礼》(*Baptism*)、《嗨水手,哪条船》(*Hey Sailor, What Ship?*),并且开始了《告诉我一个谜》(*Tell Me a Riddle*)的写作。八个月后失去了经济来源的奥尔森创作陷于停顿状态。幸运的是,1959年她又获得福特基金,得以完成故事《告诉我一个谜》。这几个故事后来收集在题为《告诉我一个谜》(*Tell Me a Riddle*)的短篇小说集中。自60年代起奥尔森的文学地位得到承认,各种聘任和奖项纷沓而来,此后奥尔森的人生一路畅通。

奥尔森的全部作品仅包括五篇短篇故事、一部没有完成的小说和一部散文集。出版于1961年的短篇小说集《告诉我一个谜》由四个故事组成:《我站在这里熨烫》《嗨水手,哪条船?》《哦,是的》和《告诉我一个谜》。小说集出版后获得福特基金奖和欧·亨利奖。除了被视为奥尔森最佳故事的《我站在这里熨烫》和《告诉我一个谜》之外,《嗨水手,哪条船?》讲述了一个酗酒的水手如何无法在岸上生存但又期盼家庭温暖的故事,以及他的家人试图抓住以前的希望和亲情的徒劳。《哦,是的》描述了白人女孩卡罗尔和她对于生活之谜的象征性心灵洗礼,是一个未成年的女孩对于种族歧视的见证。12岁的卡罗尔参加了黑人女伴的洗礼,意识到在社会分类中她们之间的差异,这种洗礼使卡罗尔对于社会习俗以及它所造成的人类苦难有了新的认识。除了短篇小说集《告诉我一个谜》中的4个故事之外,奥尔森仅发表了一个短篇故事《里夸》(*Requa*)。"里夸"是奥尔森所熟悉的一个加利福尼业州城镇名,在美国印第安语中则是"身心交瘁"的意思。该故事被收入1971年《美国最佳短篇小说选》,讲述了20世纪30年代中一个14岁男孩在生存线上的挣扎。在奥尔森其他的故事里,人之间异化感的解决方式是家庭。在这个故事里,奥尔森使一个孤儿和一个光棍汉组成了一种新的家庭。这种做法似乎表明,只有受压迫的人们之间的联结才是最珍贵有效的。家庭成为在苦难中挣扎的人们抵御冷酷无情的社会的盾牌。

《我站在这里熨烫》被美国著名女作家乔伊斯·卡罗尔·欧茨称为"近年来最扣人心弦的故事"。这是奥尔森辍笔多年之后的首篇创作,颇具自传色彩。奥尔森创作这个故事时已年近五旬。她把自己多年作为母亲的经历倾入笔尖,对文学创作中的这一边缘角色给予了高度关注。奥尔森对母亲角色所包含的责任和幸福以及它与自我实现之间的矛盾进行了深刻的思考和真实的描绘。这一故事以美国文学作品中少见的全面和坦诚探讨了这个充满痛苦的复杂主题。《我站在这里熨烫》成为奥尔森最为著名的作品,也是美国文学中入选文学选集频率最高的故事之一。仅在20世纪90年代初的统计中,它已在文学选集中出现过90多次。《我站在这里熨烫》的情节和结构都不复杂,既没有大起大落的悲欢离合,也没有晦涩难懂的隐喻象征。叙事人是19岁女学生艾米莉的母亲,她刚刚接到女儿学校打来的电话。在母亲手起手落地熨烫衣服时,她的思绪把读者的注意力带到了对于往事的回忆之中。在这个故事中,所有的活动都在母亲的脑海里发生;整个故事涵盖的时间很短,或许仅一个小时左右。但在这段时间内,母亲对于女儿的成长过程进行了回顾,也反思了自己作为母亲的角色。作者描绘了美国30年代大萧条期间工人阶级母亲的窘境。由于生计所迫,母亲在艾米莉出生后无法给女儿提供一种自由生长的沃土,因而艾米莉在生长过程中遭受了许多磨难。虽然她在呱呱落地时是个非常可爱的婴儿,但很快就变得面黄肌瘦。从母亲的叙事中,读者了解到母亲这样做并非是缺乏母爱,而是出于无奈。多年来母亲饱受时世磨难,捉襟见肘的生活、多子女的重负和繁重的家务使得她疲惫不堪,留给艾米莉的时间寥寥无几。艾米莉在生活和情感上都受到忽视,变得少言寡语、孤僻冷漠。显然,母亲的行为欠缺是社会和时代造成的,母女两人都是资本主义社会的俎上肉。艾米莉是那个时代的孩子,是萧条、是战争、是恐惧的孩子。生活的重压造成了母女之间的隔阂,带来了对女儿的伤害。通过反思自己的母亲角色,母亲更清楚地认识到社会对于生活在底层的女性所造成的巨大伤害。

令人欣喜的是,故事结尾的艾米莉似乎已经战胜了自我和环境。她在学校的表演中显示了自己的才赋,越来越受欢迎,一个新的自我正在建构起来。读者最后见到的艾米莉看上去步履轻快、充满自信。艾米莉没有被母亲在同一年龄所遇到的困难所压倒,她无疑会避免站在熨衣板前熨烫衣服的母亲那种令人沮丧的命运。正像母亲意识到的,之后的日子里还有许多值得为之生活的东西,艾米莉不会像熨衣板上的裙子,被动无助地等着被熨烫。新一代的女性将勇敢地面对生活,超越桎梏她们的恶劣环境,迎来一个更加美好的明天。奥尔森也在故事中表现了处于社会边缘的女性坚强不屈的生活态度和不甘沉默的精神。

《告诉我一个谜》曾被批评家称之为"美国短篇小说中最动人的故事",发表后即荣获欧·亨利最佳美国短篇小说奖。在这个故事里,奥尔森又一次把笔触伸向她一直以来高度关注的主题:作为母亲的劳动妇女。大卫和伊娃是一对俄国犹太移民夫妇,在1905年的俄国革命失败后逃亡美国并定居。在长达47年的婚姻生活中,作为妻子和母亲的伊娃生活充满了艰辛。她必须整天洗衣做饭、缝补打扫,使丈夫和七个子女过上尽可能舒适的家庭生活。丈夫除了每月把挣来的工钱交给她之外,对家务事极少过问,也未能给她提供精神支持。在漫长的岁月里,她一直

第六章　第二次世界大战后至20世纪60年代美国女性小说创作探究

在为满足别人的需求而默默地忙碌着,过着没有自我的生活。

在孩子们终于长大成人离开家庭、老两口可以开始自己的退休生活时,他们为今后的生活归宿开始了争吵,他们的生活也在这场争吵中展现在读者的面前。奥尔森在这篇故事里又一次探讨了母亲角色这一对于女性既是纽带也是束缚的矛盾意象。伊娃多年来一直是个无可挑剔的母亲,她挣扎于贫困之中,为丈夫和子女操劳。在努力扮演作为母亲的角色中,她也沦为家庭的奴隶,失去了作为主体的存在。爱和亲情使得她付出了一切:年轻时的革命理想和社会活动、对于书籍的热爱、自己的朋友圈子甚至自我。而这次两人争吵的焦点,就是如何安排子女离家之后的晚年生活。在为家庭操劳了大半辈子之后,伊娃认为自己终于可以为了自己而活。她可以不再被迫按照别人的节奏行动,可以读书、听收音机、享受这种难得的孤独为她带来的一切。在终于摆脱了多年为别人的需求而生活的重负之后,伊娃把退休生活视为一个恢复自我身份的时期。遗憾的是,大卫并不分享伊娃的愿望,而把退休看作是进行社交活动的机会。他希望把房子卖掉,搬到名为"天堂"的养老院。伊娃反对大卫的做法,但她的愿望对于大卫来说已经成为一个谜语,他无法理解妻子此刻的心情。

沉默是这个故事的重要主题,也是奥尔森创作贯穿始终的关键词。沉默是压抑,沉默也是反抗,但它不是自由。伊娃在年轻时是一个充满激情的社会主义活动家,但多年来的艰辛生活使得她早已陷入沉默。在面临未来生活方式的抉择中,她也曾把沉默作为抵制丈夫的武器,用于抗拒他卖掉她想象中的独立生存空间的企图。老夫妇在争执不下时,伊娃被查出患了晚期癌症,已经来日不多。大卫偷偷把房子卖掉,带着还不知病情真相的伊娃轮流到几个儿女家探望他们。伊娃盼望着回到自己的家,对于她来说,子女和他们喧闹的家庭彰显了她困窘的生活谜语:一个人如何平衡个人需求和对于别人的责任。也就是在这个时期,伊娃打破了自己多年的沉默,开始不断地吟唱和呓语。记忆和声音的碎片在她将死之际被释放了出来。大卫惊讶地发现,这七十年来好像她身体里隐藏了一个录音机,录下了每一首歌、每个曲子、每个遇到过的词,而现在她叫放着所有这一切,唯独没有提到他、婚姻和孩子。所有这一切是伊娃受到压抑的自我的最终迸发。在她的遐思中,伊娃回到了参与革命运动的年轻时代,往日的歌声和演讲出现在她的回忆里,那是一个她作为主体存在的时期。她的喋喋不休使得多年来已经习惯于忽略她声音的丈夫获得了一个重新理解她的机会。在对于往事的回忆中,大卫终于意识到妻子多年来被贫穷的生活所剥夺的一切,以及她藏在内心从未泯灭的革命信念。但遗憾的是,只有当伊娃接近死亡时,她才开始回首、评价并试图更新自己的生活,才找到了她自己的声音和视野。从这个意义上来说,伊娃的变化是一个象征的里程,是一个朝着深埋在她心中的音乐和歌声迸发的旅程。在生命的最后阶段,她与孙女珍妮建立了感情,珍妮成为她忠实的听众。在这个故事里,奥尔森又一次塑造了一个能够逐渐理解老一辈女性而又会在自己的生活中不再重蹈覆辙的年轻女性,充分显示出对未来的希望和信念。

《约南提奥》(Yonnondio)曾被誉为20世纪30年代无产阶级运动的最佳小说。约南提奥取自美国诗人惠特曼关于一个遗失的印第安部落的诗篇:"约南提奥! 约南提奥!——最终他们消失。"约南提奥的意思是对于失去之物的悼念,因此这个题目既是对于书中霍尔布卢克一家人悲惨生活的哀悼,也是对奥尔森自己几乎中断的写作生涯的哀悼。奥尔森创作于1932年的短篇故事《铁喉》构成了《约南提奥》第一章的60%,而她在1937年搁置起这部作品时已经完成了前四章(约小说一半)的内容。大约在1972年,在奥尔森开始创作《约南提奥》40年之后,早年已经完成的四个章节以及一些零碎的笔记被无意中发现。奥尔森在以前的手稿基础上继续进行创作,但始终没有彻底完成这部小说。

《约南提奥》刻画了20世纪20年代的工人阶级家庭生活,也是对20年代的爵士乐美国神话中所描绘的那种灯红酒绿、纸醉金迷生活的反讽。小说描绘了美国移民霍尔布卢克一家人辗转流离的生活经历。吉姆和妻子安娜一年到头辛辛苦苦,就是为了寻求一种更好的生存环境,实现他们的美国梦。他们的梦想听起来并非遥不可及,安娜曾这样形容自己的愿望:"孩子们有学上;吉姆在地面上工作,而且离家不远;家中有点像黄铜的灯座和色彩鲜艳的桌布这样可爱的东西,门上长着攀缘植物,还有盘绕的玫瑰花丛。"①在小说的开始,吉姆在怀俄明州的一个矿区工作,井下暗无天日的劳作和接连不断的事故使他们决定离开矿区,寻找更好的栖身之所。他们搬到南达科他州的一个农场,那里的鸟语花香曾一度使他们误认为找到了他们的伊甸园。不料在农场一年的辛劳反而使他们负债累累。最终一家人又搬到中西部的一个屠宰厂所在的城镇,那里到处弥漫着令人作呕的臭气。小说的结尾,霍尔布卢克一家人生活每况愈下,比以前更加穷困潦倒。奥尔森的《约南提奥》真实地刻画了大萧条时期工人阶级的悲惨生活。在她的笔下,人的创造力与社会压制力量之间的张力成为重要主题。奥尔森指出,《约南提奥》即使没有展示那个年代的事件,也说出了其意识和根源。

《约南提奥》不仅记述了大萧条时期个人的苦难,也因它对于女主人公的可信

---

① Tillie Olsen, *Yonnondio: From the Thirties*. New York: Dell, 1975: 38.

描述而成为文学精品。当读者读到小说的结尾,他们就会意识到安娜重新认识了自己与家庭和生活的关系。安娜知道了什么是真实的,那就是辛劳、失望和失败,她也懂得挑战、成就和欢乐。

《约南提奥》的基本主题是人要学习、要坚持,奥尔森一再涉及个体要创造的欲望与阻碍这种欲望实现的社会力量之间的张力。小说中霍尔布卢克家的小女儿贝丝玩耍的场景传达了奥尔森对人类潜在创造力的希望。小贝丝在无意中玩弄一个水果罐头瓶盖时突然能够把盖子抛起抛落,她在意识到自己的本领之后欣喜若狂,一遍遍重复着这个动作。贝丝脸上胜利的笑容和对于成功的狂喜象征着希望和可能性。霍尔布卢克一家的美国梦在他们所生活的年代只能是梦想,但奥尔森在描绘摧残人的黑暗画面的同时,还传递了对于人的潜能的坚定信念。

奥尔森的第三部作品《沉默》(Silences)发表于 1978 年,囊括了奥尔森长达半个世纪日积月累的心得体会。《沉默》一共分为两部分:第一部分包含了两篇之前发表过的文章和一篇关于丽贝卡·哈丁·戴维斯的作品《铁厂生活》的出版后记。第一篇文章《沉默》根据她 60 年代初在拉德克利夫学院的一篇讲话整理而成,第二篇文章是《十二分之一:我们国家的女性作家》,来自她 1971 年在现代语言协会论坛上的发言。第二部分堪称集锦。奥尔森把生活在不同时代和文化中的作家的日记、采访和私人信件以及她自己关于艺术创作的压迫性沉默的观点结合在一起,表达了自己的写作观点。用奥尔森自己的话来说,这本书探讨了包括阶级、肤色、性别、时代以及一个人的生活环境与文学创作之间的关系。《沉默》的基本前提是,写作是环境也是才华的自然结果,但才华是会被环境扼杀的。毫不奇怪的是,那些才华被扼杀了的人中多数为女性、少数族裔和那些因为失学而根本无法发出声音的人。

奥尔森探讨了女性作家的写作窘境,以及那种认为婚姻和母亲角色与创作无法共存的性别歧视观点。她认为女性不应当一定要在艺术和作为女人的满足中进行选择。奥尔森指出母亲角色和写作是相辅相成的,作为母亲的经历为她的写作提供了素材。历史上强加在女性身上的两种选择是,她们或者像戴维斯那样在满足了家庭的需要之后再进行创作,或者像伍尔夫那样为了创作不要孩子。奥尔森认为,女性作家可以同时拥有家庭和写作,或者选择全身心地投入写作。抉择才是最重要的。

19 世纪后期和 20 世纪前半叶的女性作家就面临这样的窘境。而奥尔森的目标之一就是打破这种令人产生负罪感的话语枷锁。但是这一切的确是困难重重的,在自己 20 年抚育子女和工作的过程中,奥尔森也证实了自己缺乏最基本的创作环境。奥尔森谈道:我们永远不会知道多少女性作家在尚未获得开始的机会之前就沉默了。女性不仅要与弗吉尼亚·伍尔夫所说的"屋子里的天使"作斗争,还要与奥尔森自己指出的"基本的天使"(essential angel)作斗争。这种基本天使对于丈夫和家庭的生存和舒适是非常必要的,它使得女性无法实现她们作为作家的潜能。她们也在写作,但只能忙里偷闲地进行创作,因而无法达到最佳状态。因此一般情况下男性作家每创作出五本书,女性作家才能创作一本书。奥尔森强调所有的作家都应该对自己的观点保持自信。而这种自信对于工人阶级和来自贫困家庭的人们来说又极其困难,对于女性来说几乎是不可能的。奥尔森的目标十分清楚:要培养和扶植新的女性作家,努力在20世纪末产出与男性同样数量的女性作家,而不是只有十二分之一。

第三节 卡森·麦卡勒斯——孤独的心灵猎手

身体的畸形、行为的暴戾、情爱的压抑、交流的隔阻、精神的绝望,这便是卡森·麦卡勒斯(1917—1967)视野中的南方人。她用轻柔抒情的笔触放大甚至扭曲着美国南方最平常的场景,创造出自己想象中的真实,将人生编排成了伴着黑色音乐的疯狂舞蹈。麦卡勒斯毫无疑问地属于"区域作家"范畴,一个南方哥特式传统的女继承人。她文本世界里的那些畸人形象代表整个人类的生存状态:渴求超验的安宁却又无法摆脱欲望的盲动,惧怕内心的孤独却又无法彼此真正地沟通,他们不停地寻找情感的依托之处,结果总被某种力量挡回,迷失在茫然和空虚之中。问世间爱为何物?——这是麦卡勒斯创作中形而上的问询,也是贯穿她全部作品的中心主题。而答案的最终不可知与人类执着求之的永恒冲撞铸就了伟大的、忧郁的、极为成熟的艺术之魂。

1917年2月19日,拉马尔·史密斯和玛格丽特·沃特斯夫妇的长女露拉·卡森·史密斯(Lula Carson Smith)在佐治亚州的小镇哥伦布诞生。父亲是位成功的珠宝匠,家道殷实。母亲在临盆前夕梦见神谕,说她的长女是天才。卡森出生后一直接受着自己与众不同的灌输,养成了矛盾的性格:一方面任性孤傲;一方面又细腻敏感,渴望群体的接纳。她一生都迫于这种矛盾的驱使,极力寻求一种以自己为中心的群体人际关系。她希望她爱的人和谐相处,同时要毫无保留地爱她。这种近乎贪婪的情感要求成为她一生悲剧和灵感的双重来源。十岁时她开始学习钢琴,后来师从塔克夫人,与塔克一家建立了良好关系,对音乐的兴趣也随之增强。但 1934 年春,塔克家搬走。卡森对失去"另一个家庭"非常绝望,决定放弃音乐成为作家。强烈的被抛弃感持续了十多年,直到宣泄之作《婚礼的成员》(The Member of the Wedding, 1946)问世之后卡森才得以释怀,与塔克夫人恢复关系。

在落寞心情的陪伴下,卡森 1934 年 9 月乘船前往纽约,选修了哥伦比亚大学的创作课程,两年后发表处女篇《神童》(Wunderkind)。女主人公弹奏的是音乐与体验之间的对位旋律,其经历反映了卡森对艺术与女性身体之冲突的朦胧认知。不过 1937 年她还是坠入爱河,与大她四岁的利夫斯·麦卡勒斯成婚。

这桩灾难性的婚姻在双方的酗酒与双性恋、卡森的性冷淡与感情漠视、利夫斯的抑郁与困窘中两度分合,最终以利夫斯自杀的方式了结,唯一的结晶是"卡森·麦卡勒斯"这个美国文学史上的不朽印记。这个印记完全可以与"天才"或"神童"等同起来:麦卡勒斯在文学界一举成名时才二十出头,所有的经典——《心是孤独的猎手》(The Heart Is a Lonely Hunter, 1940)、《金色瞳仁映象》(Reflections in a Golden Eye, 1941)、《伤心咖啡馆之歌》(The Ballad of the Sad Cafe, 1943)、《婚礼的成员》以及一些短篇都在数年内相继出现,而后来的作品《美妙的平方根》(The Square Root of Wonderful, 1958)、《没有指针的钟》(Clock without Hands, 1961)和儿童歌谣集《甜如泡菜净如猪》(Sweet as a Pickle and Clean as a Pig, 1964)大不如前。学界一般认为,《心是孤独的猎手》和《伤心咖啡馆之歌》代表了麦卡勒斯的最高艺术成就。

发表于 1940 年的《心是孤独的猎手》是麦卡勒斯的成名作,以宽阔的视野展示了爱与被爱、交流与隔绝、理想与体验之间的不可调和。小说具有浓郁的南方特色,描绘了伍尔夫式的异化角色、福克纳式的衰败家庭、华伦式的混乱社会政治。全书在一个类似作者故乡的小城市里展开,由三个相互呼应的部分组成。第一部分描述两个聋哑人之间的关系。辛格无微不至地照顾安图纳珀罗斯,尽力用手语表达自己的感情;而安图纳珀罗斯极为冷漠,只管吃喝睡觉,最后被送进精神病院。这部分的时间感很淡,类似民间传说的"从前……"风格,通过一个原型场景给整个人类历史和生存状态打下了孤独的基调。第二部分共有十五章,是全书主要情节的发生场址。这部分时间整体跨度为一年(从 1938 年 8 月至 1939 年 7 月),时代气息大大增强,呈现了因工业化和大萧条而衰弱、缺失和孤独的文化场景。主要角色的出场顺序依次是酒吧老板比夫、13 岁的少女米克、工人杰克、黑人医生柯普兰。他们互不干扰,形成了一个以辛格为中心的车轮状关系图式。每个角色也是不同社会问题的代言人：比夫是理性的思考者，注重性别和婚姻问题；米克代表青少年的成长问题；杰克关心阶级问题和经济剥削；柯普兰代指种族歧视问题。他们象征南方大萧条之后的社会总体状况，辛格被人们当成了耶稣，都向他寻求交流和慰藉。讽刺的是，辛格根本不理解他们的话，只能表面客气，在安图纳珀罗斯去世后自杀身亡。第三部分发生在夏秋之交，喻示季节、社会和个人命运的全面沉沦。它以1939年8月21日的晨、午、昏、夜为结构展开四章，分别描述各个角色对辛格之死的反应，出场顺序与第二部分正好完全相反。人物角色不能解决个人和社会的问题，精神支柱也已崩溃，孤独地面对冷峻破碎的现实。小说中辛格有一个奇特的梦境：安图纳珀罗斯举着十字架跪在台阶的最上端，辛格跪在台阶中端膜拜他，而芸芸众生跪在台阶底端膜拜辛格。关系的阶梯性和不逆转性是全书主旨所在，此景堪为点睛之笔。

　　《伤心咖啡馆之歌》再现了这个梦境，只是稍有改变（关系仍是不逆转的，但却首尾相连成了一个圈），图式不同，悲剧性内涵却完全一致。英俊潇洒的马西是玩世不恭的花花公子，夺取了许多姑娘的贞洁和爱慕，偏偏对非常男性化、长着斗鸡眼的艾米丽亚小姐动了真情，为了求婚改邪归正。艾米丽亚不愿同床，婚后三天就将马西赶出家门，鬼使神差地爱上了来投奔自己的罗锅表兄李蒙，百依百顺，还为他专门开了一家咖啡馆；李蒙不仅没有感恩，竟对回来复仇的马西百般献媚。一场决斗于是在咖啡馆展开。强壮的艾米丽亚快要取胜时，李蒙协助马西打垮了她，追随马西而去，最后却被卖到了马戏团。艾米丽亚关闭了昔日热闹非凡的咖啡馆，终日呆坐在楼上自闭、沉沦。三个角色构成了一个能指链，而所指"爱情"一直超越于人际关系这个指征系统之外。整个故事植根于南方哥特式的文化传统之中，通过表现南方地理意识呈现了作品主旨。芭芭拉·艾伦认为，南方地理意识是一种兼顾历史与现在、人际关系和人与空间关系的网状空间意识。换言之，空间在南方地理意识中不仅是纯粹的物理空间，而与时间、人物及其他空间相联系。《伤心咖啡馆之歌》围绕着中心空间意象咖啡馆展开，通过咖啡馆的历史转喻了人间的悲喜情仇。故事以艾米丽亚的屋子（咖啡馆的前身）开始，以咖啡馆的建立为高潮，以屋子（咖啡馆的废墟）结尾，附录是空地上12个相互拴连的囚犯在歌唱。咖啡馆的历史变迁及它与空地的联系不仅表明了叙述者时间层面上的（历史）空间意识，而且体现了空间之间的延伸关系。人与空间的联系是南方地理意识的主要内容，故事中的咖啡馆是人们情感活动的集中之地，恰似海明威笔下那个"洁净的、灯火通明的地方"。基于空间的人与人的关系是南方地理意识的核心蕴含。故事中李蒙投奔艾米丽亚时详细叙说了自己的身世及与艾米丽亚的关系，就是南方地

第六章　第二次世界大战后至 20 世纪 60 年代美国女性小说创作探究

理意识中极为重要的组成部分。咖啡馆里顾客的热闹喧嚣、李蒙的飞短流长、艾米丽亚与马西的打斗,最后都投射成为附录中的空地和囚犯。世人之间终极的相连、孤独和交流的努力浓缩在这一空间场景之中,作品以极为南方化的手法表现了普世的主题。

这两部小说是麦卡勒斯经典中的双璧,一为现实的印象,一为幻想的结晶,折射的却是同一束情感之光。作为超文本的社会现实并没有限制文本本身的艺术性,麦卡勒斯将芜杂的现实话语巧妙地纳入一个类传说的无声世界之中,给美国的时代背景和社会状况染上了幻想的色彩,让现实变成了隐喻。《伤心咖啡馆之歌》则反其道而行之,用传奇的形式揭露了资本主义的恶果。咖啡馆在故事中是一个悖论式的存在:它的建造是因为情感需求,却采取了商业交易的形式,而顾客们恰恰是为了忘记商业对自身的异化而光临。资本主义价值观导致的自私与人类情感的价值观要求的付出之间的永恒张力是咖啡馆倒塌的根本原因,正如辛格之死暗示这种张力的不可承受之重。形式迥异的两部小说反映了相同的现实:畸人的尴尬不仅是抽象的生存状态问题,更表现在具体的物质消费之中。消费文化的大众性没有包含畸人,相反,外观装饰更加突出了他们身体的差异——不可调和的外观偏离是无法驯化之怪异欲望的表征。麦卡勒斯两部巅峰之作的奇异关联反映了麦卡勒斯的创作特色:想象的真实。对麦卡勒斯来说,想象永远比现实重要,幻想永远是她艺术的核心。她数次不回朝思暮想的故乡,不去心仪已久的新地,就是为了保持内心为它们勾勒的形象。同时,她对周围环境的观察又极其敏锐。即便超现实的场景也基于对自然的细摹,如《伤心咖啡馆之歌》中变化的月色。现实和想象融合成想象的真实,艺术地调和了外界和内心,构成了麦卡勒斯创作中现实、情感和艺术的三位一体。除了主题上的体现外,在细节上也有诸多反映。比如她对颜色的捕捉和创造就极具特色。一般说来,鲜亮的颜色被赋予了活力和潜在的毁灭力量——如黑人及艾米丽亚翠绿和火红的衣着;了无生气的人或环境是蜡黄色和灰色,忧郁空灵的音乐是银色,愤怒和暴力是黑色,辛格在米克的想象中身着圣洁的白色,冷静沉思的比夫长着蓝色的胡子,等等。

麦卡勒斯创作的另一大特色是乐律性。弃乐从文的麦卡勒斯其实并没有放弃音乐,她的大部分生活是写作和音乐的双重奏。她自己也明确指出,音乐一直都是她小说的重要组成部分。她的作品基本上都与音乐有很深的渊源,以其最著名的三部作品为例,长篇《心是孤独的猎手》整体结构恰如一部完整的交响乐章,主要人物之一米克以音乐为自己的梦想;中篇《伤心咖啡馆之歌》从题名到行文都带有民歌体的味道,回来复仇的马西随身带着一把吉他;短篇《一棵树、一块石、一片云》(A Tree, A Rock, A Cloud)形式脱胎于英诗《古舟子咏》，主人公对爱的失落与感悟也未尝不可以看成是麦卡勒斯本人对昔日音乐梦想的追怀。音乐在麦卡勒斯作品中的出现不仅仅是她少年创伤的再现，而且是女性群体经历的表达。音乐作为纯粹艺术、诗意言说和自我追寻的象征在美国 20 世纪女性小说中频繁出现，与 19 世纪女性小说中的锅碗瓢盆交响曲遥相呼应，反映了社会与时代之语境的变迁给女性生存状态带来的显著变化。

实际上，麦卡勒斯不是通常意义上的女权主义作家，她对女性生存状态的关注很大程度上与对畸形人的同情混杂在一起。她着力描绘的女性角色有着各样的怪异之处，与"淑女"的标准大为不同。这种近乎病态的迷恋将她的创作纳入了女性哥特式传统。

空间的幽闭使麦卡勒斯笔下的女性都失去了移动性，使得她的创作带有家庭叙事的特征。美国文学产生于早期移民们拓荒建国的滚滚浪潮中，开拓经历不仅提供了创作素材，而且成为独立、自由、英勇等个人英雄主义的象征，超验地化为美国文学的文魂。探索与移动作为"新亚当"们的共同经历也就成为美国文学一直表现的主题。由于社会分工的强制性，早期的女性被排除在美国的宏观经历之外，结果造就了一种"影子文学"，一种倡导稳定性和相互依赖的家庭叙事。19 世纪末女作家对这两种传统的冲突已有无奈的体验，如莎拉·奥恩·朱厄特的《尖尖的枞树之乡》(The Country of Pointed Firs, 1896)中的女作家最终还是离开女性社区回到城市。20 世纪女性已经拥有空间移动的权利，女性文学也随之发生变化。最重要的特征是，女性文学传统融入了男性(经典)传统，形而上的探索与移动占据了主流。然而，女性探索与女性移动不再以抛弃和压迫周围环境(关系)为基础，而继续继承着家庭叙事中的网状人际联系。如何调和两者之间的固有矛盾是整个 20 世纪女性小说的主题。在她看来所有人都是孤独的。但美国人似乎是最孤独的。他们对国外的地方和新的方式的饥渴，几乎像一种民族病那样伴随着他们。他们的文学打上了渴望和躁动的印记，他们的作家是伟大的流浪者。表面上看，麦卡勒斯认可了男性经典文学的移动传统，她的作品却呈现出相反的旨义，那些来去自如的男性角色没有一位真正领悟到了生存的真谛。短篇名作《一棵树、一块石、一片云》更是以一个绝妙的讽刺否定了移动传统。故事中，一位老者在酒吧里向一个男孩叨唠着自己的生平。多年前，他的爱人离他而去。为了找她，他走遍了各个地方，人在波兰的时候领悟了"爱的科学"。运用这门"科学"，他能够爱一切，包括一棵树、一块石和一片云，却单单没能够达到再爱一个女人的境界。这个含义丰富的故事可以象征性地解读为美国作家的身份寻求之旅，以"流浪"和"孤独"概括了美国文学。比较而言,麦卡勒斯的所有作品更像是20世纪的女性家庭叙事。那些女性角色寻求自我的努力还是基于家庭或人际联系之上的。如米克的成长仿拟了古代英雄经历原型,却还是回到家里照看弟妹,担负起自己应有的责任,与性爱后逃跑的男友构成了鲜明对照。艾米丽亚的经历则是一种有别于传统家庭模式和性爱模式的另类家庭叙事。可惜的是,即便是女性家庭叙事也没能为麦卡勒斯关于人类生存状态的问询提供一个完美答案。那些女性们依然困扰于"爱为何物",依然孤独且迷茫。

正是对人类情感和生存这个主题的反复质询使得麦卡勒斯的作品超越了地域、时代和性别政治的囿限而带有了普世和哲学的色彩。在麦卡勒斯的笔下,所有人都是孤独者和被遗忘抛弃者,生存奥秘的最终不可知注定了人类的悲剧,使得麦卡勒斯文本世界始终笼罩在悲剧性的幽闭气氛中。就这一主旨而言,麦卡勒斯与她的同乡弗兰纳里·奥康纳迥然不同。这对女作家是美国文学史上奇异的姐妹花,身世经历惊人一致的她们却有着截然相反的视野:她们都意识到了尘世的痛苦,不过奥康纳转向了肯定的宗教慰藉,而麦卡勒斯笔下的角色却继续着对此生的追求和探索,最终还是因为徒劳而绝望,因为绝望而怪诞,因为怪诞而孤独,因为孤独而更加远离真谛。这是一个恐怖的恶性循环,它构成了一个生存的怪圈,牢牢地拴住了里面彼此渴求却只能遥隔相望的人们。

时间、空间和苦境,麦卡勒斯的创作艺术在这一切的交织中升华,在美国文学史上留下了短暂而永恒灿烂的光亮,在福克纳巨大身影笼罩下的南方文坛上涂上了一抹鲜彩。

第四节 弗兰纳里·奥康纳——迷失灵魂的猎手

作为美国20世纪最出色的短篇小说家之一,弗兰纳里·奥康纳(1925—1964)写下的故事为数不多却令人难以忘怀。正因为描绘了"圣经地带"——美国南方农村的褊狭固执和宗教迷恋,她的小说常被冠以"怪诞"之名。事实上,带病的躯体与超卓的情感将奥康纳永远流放在分裂的生存情境之中,迫使她尽力完成从痛苦的体验到澄灵的超验的跃升。她的作品中,哥特式题材下自始至终都涌动着对宗教和人生意义的不懈拷问。在奥康纳看来,对此世的执迷——财富、身体或理性是灵魂迷失的表征,需要暴力的震醒,从而接受上帝的恩典。现代南方的宗教信仰不是太强了,而是太弱了。她于是扮演了先知的角色,抛弃"人情"(manners)而醉心"神秘"(mystery),向世人宣扬神之救赎的超然。

奥康纳 1925 年 3 月 25 日生于佐治亚州的萨凡纳镇,父亲爱德华·奥康纳和母亲莉加纳·克林都是爱尔兰移民的后裔。他们虔奉天主教,为奥康纳的成长营造了浓厚的宗教氛围。父亲的生意不景气,很少在家,家中事务都由母亲和为奥康纳家提供着巨大经济支持的姨妈主导。父权的不在场和母权的强化使奥康纳的家庭体验非常独特,成为她笔下诸多家庭的结构原型。父母都很疼爱奥康纳,家教不像传统天主教家庭那样死板。奥康纳养成了独立的个性,对母亲甚至直呼其名。但母亲的溺爱也很过分,为了她的健康,连小玩伴的名单都要亲自筛选。这导致了奥康纳的叛逆情绪,其作品中长辈与孩子尤其是母子(女)关系不和睦,可以溯源于此。

1938 年一家移居米利奇维尔市。这个昔日的佐治亚首府在内战中显赫一时,旧南方的历史感非常浓烈,奥康纳对此很是讨厌。她对这个城镇最感兴趣的地方是州立疯人院,经常在附近观看那些畸人怪人,对日后的创作可能有所影响。此时奥康纳进行了创作尝试。初期作品充满了拼写错误,却表现出不俗的艺术潜力。其中两则故事令人瞠目:一则是女主人公激情地吻着她的宠物小鸡,另一则为小女主人公把她的爱献给了一只死公鸡。怪异的情节反映了奥康纳幼时伊始对男女情爱的拒斥,显露出她创作成熟期特征的端倪。1941 年父亲死于红斑狼疮,给深爱父亲的奥康纳以沉重打击。之后她很少提及父亲,作品中也少有父亲角色,或许是想通过遗忘对抗心灵创伤。

1942 年奥康纳入佐治亚州立女子学院学习。她是个腼腆的学生,却在各个科目上都取得了极好的成绩。因为具有卡通和写作天赋,她成了学校文学和艺术刊物的编辑,并发表了不少作品。在此期间,奥康纳开始了严肃的创作。三年毕业后,她进入全美首批设立创作训练课程的爱荷华州立大学攻读硕士,《慧血》(*Wise Blood*,1952)的初稿便是提交的毕业作品。这部长篇融合了奥康纳浓重的南方意识和天主教意识,确立了她"乡土哥特式传奇"(rural Gothic romance)的创作路线。

对奥康纳影响最深的南方文化来自"重农主义者"(agrarians)。1930 年出版的《我捍卫我的立场》(*I'll Take My Stand*)是重农主义者的论文集,成功阐明了一个神话,支撑了一代人的南方文学。重农主义者缅怀南方的过去,弘扬田园诗般的农业传统,认为工业化会侵蚀人的情操。他们致力于建立一种白人男性的主体身份,将无产者、黑人和妇女视为他者而加以边缘化。此派作家和评论家认为以缠绵悱恻的《飘》为代表的 19 世纪南方文学太过女性化,大肆鼓吹要建立一种男性文学。对女性身体的色情化、窥视化和暴力化处理是其文学特征的一个隐喻。受他们资助和指导的奥康纳多少内化了这些思想,她的作品中反对现代社会的工业化和理性化,也暗含着女性写作的身份焦虑:对女性体验的拒斥和对普世的超验关怀构成了她的视野。甚而在现实生活中她也落入了竞求男性欣赏的窠臼。

奥康纳的男性化创作非常成功,评论界一般认为,她的文学先辈是两位男性大师——爱伦·坡和霍桑。她继承了坡的怪诞文风和霍桑的浪漫传奇体裁及寻求救赎、反对理性的主旨。就体裁和主旨而言,奥康纳追随着霍桑,把传奇文学看成现实与神幻世界的交界,一块充满真理和神秘的地盘。她认为作家应该关注一种更深层的现实主义。浪漫传奇使这种迥异于传统观念的现实主义变得可能,因为它允许作家扭曲现实,更突出地强调最本质的真理。而奥康纳和霍桑视角最大的一致在于刻画现代的罪人。现代人要么洋洋自得,以为重复一些陈词滥调就是信仰上帝;要么过分相信理性的力量,企图扮演上帝的角色。奥康纳对这种人进行了严厉谴责,以极端的剥夺形式,如谋杀、(象征性的)强奸、丧嗣、残废、羞辱等,向他们宣示上帝的恩典才是值得追求的至高之物。

宗教意识则是奥康纳作品中最引人注目的特征,结构、内容和主旨都浸印着宗教罪尤和救赎的教谕色彩。用一句话来概括,其小说以灵魂救赎为终极指向,以城市和乡村、理性和信仰、身体和精神、文化和自然等诸多二元对立为核心,以金、木、水、火、土五种物体为象征,通过螺旋式循环的结构表达了宗教意识的净化和跃升。奥康纳的这个创作结构非常奇特,酷似中国文化中的五行八卦图。工业时代的机器谓之金,如恰似棺材的火车和汽车、置人死地的拖拉机、用来谋杀的手枪等,它们指代着现代社会精神的荒芜和信仰的丧失。

奥康纳共有两部长篇(《慧血》和《暴力得逞》)、两部短篇集[《好人难寻》(*A Good Man Is Hard to Find*,1955) 和《一切上升皆融合》(*Everything That Rises Must Converge*,1965)]。后来她所有的 31 篇故事都被收进《奥康纳短篇小说全集》(*The Complete Stories of Flannery O'Connor*,1971)。学界普遍认为,她的文学成就以短篇为著。她五次获得欧·亨利奖,短篇全集还荣获当年的全国图书奖。

地域和宗教是奥康纳小说的两大支撑主题,它们之间有张力,更有融合。奥康纳笔下的南方,不是福克纳那种充满历史时间意识的南方,而是一种不具有时间性的纯地域的存在,充满着各种精神和道德的混乱,一个阐发警世的宗教启示和宗教预言的隐喻世界。她放弃把传统、历史、回忆作为存在方式,而是以地理概念作为生存隐喻,探索灵魂的本质。如果用一个词概括奥康纳的创作主旨并解释其小说中的诸多细节,那么非"displace"莫属。人们对此世之物的追求和崇拜,包括财富、生命和理性,是灵魂的迷失,精神的错置;人物角色经常发现自己远离熟悉的环境,身处突发情境中而不知所措,是生存状态的陌生化;最后他们经受暴力的侵袭,生存地理和精神地理都被毁减。所有的意味,都凝缩在"displace"这个单词中,难怪奥康纳会写一篇名为《背井离乡的人》(The Displaced Person)的故事。

从 displace 这个地域角度切入,奥康纳的创作呈现出一个恒久的结构:自然环境与精神地理的对照→领域的崩塌→人物的顿悟。简言之,奥康纳捕捉到了现代罪人的生活状态,他们构建的精神地理将上帝的恩典拒之门外,因而会有外来的力量侵入并摧毁他们的自我世界,通过创造一种完全不同的情境,迫使他们认识到生存和灵魂的本质,从而真正蒙受上帝的恩惠。

一、精神地理与周围环境的对照

奥康纳笔下的角色有两类:一类是对生活心满意足的小资产者,周围环境以财产形式成为他们自我(精神地理)的物质延伸;另一类是自以为看透一切的理性至上主义者,周围环境成为他们构建精神地理的对立物。

就第一类人而言,他们的精神地理和周围环境奇异地融合在一起,堕入了世俗的欲望深渊。有意思的是,这类人多是守寡多年的中老年妇女,如《好人难寻》中的祖母、《火中的光环》(A Circle in the Fire)中的柯普太太、《背井离乡的人》中的麦金泰尔太太、《乡下好人》(Good Country People)中的赫普维尔太太、《格林立夫》中的梅太太等。物质利益是她们的生活目的和精神支撑。

第二类人则是迷失在虚无的理性神殿中的现代知识分子。他们认为上帝已死,转而崇拜人类自身的理性力量。他们的精神地理是一个没有基督的教会,如《慧血》中的黑兹;一个虚无的虚无,如《乡下好人》中的哈尔甲;一个了无生气、缺乏爱意的灰烬之地,如《河》的埃希菲尔德(Ashfield)家和《跛者先入》(The Lame Shall Enter First)中的谢珀德家。他们存在的领域囿于头脑的范围,到达不了温情的感性世界。殊不知,他们真正不明了的却是对自己的认识。

二、领域的崩塌

精神世界的黑暗成了现代罪人生存状态的显著表征。为了让上帝的恩典之光穿透他们故步自封的盲目,奥康纳总是让他们陷于一种处境,发觉不能用习惯的陈词滥调去译解,以环境的陌生化震荡并撕裂他们的精神地理,在外界暴力之助其体味被生活表面所掩盖的深层现实主义,认识最本质的真理。

奥康纳的小说大多包含一个明显的地域迁移。《慧血》中的黑兹从沙漠走向城市,和基督教隐修院创始人圣安东尼的行程恰好背道而驰;《河》中小男孩哈里从家里的住宅楼到河岸,是从"灰烬之地"到"天堂"的跃升(河边垂钓的男子名为"天堂先生",Mr. Paradise);《天竺葵》《审判日》和《人造黑人》中的老爷子从南方乡村走进了大城市,是脱离土地世界的"去根"和错置。大凡涉及女性角色,这种地域迁移便以消极形式呈现,即外界力量主动入侵,如《火中的光环》《格林立夫》《乡下好人》等(《好人难寻》的祖母是个例外)。无论是哪种形式的迁移,都暗示着主人会在精神地理意义上的"背井离乡"。

外界暴力入侵时,往往采取改变人物生活环境的方式。《好运袭来》中胎儿改变的是憎恨怀孕的鲁比的身体地理;《你救的可能是自己的命》(The Life You Save May Be Your Own)中与耶稣职业相同的木匠谢夫莱特帮寡妇克芮特太太修理房舍,最终却让她的家业彻底破产;《火中的光环》中三个男孩烧毁了柯普太太精心呵护的树林,等等。《乡下好人》中的女博士的处境最具代表性:她最后孤立无援地被弃在废旧的马厩顶楼上,是对她以前高高在上的精神地理的绝妙嘲讽。自然环境的毁减隐喻精神地理的震荡,迫使当事人反思自我的生活认知。

三、顿悟

奥康纳的行文,欧·亨利式的结尾总是最精彩之处。小说的人物经常目瞪口呆地接受突如其来的挫败,精神地理进行痛苦的重构,完成了对生存、自我和灵魂的重新界定和认知。这种顿悟和上帝的恩典、灵魂的救赎紧密相连,甚而相互指代。顿悟的获得,是以世俗之物的丧失为代价的。献给上帝的祭品除了物质财富以外,甚至还包括了同属世俗之物的身体。如《慧血》、《启示》(Revelation)和《树林之景》中目力的模糊或丧失,《乡下好人》、《圣灵的庙宇》(The Temple of the Holy Ghost)和《好运袭来》中的生理缺陷,《好人难寻》《格林立夫》和《审判日》中的死亡,《家的温暖》(The Comforts of Home)和《跛者先入》中的失亲之痛。似乎在奥康纳看来,终极知识应该属于纯精神领域,与物质世界无关。她具体从物理身体、文化身体和情爱身体三个方面展示了"此在"世界的虚空。

物理身体泛指生命肉体及与生活有关的日常所需。它是人类一切行为的策源地,对它的看重似乎无可厚非。奥康纳却敏锐地觉察到了其中的世俗性,《好人难寻》和《帕克的背》(*Parker's Back*)集中反映了物理身体迷恋的反精神色彩。

《好人难寻》是奥康纳最著名的短篇,着重刻画了一个南方淑女式的祖母。她自私任性、举止张扬,沉迷于自己年轻美貌的时代。一次全家出行时,她开始吹嘘记忆中的大户人家,声称里面埋有财宝。结果记错了路,把全家带到一处旧屋。在那里他们遇到了"不合时宜的人",并被枪杀。祖母代表了大多数的南方妇女,优雅、睿智和虔诚是她们为自己构造的光环。实际上,优雅是编造的幻象,睿智是拾人牙慧,虔诚已堕落成虚伪——为了能够活命,她很愿意放弃宗教信仰,转向乞怜、吹捧和说教。祖母的罪愆在于执迷于世俗的身体(美貌、举止、生命等)而忽视了灵魂。在这个意义上,"不合时宜的人"是促使她醒悟的先知。

《帕克的背》情节较简单。O.E.帕克酷爱文身,将其当作精神寄托,却遭到笃信宗教的妻子撒拉·鲁斯的厌恶。为了征服妻子,帕克在后背刺上了耶稣的像。不料被骂作偶像崇拜,打出家门。故事中人名都来自《圣经》,宗教和身体的张力尤为显著。帕克从来不将名字缩写的含义示人,也颇具象征意味,因为"俄巴底亚"和"以利亚"都是希伯来先知,反对偶像崇拜。帕克罪在将身体当成了精神地理的场址,与纯精神的化身撒拉·鲁斯构成了鲜明对比。文中将鲁斯刻画成鄙视世俗之物的人——她做菜时漫不经心,行房时不肯看帕克裸露的身体,对他的文身深恶痛绝,他的物理身体使她难堪,她像是一位诺斯替教徒。

文化身体指身体的文化性,是社会根据物理身体构建的区分话语,包括种族、阶级、性别等因素。在区分性话语场中,相同的身体被赋予了不同的文化含义,有了优劣高下之分。这样的生存认知无疑是世俗性的,《人造黑人》和《启示》便揭露了此类灵魂的黑暗。

《人造黑人》是奥康纳本人最钟爱的故事,也是她少数几篇集中探讨种族问题的小说之一。它主要讲述了祖孙俩进城三次见到黑人的经历。在火车初遇一位黑人男性时,天真无邪的纳尔逊只知道是"一个人","见多识广"的祖父自豪地教导说是"黑人"。在喧嚣复杂的城里,即便是自诩能干的祖父也迷了路。祖孙俩乱闯进黑人居住区,只好向一位女主人问路。这位肥胖如大母神一般的黑人女性唤醒了纳尔逊的婴儿意识和性意识,通过一种肉体的方式向他暗示存在的神秘,喻示了他者乃是自我的一体和来源。最后在返回乡下的途中,他们看见了一尊人造黑人塑像。表情痛苦的塑像体现了全文的中心主旨:种族的区分乃是社会的话语,"黑人"这个概念乃是"人造"的,给他人施以痛苦乃是一种罪过。文化身体只是人类自己创造的话语。

《启示》表达了相同的旨趣,刻画了中产阶级妇女的代表特平太太。她为自己具有好性情、好模样、好品质,是模范的基督徒而沾沾自喜,不时在心里排列人的阶

第六章　第二次世界大战后至 20 世纪 60 年代美国女性小说创作探究

层,认为贫穷的"白人垃圾"和黑人最为低贱。一次她正在高谈阔论,长相很丑的女学生玛丽·格蕾思用书砸破了她的头,骂她是"来自地狱的疣猪"。视力恢复后的特平太太在反省之后看到幻景:升往天堂的队伍由黑人和"白人垃圾"领头,她这样的人则跟在疯子和怪人之后。她获得的神圣"启示"不言而喻。

情爱身体指人的感情生活,特指性欲。从小就排斥男女情爱的奥康纳把个人的价值标准隐晦地融入了作品中,并赋予其宗教的蕴义。此点在她笔下藏得较深,除了《暴力得逞》将鸡奸安排成恶魔的行为外,没有其他明显的描写。在象征层面上,《乡下好人》和《格林立夫》涉及较多。

《乡下好人》为现代文学贡献了一个"目空一切"的女博士形象。乔伊是丧失精神纬度的现代知识分子代表,笃信"虚无"哲学,自以为已看透一切,达到了色相皆空的境界。一个面相朴实的乡下小伙到她家推销圣经,乔伊决定勾引他,让他懂得生活的虚无。他们最后来到马厩的阁楼上,乔伊真正动情时,却发现那个小伙龌龊透顶:他自娘胎里出来就没信过任何事,把淫秽纸牌装在圣经里,专收集女人身体上的怪异部分,抢走了乔伊的木腿假肢。在奥康纳的小说中,脚总是和性爱联系在一起。因而,乔伊经历了一次象征性的强奸。文中诸多细节都与性欲相连。乔伊原名"喜乐"(Joy),却自己改成哈尔甲(Hulga)这个任何语言中最丑恶的名字。从文中的语音联想,我们可以发现这个名字的性暗示:饥渴(Hunger)、粗俗(Vulgar)和女阴(Vulva)。当他们亲热时,对外部自然环境的描写酷似女阴,与"哈尔甲"紧密对应。事实上,自然在文中被同时描写成母亲之体和女人之体,也恰好与乔伊对小伙的性感觉互为参照。乔伊最后的可悲境地是她为情爱身体付出了惨重代价,从这个意义上讲,小伙可以被看成上帝的使者,剥夺了乔伊对世俗欲望的幻想。马厩这个耶稣出世的地方喻示着她的重生,完成从"哈尔甲"到"乔伊"的重新转化。

在《格林立夫》中,毁减情爱身体的上帝使者变成了兽类。雇农格林立夫儿子家的公牛闯进了梅太太家的草地,梅太太表现出异乎寻常的恼火和焦虑,担心它会搞乱奶牛的饲养。她的过激反应实际上源于自身的生活处境:她寡居多年,儿子又不如格林立夫家孩子出色,性欲和替代性欲望的双重缺失/无能使她向外界投射心理需求,将公牛事件变成了一个色情隐喻。她命令格林立夫射杀公牛,最后在草地上,她被公牛"像爱人一般"用角刺穿。文中的性爱意象非常明显,尤其结尾神似宙斯和欧罗巴的情爱神话。梅太太的名字含义模糊,表面是表示圣洁的"玛丽"(Mary),却也意指"五月"(May),正是春意盎然的寻欢季节,草地、格林立夫(Greenleaf)和公牛共同为她构成了一个狂欢的欲望场景。情爱身体的放纵导致了死亡,这是上帝拯救梅太太一类罪人迷失在此世的灵魂的恩典。

奥康纳笔下的人物顿悟内涵不尽相同，却总从属于脱离物质世界的篇章，对物理身体、文化身体和情爱身体的摈弃是其中的主旋律，阐释了"displace"这个主题。奥康纳似乎认为，人类本身的存在就是一个错置，生活的全部意义在于克服物质世界的束缚，完成对自我的正确认知，尽力寻求彼世的灵魂救赎。尽管奥康纳声称自己是正统的天主教徒，她的思想和神秘倾向与诺斯替主义惊人的一致。她的小说世界从本质上说是诺斯替主义的，在这一点上，她与福克纳和纳撒尼尔·韦斯特一脉相承。

诺斯替主义是早期基督教异端。其基本信念是，上帝是一位超越的、属灵的神，远离物质之宇宙。物质世界是一个邪恶的低级神祇（造物主，Demiurge）创造的。人类的本性是与神相同的"灵"（seed），被困陷在物质身体中，人之罪就在于对自己本性的无知。针对此时的内在邪恶，诺斯替主义提出了灵性的救赎观：人必须脱离环境（包括身体），逃离物质存在的束缚，返回灵魂本源。上帝差遣他的衍生，即一位灵性的救赎者，穿越从纯灵到纯物质的障碍，教导人们认识自身的灵性。耶稣不是神道成肉身、死亡和复活之圣子，仅是灵性救赎者"基督"使用的人形工具。神的救赎是通过某一次的突显神迹让教徒顿悟，获得"灵知"（gnosis），即"自我之识"（self knowledge），重新唤醒自身的神性而重返天国。

奥康纳的小说世界是诺斯替主义的文学场。在那里，自然环境不是上帝创造的天堂替代，从堕落的物质世界中拯救我们的是一束神秘未知的光，一次醍醐灌顶的顿悟，一点迥异于市侩精明或哲学虚无的灵知。环境的异化、对环境的摈弃和自我之识的获取等诺斯替主义核心要素成了奥康纳的创作内容。于是南方农村成了一个遭受威胁和暴力的流血的地域。

采取诺斯替主义视角，我们可以理解为何奥康纳醉心于暴力。因为暴力有种奇异的力量，能使人物回归现实，并预备他们接受恩典的时刻，神的救赎即是摈弃物质世界，而只有暴力才能完成对物质的毁灭，真正释放出人性不被遮盖的灵性之光。所以那些耶稣式人物表现得却像个恶魔。神的救赎也意味着自我之识的获取。暴力这种极端的哥特式否定恰恰包含了对人性的肯定探索。

总而言之，奥康纳在作品中表现出对超验的强烈向往，用有别常情的方式表达了对物质生活的拒绝，得出了令大多数人不能接受的结论：人生而痛苦。她是美国文学史上为数不多的纯精神化作家，以独特的风格无可辩驳地占据了自己的一席之地。惜乎天妒才淑，庇佑太薄，1964年8月3日中午12点40分，奥康纳因红斑狼疮引发的肾衰竭逝世于鲍德文县立医院，年方39岁。

第七章 当代英美女性小说创作探究

在当今社会,以女性为主体书写的、内容关于女性、以女性诉求为目的的作品确实已经在全球范围内占据了越来越显著的位置。然而,在女性书写繁荣与活力的表象下,父权叙事的主话语似乎仍在起着作用,其有效性并不弱于从前。不少女性作家对自我与身份的意识仍然在很大程度上受限于男性设定的固定化分类,仍然小心翼翼地探索着那些被男性认为是足够脆弱、足够"女人"的领域。有时,女性们甚至故意表现出一副男性人格,心甘情愿地抛弃那个困难重重的自我发现之旅。

幸运的是,在世界范围内,还是有相当多的女性作家敢于摆脱各种传统的规约,苦苦寻求她们自己的、别种的言说与书写方式。在她们的叙事中,她们或激进地挑战男性设定的有关性、家庭、室内生活的种种规约,或彻底改变男性设置的叙事规范。

在欧洲的文学界,有许多女性作家取得了引人注目的成绩。譬如,在《英国来客》和其他小说中,英国小说家安妮塔·布鲁克纳对于传统的英国妇女对他人近乎病态的依赖行为做出了犀利的批评,号召女性们勇于塑造更加独立的自我。在《只想要一个》和其他短篇小说中,法国作家克莱尔·卡斯蒂蓉几乎是以激进而决绝的方式重塑了我们对于一个母亲或母亲角色应该如何期待和想象,以古怪的方式反映了微妙但却实实在在存在的现代父权主义对女性心理造成的扭曲。在《玛丽亚》和其他作品中,意大利的大师级作家达契亚·玛拉依妮一如既往地保持着她独有的政治观与性别观。她小说中人物的那种毫不妥协的姿态,旁人无出其右。在《黑桃皇后》和其他小说中,俄罗斯作家柳德米拉·乌利茨卡娅成功地改造了俄罗斯传统的现实主义文风,深入了家庭淫威下受害者矛盾心态的深处。在《男人之味》和其他小说中,克罗地亚记者、小说家斯拉芬卡·德拉库利奇着力于意识形态控制与其对人性思维方式、心智的微妙影响,更是大胆地在叙事中探讨性禁忌,反映了东欧人在经历多重创伤之后扭曲的心态。

广袤的美洲大陆同样为具有创新精神的女性作家提供了足够的畅游空间。在《打击》和其他脍炙人口的小说中，美国获奖小说家苏珊·米诺捕捉到了很多意味深长的细节，揭示了典型男性霸权思维中各种细微的自私心理。除了米诺之外，少数族裔作家，譬如阿拉伯裔美国作家阿丽亚·尤尼斯和华裔美国作家李翊云，也都通过她们各自杰出的创作，成功地让主流社会听到她们独特的声音，为美国文学的多样化做出了贡献。在《我一直打算告诉你的一些事》和其他故事中，加拿大短篇小说女王艾丽丝·门罗挖掘到了人类很多冲动激变中凸显的人性本质，尤其是作为控制他人手段的偷窥癖。在《星光时刻》和其他小说中，颇具传奇性的巴西作家克拉丽斯·利斯佩克托将小说与哲学微妙地融合在一起，并且让叙述者与人物展开具有创造性的互动，这些都在很大程度上震撼、感动，启发了全世界的读者。从不止一种意义上来讲，她都算得上是女性书写的代表了。在《处女的激情》和其他故事中，智利的作家、翻译家露西亚·格拉展现了自己独特的才华，从普通生活和普通人身上发掘出神奇的一面，形象地展示出人性深处那些最真实、最原始的感情。

鉴于当代英美女性小说内容浩如烟海，笔者在本章只简要地分析几位女性作家的小说创作，希望能为当代英美女性小说的创作研究贡献一份薄力，也希望能为读者了解当代英美女性小说的创作提供一个极小的缩略图，从中管窥更丰富的文学世界的博大和奥妙。

第一节　劝导与反劝导

迄今为止，资深的英国作家安妮塔·布鲁克纳（1928—　）已经出版了二十四部小说，不论是在数量还是质量上都一如既往地保持着她不容小觑的水准。她的小说深入、专注地探讨了中产阶级男女（尤其是女性）边缘化的心理体验，以及她（他）们与周围世界、自我的矛盾性关系。有趣的是，虽然这些作品在主题上有相当程度的一致性，却并不显重复，几乎在每本新作中，都有喜人的创新与突破。尤其是她的第七部小说《英国来客》，显得尤为"异质"。

这一"异质"在很大程度上来自布鲁克纳对主人公即叙事者的选择。虽然她小说中并不乏人物形象身兼主人公与叙事者双重身份的情形，但是本书中的单身女性蕾切尔·肯尼迪仍然超出了大多数读者的意料。她在小说中并不是任何浪漫故事的主角,而是一个"观察者""评论者"。表面上看,她似乎在情爱问题上有着超然的客观和淡漠,颇有简·奥斯丁《劝导》里拉塞尔夫人、亨利·詹姆斯《使节》中同名形象的遗风。她主要关注的对象不是自身,而是他人——利文斯通家的女儿希瑟。因为全书基本上是第一人称叙事,所以她的视角不论"可靠"与否,都占据了很大的优势。然而,这样看似老成、世故、权威的"劝导者"不仅最后在"劝导"一事上惨遭滑铁卢,甚至被"反劝导"了一把。当希瑟不温不火地讽刺蕾切尔之所以在情爱上失败、之所以试图劝说自己追求各种新鲜爱情,其原因就在于她自己的"无能"。这时,她一直精心构筑的单身世界的合理性、合法性便被残酷地解构开来。可以说,布鲁克纳从来没有在其他文本中让自己的女主人公面对他人,尤其是"学徒"如此深切、如此严肃的批评。

希瑟在结尾处的"反劝导"虽然让读者、蕾切尔都颇为错愕,不过却具有某种必然性、可预见性。首先,三十二岁的蕾切尔之所以被委以重任,看护一个仅仅比自己小几岁的小妹希瑟,在某种程度上便与她对希瑟父母某种"病态"的依附感有关。在父母去世后,她像是"孤儿"一般,失去了存在感。因此,她希望曾经为自己父亲做过会计的奥斯卡·利文斯通先生能够继续成为自己的朋友,并且希望自己可以成为这样一个成功不过也忧郁的家庭的一个有德行的成员。事实上,利文斯通一家甚至被蕾切尔近乎神化了,成了这个不断变化世界中固定的参照点、遵守着其他人都已经打破了的秩序。

从表面上来看,蕾切尔的这个愿望似乎确实实现了——利文斯通先生与太太多利·利文斯通似乎非常接受、欣赏自己,经常邀请她来自己的家,希望他们彼此之间经常保持联系。正是在这样看似"友好"的背景下,他们将自己的女儿希瑟"托付"给她,让她多给她提建议、出主意。

对于蕾切尔来说,希瑟并不是一个特别好"管教"或者规劝的女生,性格、价值观与自己可以说是迥异。不过,对自己价值观、单身观的自信(这在布鲁克纳的小说中非常特别),再加上希望维系友谊而需要付出的必要的责任感,还是让她接下了这个近乎不可能完成的任务。于是,她坚定地赋予了自己"猎场看守人"的角色。

这一角色虽然不像《钢琴教师》里埃里卡母亲那般变态、扭曲,但是其超人的执着与坚定仍然令人侧目。譬如,当她第一次见到希瑟的未婚夫迈克尔·桑德伯格的时候,就有种不祥的感觉,几乎是立即就对他产生了怀疑:这种明显具有不凡魅力的人一定是个骗子。这种判断其实后来被证明是正确的——迈克尔确实不是个一般意义上的男人。他与希瑟婚礼上的着装便显得非常另类,不仅新娘一身白色,新郎也是故意穿上了一身类似的白色,很有"雌雄同体"的奇怪暗示。到了后来,蕾切尔更是偶然但也是决定性地发现他在酒吧里涂脂抹粉、妖艳鬼魅的样子。

问题的关键不在于信息的准确与否,而在于信息的发出者对于信息的接收者到底有没有意义。换句话说,蕾切尔如此挖空心思、疯狂地想去讨好、关心利文斯通一家人,不仅让希瑟感觉"多管闲事",也没有对利文斯通先生和太太产生任何作用——他们根本就没有把蕾切尔的话放在心上。正如利文斯通(Livingstone)这个姓所暗示的那样,他们这家人从本质上来讲是排他的,他们的消极欲望如同坚石,蕾切尔对于他们来讲只是"英国来客"而已,根本不可能真正地同她亲密起来。事实上,不管希瑟如何一次次地让利文斯通夫妇失望,他们的心都永远只是向着自己的女儿。面对蕾切尔这个即使再好也是个外人的人,他们难以真正彻底地敞开心扉(不管他们怎么宣称如何需要她)。

事实上,早在希瑟与迈克尔举行婚礼之时,蕾切尔就已经隐隐感知到自己在利文斯通一家人心中并不算高的地位。当希瑟与迈克尔离婚,很快与新男友马可去了威尼斯时,蕾切尔不得不"代理"女儿的责任。然而,她再次深切地感受到自己作为替身的地位。

希瑟的短暂回归给了蕾切尔再次"发声"的可能,她感受到希瑟在情感上近乎"流放"般的未来,希望再次感化她,试图说服她不要随便见到一个人便以身相许,要有必要的克制与谨慎。她甚至出人意料地"现身说法",讲起了自己曾经的一次失败恋情,希望借以警戒她。

事实上,这时的她已经在逐渐失去自己一直以来试图建构的"说教"的权威视角,她试图论证的"理性说"本来只适用于他人,现在终于适用到了自己的身上。这些说教果然没有奏效,希瑟远未被说服,她甚至被希瑟反唇相讥。

然而,在多利·利文斯通死前,心中记挂的仍然是那个已经抛下自己、去威尼斯与新男友私奔、不争气的女儿。这使得蕾切尔决定要继续把自己附属的角色扮演到底,出发去威尼斯,把希瑟带回来。

这样,蕾切尔又一次自愿踏上了注定要惨败的"劝导"之旅。当她终于在那里见到希瑟的时候,连希瑟的家门都不得而入,甚至当蕾切尔说她只需要跟马克称呼自己是个"英国来客"时,都未能奏效。面对蕾切尔,希瑟能想到的,只是给她一个包裹,让她拿回英国。而且,她还近乎嘲笑地讽刺蕾切尔总会为她们家做任何事,这也是她最好的地方。言下之意,蕾切尔为了讨得别人的欢心,但行为举止未免有些过于卑贱。蕾切尔之所以依附希瑟的父母,就是因为她缺乏耐心和信心去为自己创造一种生活,总要依赖其他人的生活。不仅如此,她还让蕾切尔意识到自己选择独身的可怜、可悲,甚至只是个惹人同情的可怜角色。相比之下,不管希瑟的选择正确与否,却是自成一格,要求自己的生活。原来,真正陷入危险的不是希瑟,而是蕾切尔自己。她彻底感到了羞愧,还有令人震惊的真相。

值得注意的是,为了更加深刻地阐释这个"劝导"与"反劝导"的主题,布鲁克纳还创造性地运用了"水"的隐喻,并且贯穿始终。从一开始,蕾切尔便对水有一种莫名的恐惧。对于她而言,流动的水代表的是变化、不稳定。当然,水其实也是生命、活力的象征。因此,对于水,蕾切尔的态度是模糊、矛盾的。

希瑟和迈克尔结婚之后,选择去威尼斯度蜜月,这本身便暗示着他们即将投入到一种变化的生活之中。有趣的是,同事罗宾也在这时邀请蕾切尔去游泳,希望她克服对水的恐惧。在某种程度上,这不仅为蕾切尔后来的威尼斯之行做了一个很好的铺垫,更让她进入了一种极度内省的状态。她开始把水与自己的思想对等在了一起。不仅如此,她还经常做一些有关自己溺水的噩梦。这些暗示都在告诫她,千万不要卷入到复杂的情感(不仅包括情爱,更包括任何亲密关系)生活之中。

然而,她没有意识到的是,从她一开始介入利文斯通一家的生活时,便已经陷入了这种水一般的生活之中。她已经无法生活在生活的表面。当她最终去威尼斯试图唤回希瑟,被她羞辱之后,便感觉到了这座水城处处的象征性含义。

在某种意义上来讲,即使是让人羞辱的知识,对于人的成长仍然是重要的。当蕾切尔在水城得到洗礼后,除了伤感和绝望,也获得了重要的自知,还有面对自己失败的力量。

第二节　建立无法联系的联系

作为一个日渐崛起的声音,美国阿拉伯裔女作家阿丽亚·尤尼斯一直都以她颇具想象力、感人至深又非常有趣的文学作品鼓舞、启发或者感动着我们。她的短篇小说《黎巴嫩—底特律快车》就是一个充分展现她独特叙事艺术的好例子。

首先让读者颇为震惊的便是它的"短"。在不到四页的篇幅内,这个故事却包含了大量的信息,有关美国、黎巴嫩,还有那些过着并不牢靠,但却也让他们受益良多的"双重生活"的阿拉伯裔美国人。很多人、很多风格、很多故事都在以迅疾但却并不容易让人忘记的方式发生着。

有趣的是,发生的桩桩件件并不显得随意或松散。在小说中,我们可以清楚地发现,一个无声,但却充当焦点的视角——那个叫易卜拉欣的老阿拉伯裔美国人——使这一切变为一个整体。确实,在整个小说的叙事过程之中,这位老者基本上都是处于无声的地位。然而,他却从来没有停止"看"或者说观察的行为。这就是他试图"掌控"自己生活的方式,这就是他试图理解周围世界的方式。以微妙但仍然可以被感知的方式,"看"(有时甚至接近于偷窥)确实赋予了他某种权威,让读者注意到他不可置疑的存在。为了更清楚地展现他的存在,作者甚至把场景基本上局限在易卜拉欣乘坐的公交车上。毕竟,在公交车上,观察、看、思考都变成了高度有意义的行为。

沉静的易卜拉欣所做的第一个观察与美国有关。在他看来,这个"全新"的世界充满了太多的复杂性和矛盾性。一方面,这个国家似乎被各种各样的规则、命令、规定规约着,一切都强调着"准确性""不变性"。在整个叙事过程中,像"总是""必定"这样的词俯拾即是,随处可见。甚至那些生活在这里的人身上也有了"准确"的标记,不论是公交车司机、他自己,还是他女儿。然而,另一方面,这个国家同样也充斥着各种不守规矩、拒绝准确的生活方式。譬如,易卜拉欣在公交车上遇到的性感女郎就大胆地露出刺有文身的肚脐。对于易卜拉欣来说,这种全新的、实验性的、打破成规的行为,这种"身体书写"确实令人很不安。除此之外,成长在这片土地上的儿子也和很多叛逆青年一样,养成了吸毒的坏习惯。美国的两面性让他陷入了极度的混乱之中。

易卜拉欣的第二个观察与第一个紧密相关,那就是,他开始感觉或者幻想:黎巴嫩——他的"故国"或许可以成为矫正美国混乱一面的对抗性力量。他情不自禁地开始怀念自己在"彼处"的过去。毕竟,那里代表着与"此处"迥然不同的一切。在"彼处",他还是个被妈妈疼爱的孩子;"彼处"有山,有无花果,有果酱,还有自己的母亲;他的根,他的族裔身份,他的家庭身份,他的归属感,他"曾经"的一切都被静静地、永恒地埋在了那里。这就是为什么他会感叹今天已经离他的童年很远很远了。

他做的第三个,也是最重要的观察颇为复杂,那就是,他发现自己急切地要去"连接"那基本上"不可能连接"的过去和现在、旧与新,希望把它们连成一个可理解的整体。这已经在小说的标题"黎巴嫩—底特律快车"中有所暗示。是否真的有这么一辆快车,当然不是问题所在。真正重要的是能指背后的"所指":那种希望把两个基本上无法调和的东西"直接"联系起来的欲望,不管这欲望有多么不现实。

在33号公交车上,易卜拉欣开始了狂"看"之旅,看的对象包括各行各业的人。经过第六大道与华盛顿街道时,他总是能窥视到那个老在家里看黄片的美国肥男。肥男的这一行为唤起了他压抑已久的、对他在黎巴嫩时一个"村里的女孩"的性幻想;住在另外一个房子里的、用过氧化氢漂白过头发的金发女郎,则让他想起了他生命中两个重要的但是已经失去了(很大程度上是因为他自己的问题)的存在。这个女郎的年龄让他想到了自己已经被关到戒毒所的儿子,而她的模样则让他想到了自己的前妻;在他头上飞的飞机让他想起了自己的女儿和其他孩子,她们很可能就在飞机上;甚至过马路的小女孩也让他联想到了自己的外孙女。一句话,他偶遇的任何一个陌生人都变成了重要的存在。

狂"看"指向的东西很简单,但也很让人不安。身边毫无亲人,健康与青春也在逝去,留下来的也就只有幻想和想象。他需要看,需要思考,需要想象,只有这样才能够让自己的孤寂生活坚持下去。

唯一一个不是想象出来的人就是他的第二任妻子阿玛娜。当车流在沃伦和谢弗处慢下来的时候,他确实亲眼看到了她。然而,让我们惊讶的是,连这个仅存的浪漫情节也被打破了。确实,人现在其实在各过各的日子,在有任何需要的时候只有自己可以依靠。这里的"拐棍"具有高度的象征意义。原来,到了生命的结束,每个人可以凭依的,也只有自己的拐棍。

在小说的最后,我们终于知道了公交车之旅的终点:机场。从阿姆斯特丹飞来的KLM 247 航班会降落在这里。易卜拉欣现在已经不能也不愿意再去海外旅行了。他来机场的目的其实是"看"他那些从黎巴嫩、约旦一路来到这里的阿拉伯同胞营造的感人场景。这些场景,不管是哭泣还是拥抱,都能让他把过去与现在、"彼地"与"此地"连接在一起。在这一时刻,他"真的"可以看到、闻到、感受到自己不争的存在和过去的自我。

无情的结尾再一次把这个自我意淫的梦彻底打破。当易卜拉欣想拉车绳下站时,他的听力暂时性地出了问题。他对黎巴嫩四季的理解也大有问题。易卜拉欣在下车前,与司机寒暄了几句,但是他发现,司机的多元文化(融合)论根本就毫无用处;而易卜拉欣不知道、我们却清楚的是,他本人的多元文化(融合)论也同样不可行。在无法调和的两方找到联系固然勇敢、感人,但是更多时候却会最终失败。

这就是一个背井离乡的阿拉伯美国人的命运。这也是有关流放与无根本身的一个宿命论式的隐喻。

第三节　对男性单向思维快照式的揭示

在当今美国的女性作家中,颇受批评家青睐的作家苏珊·米诺(1956—)占据了一个非常独特的位置,因为她能够观察到人类欲望和失落中最细微、最隐秘的细节,并且以看似简单的文笔加以讲述。

在《打击》中,米诺成功地向我们展示了一个失去爱情的男人在一个女性朋友(非女友)家里自发性的反应和行为举止,以微妙的方式揭示了他思维方式上的严重问题,还有他的欲望被挫败的真正原因。

从一开始,比尔就给读者一种粗鲁、自私的印象。他给他的女性朋友、叙事者"我"打电话的时间经常是中午,一个并不太适合打电话的时间。他似乎根本不考虑别人可能会有休息的需要。而当他知道朋友在家时,便忙不迭地飞奔到那里。当他的朋友终于打开门时,他的反应非常奇怪,甚至往回跳了一下,是惊跳,有点像是要用提包保护自己似的。所有这些姿态都让她有些无语。

接下来的情景更加滑稽。比尔在走进朋友的公寓时,竟然伸长了脖子,看看是不是有人藏在门铰链旁边。这种鬼鬼祟祟、神神秘秘的行为有点偷窥的意味,一点都不符合作为客人应该遵守的礼貌。很明显,朋友对他的这种古怪行为已经司空见惯,见怪不怪了。

当他们终于交谈时,比尔便直截了当地告诉了朋友自己今天的来意:自己与女朋友海伦分手了。他感觉自己被这个巨大的打击折磨得不行,连觉都睡不着,因此,他需要找个地儿。这个地儿当然就是叙事者的公寓了。当他提出这个请求时,他简直就像是个通缉犯。尽管这只是个请求,比尔却并没把它当成是请求。他看起来已经想当然地认为,自己来就是为了征服一切的。在他的朋友还没说话之前,他就递给她一个塑料购物袋,里面装了几个礼物,目的当然是希望能留下来住。在这些东西里面有一本是法文书,因为他想当然地认为他的朋友是读法文的。事实上,她根本不是。这无异于表明,尽管比尔看起来很有心,其实根本没有真正关心别人的兴趣,更别说正确地记下它们了。

在展示完自己的礼物之后,比尔便开始提出一个又一个的要求。首先,他要吃那些冰箱里没有的食物,接着又要给别人打电话。在打完电话之后,比尔要求保证他的隐私权,绝不能把他的行踪告诉给任何人。他甚至让叙事者告诉海伦(如果她真的问的话)她这里有个情人,不方便见客。

在比尔住下来的这段时间,这位女性朋友意味深长地笑了好几次。所有这些笑的表情——不管它们是微笑、露齿而笑,还是面露喜色地笑,都是对比尔举止行为的一个无声但却明白有力的评论。面对比尔的愚顽可笑,朋友只能包容再包容。当然,不能超过她的底线。现在,比尔的女朋友为何弃他而去,已经变得再清楚不过了。

有趣的是,在两人交谈的时候,比尔竟然对某天晚上陪叙事者"我"一起的朋友大肆点评。在他看来,"我"的这个电影摄影技师朋友粗鲁、古怪。其实,把这个评论安在他自己身上是最合适的,因为他才是那个粗鲁、古怪的家伙。米诺在这里运用的微妙反讽确实达到了预期效果。

当两人一起去博物馆时,让人忍无可忍的事情终于发生了。比尔偏爱伊斯兰艺术,而他的朋友对此却一无所知。然而,比尔似乎兴趣丝毫未减,仍然迫不及待地给她讲这讲那的,尤其是关于狂欢宴会。他的讲授毫无趣味,非常考验人的耐心。尽管他这些狂乱而又脆弱的情感,他讲东西时那种乏味的方式早已经让"我"有点烦了,他还是不依不饶,没完没了,又开始说起了电影摄影技师的坏话。她情不自禁地回想起了他们俩过去差一点就在一起的日子。他曾经是那么稳重,然而,让她有些伤感的是,他现在完全变了一个人。

这篇短篇小说只是抓取了两个朋友生活中几个看似普通的事件,很多都是通过对话完成。然而,通过这位女性朋友敏锐的观察和适宜的脸部表情,一个自私、滑稽、经常有些粗鲁的男性漫画像就清楚地展现在了读者面前。从某种意义上来讲,这确实是对当代男性心态的一个很好反映,也说明单向度的男性沙文主义对于当今社会仍然残存的影响。

第四节 父权话语的始终在场

珍妮特·温特森(Jeanette Winterson,1959—)被公认为20世纪末英国最优秀的年轻作家之一,在国外备受研究学者的青睐,已有大量关于她的研究论文及专著。在国内,温特森也引起了学界内外越来越多的关注。近年来对她的关注持续升温。她的成名之作——《橘子不是唯一的水果》(*Oranges Are Not the Only Fruit*)是一部半自传体小说,出版至今已将近30年,她曾因这部小说获得英国主要的图书奖——惠特布莱德奖(Whitbread Prize)。不仅如此,这部小说还被收录进国外中学课程大纲,这无疑是对其文学价值的充分肯定。但是这样一部让作者声名鹊起、好评如潮的优秀小说却没能引起国内研究者的重视,这实在是一种遗憾。

小说讲述的是珍妮特从小就被信奉宗教的夫妇收养,他们想把她培养成一名传教士,而珍妮特的同性恋取向使他们的愿望破灭了,珍妮特也因此被赶出了家门。在小说中作者将圣经故事、神话传说、语言与珍妮特的现实生活浑然交织在一起,构成了一个变幻莫测、虚实交替的世界。尽管是零碎的并分散在珍妮特的叙事中,通过以不同的方式重复再现的主题,这些辅助性的文本之间主题上是相互交织的,与主要叙事的特定情节是紧密联系的。[①] 温特森曾说过自己是伍尔夫的真正继承人,可见伍尔夫对她的影响非同一般。伍尔夫是女性主义的先驱,那么对小说的女性主义主题的研究将是把握温特森艺术思想的关键。因此本节将分析神话故事和珍妮特的现实生活,来诠析男权社会通过对女性主体意识的剥夺、女性话语的消音和女性历史的抹杀,以达到排斥她史(her-story)的目的。通过论证,笔者控诉了他史(his-story)的确立是以牺牲她史为代价的。虽然在小说中,除了两位男性牧师、神话中的巫师、帕尔齐法尔爵士(Sir Perceval),以及偶有提及的珍妮特的父亲外,对于其他男性的描写仅寥寥几笔,但是男权话语却一直在场,或隐性或显性,操控着全局。

一、对公主主体意识的剥夺

在作者讲述神话故事之前,珍妮特正在聆听牧师所作的关于"完美"的布道,而这篇布道揭示了男权话语的始终在场,同时揭露了男权话语企图剥夺女性意识。"完美是人们所渴望的。它是神性的状态,它是人类堕落之前的状态,它只能在下一个世界才能真正实现,但是我们能感觉到它,一种令人发狂的、不可能的感觉,它既是祝福也是诅咒。"[②]牧师的布道是要人们相信"完美"是人类无法企及的理想境界,它只属于神、属于上帝。世人是俗人,是有罪的,是不完美的,因此我们要遵从神的教导,听从上帝的旨意,服从宗教的统治,以此来实现麻痹人们思想的目的。从表面上看,这些似乎是对世人的说教,但是通过辅助性的文本——神话故事,我们可窥见这实质是针对女性而言的。而"它是人类堕落之前的状态"这句话也更

---

① Susana Onega, *Jeanette Winterson*. Manchester: Manchester University Press, 2006: 31.
② Jeanette Winterson, *Oranges Are Not the Only Fruit*. London: Wintage, 2001: 58.

深刻地暴露了男性对女性拥有智慧的恐惧与否定。夏娃因为偷吃了智慧树上的果实,使她拥有了智慧,拥有了意识。而正是智慧和意识成了她被驱逐出伊甸园的原因,正是智慧和意识使她变得"堕落",正是智慧和意识使她变得不再完美。而她是否真的不完美呢?那么对于男权社会而言,什么是"完美"呢?温特森用一个神话故事的寓意告诉了我们答案。

"我想要一个妻子,外表和内心都没有缺陷,任何方面都是完美无瑕的。我想要一个完美的女人。"①但是当他找到美丽的公主并请求公主嫁给他时,公主拒绝了。公主告诉他,她所追求的完美其实是和谐与平衡,并用天文学和哲学的知识告诉他道理,充分地显示出公主过人的智慧。公主的智慧征服了他。他想向因与他在"完美"定义上意见不合而被他砍头的母鹅道歉。但是当他的大臣告诉他这将使他的王国陷于存亡攸关的境地时,他犹豫了。他为什么会犹豫呢?答案是显而易见的。因为"完美"是王子给出的定义,他代表的是权威、是父权话语。他的屈服在肯定女性意识优越性的同时将危及权威的力量和男权社会的话语霸权。大臣出谋献策使他试图挽回颜面,让别人相信他说的不无道理。王子与公主展开了一场激烈的论辩,这不是简单的两个人的辩论,实质是争夺地位的辩论。在公主的智慧面前,王子显得无力、空洞。在公主的义正词严面前,王子失去控制的颤抖,在公主的毫不妥协之下,王子的脸变得惨白,最后甚至晕厥了。当王子争辩不过公主时,王子用他的权势将公主的头砍下。他无法说服公主接受他关于"完美"的想法,因为公主显得智慧过人。也正是因为公主过人的智慧使得他的王国面临威胁,所以他唯一的办法是将她的头砍下,让她失去意识。因为女性拥有了智慧对男权社会来说将是最大的威胁。斩首是对独立和好奇的女人的惩罚,没有了头,她们是最完美的父权社会欲望的对象化。②这更加讽刺了男权社会所谓的完美——没有智慧、没有意识的女性才是最完美的。

二、对温妮特女性话语的消音

男权社会在剥夺女性意识的同时也试图将女性话语消音了。"我所想要的是你成为我的徒弟……我知道你有天赋,你可以把信息带到其他地方……"③从巫师

---

① Jeanette Winterson, *Oranges Are Not the Only Fruit*. London: Wintage,2001:59.
② Monica Calvo Pascua,"A Femine Subject in Postmodernist Chaos:Janette Winterson's political Manifesto' in *Oranges Are Not the Only Fruit*". in Pevista Alicartina de Estudios Ingleses 13,2000:33.
③ Jeanette Winterson, *Oranges Are Not the Only Fruit*. London: Wintage,2001:139.

的话中,我们可以窥见女性在父权社会中处于从属地位。女性接受男权社会话语,并充当他们的传播工具。更令人感到悲哀的是,女性在这个过程中渐渐没有了自己的声音。当温妮特(Winnet)刚到城堡时,发生的事情让她匪夷所思。当她继续待下去后,她渐渐失忆了,她忘了她是怎样来到这儿,或者她以前做什么。她相信她一直住在城堡里,她是巫师的女儿。这意味着温妮特自己语言的缺失。而话语、权利和知识是紧密联系、相辅相成的。福柯认为,话语是权利的关键。话语的缺失意味着温妮特在权力网的运作下处于绝对的劣势。巫师教授温妮特巫术,她的知识被他的知识取而代之,她的话语消失了,他史成为她史。当温妮特爱上了一个男人,她却被驱逐和孤立了,因为她的从属地位不允许她的独立和自主。"命名意味着权利。亚当给动物起名字,他一呼唤动物就来到他身边。"[1]巫师通过游戏知道了温妮特的名字,他因此拥有掌控她的权利,温妮特犹如他的战利品一般。而她的独立和自主对他的掌控大权将会是极大的威胁。"在父权话语的语言中,女性被定义为容器。"[2]容器是用来装载物品的,但是人的大脑并不能像容器一样仅仅是被动地接受一切。当温妮特尝试让别人听到她的话语时,她被永远地消音了——她被驱逐出她所生活的世界。

　　温妮特离开了城堡,回到了现实世界中,却不得不把自己所学的知识隐藏起来,温妮特从未谈及她的能力,从未使用它们。现实的生活与城堡中的生活是格格不入的。可是温妮特并不是一个安于现状的平庸之辈,她想和人们聊天,她想谈谈关于世界的本质。然而同时她知道在她过去的世界里,有很多东西是不可理喻的。如果她谈起它,不管是好的还是坏的,他们都会认为她是疯狂的,那么她将失去所有的朋友。她不得不假装她和他们是一样的。在这个陌生的世界里,由于害怕孤立无援,她无可奈何地选择再一次消音。作为珍妮特的第二自我,温妮特经历了两次消音,她的真实声音被完全压制了。但是人如果连最基本的自由说话的能力都被剥夺了,那么生存的状态就无法令人满足。当她听到有一个美丽的城市,在那儿居民不用耕耘和长时间的辛勤劳作,他们思考世界。她认为,在那儿她和他们有共同的语言,在那儿,真理是最重要的,没有人会背叛她,她可以自由地言说她的想法,她可以自如地运用她的知识,她可以拥有掌握自己命运的权利。她想方设法去寻找,但是这个世界终归是虚幻的,而她却将她的希望寄托于虚无缥缈的世界中。作者通过她最终的寄托毫不留情地痛斥了父权社会对女性的压迫无处不在。

---

[1] Jeanette Winterson, *Oranges Are Not the Only Fruit*. London: Wintage, 2001:138.
[2] Anne Delong, "The Cat's Cradle: Multiple Discursive Threads in Jeanette Winterson's Oranges Are Not the Only Fruit". *Literature Interpretation Theory*, Vol. 17, 2006:273.

三、对珍妮特同性恋史的抹杀

在辅助文本中弥漫着男权话语的气味,在主要叙事中亦是如此。男权社会在排斥女性主体的同时,也试图抹杀她们的历史。当珍妮特与梅勒妮的恋爱关系被公之于众的时候,这种"大逆不道"的"不正常的激情"受到了教堂会众和周围人的非议。其中当属她的母亲——怀特夫人和牧师的反应最为典型。母亲和怀特夫人同为女性,但是她们却是父权社会的"看门人",她们不遗余力地维护父权社会的秩序。在珍妮特的同性恋关系被她的母亲揭发后,珍妮特被关在房间里头,母亲的"大义灭亲"也让她深刻地体会到被背叛的切肤之痛。在第二次与另一名女子的关系被发现后,珍妮特拒绝忏悔,她母亲的反应是:"你不得不离开了,我不能让魔鬼们住在这儿。"①当珍妮特说她无处可去时,她母亲恶狠狠地将她推了出去。从母亲冷冰冰甚至仇视的态度中可见她对珍妮特厌恶至极。在怀特夫人的眼里,珍妮特的不符合传统社会道德规范的性取向使她成为一个道德和地位低人一等的人。当珍妮特问及埃尔西的葬礼举行时间时,她的回答是:"你不能来,这是为神圣的人举行的。"②当她知道她在葬礼上吃的菜肴是珍妮特负责的时候,她的反应极其夸张,"啊,她是魔鬼……"她哀号道,抓住了牧师的手臂。③ 牧师的手臂在这一时刻仿佛救命的稻草一般让她抵制住魔鬼的引诱。圣诞节前夕的那顿晚餐更加入木三分地刻画了怀特夫人对珍妮特的惧怕和抵制情绪。一个是她最亲的母亲,一个是同样身为女性的怀特夫人,但是她们对珍妮特没有丝毫的怜悯和疼爱,反而从男权社会的立场出发压制她、排斥她。

在牧师第一次得知此事后,他认为是魔鬼将她引入歧途,强迫珍妮特忏悔,甚至让她的母亲关了她三天,不给她食物。他认为同性恋是绝对不允许的,而且一个女人爱上另一个女人更是令他不能忍受的。在他看来这是对上帝的亵渎,对权威的挑战,因为他们崇奉上帝,始终信仰女人是用男人的肋骨造成的。当第二次得知珍妮特又与其他女人发生同性恋关系后,他出现在珍妮特的家中,他告诉珍妮特说珍妮特是大邪恶的受害者。当牧师在埃尔西的葬礼上用餐,发现葬礼上的菜肴都是珍妮特负责时,他觉得这简直是个笑话,太让人羞耻。这些都明确说明了同性恋在牧师的眼中如撒旦一般,是罪大恶极的魔鬼,是上帝的敌人,是社会的敌人,更是

---

① Jeanette Winterson, *Oranges Are Not the Only Fruit*. London: Vintage, 2001: 134.
② Jeanette Winterson, *Oranges Are Not the Only Fruit*. London: Vintage, 2001: 148.
③ Jeanette Winterson, *Oranges Are Not the Only Fruit*. London: Vintage, 2001: 153.

牧师的敌人。对他们来说,珍妮特在葬礼上的出现似乎是公然的挑衅。而他们对珍妮特公开的排斥让她无容身之地,不得不逃离她生活的城镇。许久之后重新回来的珍妮特却感慨道自己不仅被排斥,而且连曾经的历史也被抹杀了。"她经历了驱魔和隔离。因为她偏离了正轨,她被剥夺了权利,所以她的故事也是。因此她的故事将不会被主流文化记录下来。历史不会承认她爱上一个女孩的经历是事实。"①男权社会借梅勒妮这个牺牲品来传达他的意图,使得梅勒妮这个角色的命运更具悲剧性。这也让读者更清醒地认识到历史排斥异质体,不会承认这种边缘体是历史,因为历史是胜利者所写的。在男权社会中,胜利的永远是男人,不会是女人,更不可能是处于边缘地带的女同性恋者。

  History 其实是"his story"的结合体,顾名思义是讲述关于他的故事。他的故事在男权社会中,是公认的权威的历史,而"her story"却永远只能作为故事出现。"在故事和历史之间,前者被认为是主观的和不连贯的,后者被认为是客观的和连贯的。"②温特森在"Deuteronomy"一节中富含哲理、意味深长地说道:"人们喜欢将不是事实的故事和作为事实的历史区分开来。他们这样做因为他们知道该相信什么不该相信什么。这非常奇怪。为何没有人会相信鲸鱼吞下约拿,当约拿每天吞下鲸鱼?……因为这是历史。知道该相信什么有它的优势。它建立了一个帝国,使人们待在他们所属的地方,在皮夹明亮的地方……"③父权社会建立了一个帝国,生活于其中的人各司其职,维护父权社会的统治。他在创造历史的同时将不利于主流话语的故事抛弃了,留下的是被肢解后衔接起来的故事。这七拼八凑的故事成为历史,成为主流话语。像美丽的公主、温妮特和珍妮特这些女性却没有丝毫的话语权可言。除此之外还有朱丝伯里小姐(Miss Jewsbury)和开纸店的老板等等,她们始终受到排斥。小说中关于母亲的描写有大量的篇幅,但母亲的强势反而使人们感到男权话语始终在场。她是男权社会的同谋,是男权社会的"看门人",是男权社会的维护者。尽管作者很少直接描述男权社会的强权政治,但是它没有缺席,始终贯穿于小说的每个部分。"社会群体通过话语建构了文化系统和机制,在这些文化系统和机制中,各个社会群体对话语的掌握是不平等的,有些社会群体通过手中的权力防止其他社会群体控制话语,从而控制社会的主要的文化系统和

---

 ① Mien Ozyurt Kilic, *Demythologizing History: Jeanette Winterson's Fictions and Histories*. Turkey: Bilkent University,2004: 128.
 ② Merja Makinen, *The Novels of Jeanette Winterson*. New York: Palgrave Macmillan,2005:37.
 ③ Jeanette Winterson, *Oranges Are Not the Only Fruit*. London: Wintage,2001:91-92.

第七章 当代英美女性小说创作探究

机制。对此,许多弱势群体心照不宣。"①父权话语通过对女性意识的剥夺、对女性话语的消音以及对女性历史的抹杀、扼杀初见端倪的威胁,以达到排斥和压抑女性历史的目的,维护其主导和统治地位。温特森在试图向读者揭露主题的同时也在寻求一种方式解构男权社会的历史,将被束缚的她史释放出来。因为"她史"不是"他史"的陪衬,她史应该有自己的话语和空间。

第五节 超越双重樊篱

1993年10月7日,瑞典文学院宣布将当年的诺贝尔文学奖授予一位非裔女作家,时年62岁的托妮·莫里森(1931—),这是诺贝尔文学奖近百年来首次授予美国黑人女作家。颁奖词赞美莫里森打破了女性和黑人两重桎梏,"以其富有想象力和诗意的小说生动地再现了美国现实的一个极为重要的方面"②。当莫里森得知自己获奖时,她说:"作为一个美国人获奖是个殊荣,作为一个美国黑人获奖更是难得,我认为最有意义的是,这项奖金终于被授予了一位非裔美国人。"③艾丽丝·沃克认为:"没有人比托妮·莫里森写得更美,她始终不懈地探索非洲美国人的复杂性、恐惧感和生活中的爱……她是配得上这一荣誉的作家。"④诺贝尔文学奖的桂冠标志着黑人女性文学已成为美国主流文学不可或缺的一部分。莫里森作品彰显了她的种族身份和性别特征,在借助种族与性别身份的同时又超越了它们,在两性和谐和文化融合的理想中促成黑人文化由边缘向主流位移,是"20世纪美国黑人文学史上继赖特、埃利森之后的又一座高峰"⑤。除了思想的深刻性之外,对魔幻现实主义、神话、象征主义、古典主义、哥特风格等文学体裁的运用也表现了莫里森高超的创作技巧,使她成为黑人文学的领军人物。⑥

托妮·莫里森原名科洛·安东妮·沃福德(Chole Anthony Wofford),1931年2月18日出生于俄亥俄州克利夫兰附近的钢铁工业小城罗伦。莫里森称自己始终

---

① 柏棣.西方女性主义文学理论[M].桂林:广西师范大学出版社,2007:213.
② "Nobel Prize Goes to U. S. Author Toni Morrison",*Los AngeLes Times*,8th. Oct, 1993.
③ 王海霞.评美国当代黑人女作家托妮·莫里森[J].山东科技大学学报(社会科学版),2006(4):107-110.
④ 孔祥平.美国黑人文学的又一个里程碑[J].外语与外语教学,1994(6):33-35.
⑤ 王守仁,吴新云.性别·种族·文化:托尼·莫里森与二十世纪美国黑人文学[M].北京:北京大学出版社,1999:100.
⑥ Karen Camean, *Toni Morrison's World of Fiction*. New York: The Whitson,1993:7.

是美国的"中西部人",美国中西部的黑人村庄反复出现在她的作品中。① 莫里森在四个孩子中排行老二。祖父母当过奴隶,父母原为美国南方亚拉巴马州的佃农,为了摆脱贫困和种族歧视而迁到这个小城。父亲是一名船厂焊接工,母亲在白人家帮佣,是一位忠实的教徒并且参加了教会的唱诗班。讲故事、歌唱和听民间故事是莫里森童年生活的重要组成部分,成了她创作的原动力。莫里森12岁开始打工以补贴家用。1953年,莫里森取得霍华德大学英文学士学位,两年后获康奈尔大学文学硕士学位,重点研究福克纳和伍尔夫的作品。毕业后,莫里森在休斯敦的南得克萨斯大学教英文,后在母校霍华德大学任教至1964年。在霍华德大学工作期间,莫里森开始小说创作。1958年她与牙买加裔建筑师哈罗德·莫里森结婚,六年后婚姻破裂,她独自一人抚养两个儿子。第二年,她到纽约北部的西里丘斯为兰登书屋编辑教科书,并且在1966至1987年的20年间任蓝登书屋纽约总部的高级编辑,帮助出版了拳王阿里、安吉拉·戴维斯等人的传记以及托尼·基德·巴巴拉、亨利·顿巴斯、盖伊·琼斯等黑人作家的小说,并主编了被称为美国黑人史的百科全书的《黑人之书》(The Black Book)。《宠儿》(Beloved,1987)就是根据这一时期阅读的一份档案资料创作的。此后,她又相继在耶鲁大学、罗格斯大学、纽约州立大学等校任教,讲授美国黑人文学,并为《纽约时报书评周报》撰写过多篇书评。莫里森从1998年开始在普林斯顿大学任教。

  莫里森说自己"从来没有想到长大了当作家"②。1962年她的婚姻出现危机,她于是参加了霍华德大学的一个写作小组以逃避不幸,结果却成了一位作家。莫里森迄今已发表的八部长篇小说中的历史时间总跨度约为120年,其作品故事情节的时间分别是:《最蓝的眼睛》(The Bluest Eye,1970)为1939年秋到1940年夏;《秀拉》(Sula,1973)为1919至1965年;《所罗门之歌》(Song of Solomon,1977)为1931至1963年;《柏油娃》(Tar Baby,1981)为1979到1980年;《宠儿》为1873年,是莫里森作品中追溯的最早故事背景;《爵士乐》(Jazz,1992)为1926年左右;《天堂》(Paradise,1998)为1952至1976年;《爱》(Love,2003)为1940至1996年或1997年;2008年的新作《慈善》(A Mercy)则回归到美国殖民地时期的17世纪末。在40多年的创作实践中,莫里森反映了她对黑人民族的深切关注和对美国现实社会的认真思考。19世纪后期南方种植园黑人奴隶的悲惨生活、20世纪初大批移居北方工业城镇的黑人的迷惘与挣扎,以及20世纪60年代以来黑人在争取民权

---

① 如《最蓝的眼睛》(The Bluest Eye,1970)的故事背景是俄亥俄州的罗伦镇,《秀拉》(Sula,1973)的故事背景是俄亥俄州梅德林镇,《宠儿》(Beloved,1987)的塞丝在南北战争之后带着女儿逃向俄亥俄州辛辛那提的蓝石路124号。
② 查尔斯·鲁亚斯.美国作家访谈录[M].粟旺,李文俊,等,译,北京:中国对外翻译出版社,1995.

第七章 当代英美女性小说创作探究

和抵制白人文化统治中所做的探索和努力,这些与其种族命运息息相关的主题都在莫里森的作品中得到了不同程度的表达。黑人作家们一致对她在传承非裔美国人的民间文化方面所做的突出贡献致以敬意:"你向前推进了我们民族的想象力和心智以及道德与艺术的标准,使我们心生崇敬。"①

莫里森的处女作《最蓝的眼睛》揭示了美国白人主流文化审美观带给黑人的悲剧性命运。第二部小说《秀拉》塑造了一个敢于反抗男权和世俗观念的黑人女孩,获得俄亥俄文萃图书奖,并获得全国图书奖提名。成名作《所罗门之歌》叙述了"奶娃",即主人公梅肯·戴德第三②,在寻求父亲流失的那袋金子的过程中逐渐摆脱物质的束缚、最终找回家族历史、回归黑人本民族文化并获得自我的成长历程,被称为"自《看不见的人》以来最有价值的小说"③。此小说仅初版就发行了57万册。第四部小说《柏油娃》通过描写白人文化浸染下的嘉甸与森的恋情探讨了种族、社会阶层和性别之间的冲突。用莫里森自己的话说,她的前两部作品是写儿童和女人的,第三部是写男人的,这第四部则是关于男人与女人的。《宠儿》是其最著名、最具有冲击力的一部小说,被誉为"美国文学史上的里程碑"④。小说揭示了奴隶制对黑人心灵的巨大伤害,同时显示了莫里森抒情诗般的创作风格。由于1987年的美国国家图书奖没能授予众望所归的莫里森,1988年1月24日《纽约时报·书评增刊》发表了美国学界48位黑人作家、学者的联名公开信以示抗议。受此压力,1988年的普利策文学奖被授予了莫里森。两年后,这部作品又为作者带来了基安蒂·鲁芬诺·安蒂科·法托国际文学奖、罗伯特·肯尼迪奖、梅尔彻图书奖以及哥伦布之前基金会奖。⑤ 2006年,《纽约时报》召集美国125位知名作家、评论家、编辑及文坛泰斗等选出自己心目中"25年来最佳美国小说",《宠儿》名列榜首。《爵士乐》是作者酝酿了十年才写成的作品,一出版就成为畅销书,随后赢得了雷杰姆·朱莉文学奖和赛珍珠奖。这是发生在哈莱姆的一个关于激情、妒忌、性爱、谋杀和救赎的故事,确定身份、寻找归属也是这部小说的主题。跳跃的心理时空、多角度的叙述、复杂的穿插结构、忽隐忽现的人物、意象的借代和转换、音乐中和声和对值技巧的运用等叙事技巧使这部作品魅力无穷。《天堂》采用意识流式的非线性叙述布局,用多视角叙述技巧讲述了一群黑人寻找自由家园的悲惨故事。

---

① Houston Baker, et. al. ,"Black Writers Praise Toni Morrison",*The New Times Book Review* 2.1997:36.
② 其姓氏由于白人官员的失误成了"dead",暗示家族历史乃至黑人民族历史的丧失和"死亡"。奶娃的祖父由于不识字没有意识到自己的假身份以及由此带来的文化无根性,所以保留了"戴德"这个姓氏。
③ Toni Morrison, *Song of Solomon*. New York:Alfred A. Knopf,1994:2.
④ 托尼·莫里森.娇女(附录)[M].长沙:湖南艺术出版社,1990:385.
⑤ Linden Peach,ed. ,*Toni Morrison*. New York: St. Martin's,1998:7.

《爱》的第一版精装本就出了50万册。小说描写了20世纪40年代和50年代期间的一个黑人海滨胜地的生活和爱情,讲述了一个黑人企业家族的兴衰、人们之间的爱恨情仇以及妇女所受到的伤害。2008年《纽约时报》年度十大好书《慈善》揭示了早期美国的危机四伏的奴隶制度。它既是母亲的故事和女儿的故事,也是一个原始的美国的故事。

除长篇小说外,莫里森还写有短篇小说《宣叙》(*Recitatif*,1983)、剧本《做梦的埃梅特》(*Dreaming Emmett*,1986)和童话《大盒子》(*The Big Box*,1999)。论文集《在黑暗中游戏:白人性与文学想象》(*Playing in the Dark: Whiteness and the Literary Imagination*,1992)第一版就印刷了25000册,位居畅销书行列,创造了评论作品的奇迹。她还撰写了《种族公正,权力的产生:评述安妮塔·希尔、克拉伦斯·托马斯及建构社会现实的他者们》(*Race-ing Justice, En-gendering Power: Essays on Anita Hill, Clarence Thomas, and the Constructing of Social Reality*,1992)等多部学术著作。创作的巨大成就为莫里森赢得了诸多荣誉:1978年美国文学艺术学院颁发的有色人种作家奖、1986纽约州政府艺术奖、1987年华盛顿大学文学奖、1989年的美国联邦现代语言协会文学奖、1993年法国政府颁赠艺术等级的指挥官勋章艺术字母、1996年全美图书基金会突出贡献奖、2000年美国国家人文学科奖等。莫里森本人在美国学界也十分活跃,1981年她在哥伦比亚大学主持了"80年代黑人文学"学术会议,同年10月她协同组织召开了第一届全美作家代表大会。莫里森以作品和行为告诉人们:黑人女性的存在不可忽视。

在写作技巧上,莫里森形成了既拥有黑人文化精神传说本质,又具备现代艺术形式的创作风格。莫里森利用黑人口头文学来渲染气氛,借鉴魔幻现实主义的创作手法创造神秘色彩,巧妙地把现实主义与现代主义熔于一炉。莫里森大胆运用拉美魔幻现实主义的创作手法,常常将现实生活的场面及情节与完全虚构的情境交织在一起,使作品"变现实为幻想而又不失其真"[①]。现实主义的题旨加上各种叙事技巧,如多视角叙述、"碎片化"语言、意识流、象征、魔幻、荒诞、神话、传说、寓言、隐喻等,使莫里森的作品包罗万象,意境深远。黑人口头文学不仅包括神话、童话、民间传说和英雄故事等,还包括音乐歌谣如布道歌、酒歌、精灵抒情歌、劳动歌谣、颂歌、布鲁斯、爵士乐和快板歌等,以及从其他民族神话传说、宗教信仰中借鉴来的内容,如《圣经》故事、阿拉伯民间故事等。"莫里森的作品根植于美国黑人独

---

① 王守仁,吴新云.性别·种族·文化——托尼·莫里森与二十世纪美国黑人文学[M].北京:北京大学出版社,1999:52-54.

特的历史、传说和现实生活之中,无论是在思想内容方面,还是在叙事手法的运用上,都将黑人小说推向了一个新的高度。"①

莫里森采用现代的艺术形式来展现古老的黑人文化传统。神话人物、历史事件与现代的观点交织出现在她的作品之中,使古老的文化在新的历史语境下焕发出新的生机和意义。"飞"是较典型的一个美国黑人神话。自从黑人被贩卖到美洲大陆后,他们便一直梦想能"飞"回家园。在早期的黑人奴隶叙事中,便有过一个一群黑人集体飞回非洲的故事。"飞"的神话几乎出现在莫里森所有的作品中,尤以《所罗门之歌》最为典型。《所罗门之歌》中,黑人青年"奶娃"通过飞翔完成了对自我和黑人历史文化的重建与延伸,在纵身飞翔的那一瞬间"摒弃物质追求而获得了精神自由"②。莫里森说,"我想使用黑人的民间故事,也就是带有魔力和迷信的那部分。黑人相信魔力,那是我们文化遗产的一部分。这就是为什么'飞翔',是《所罗门之歌》中主要的暗喻……"③奶人在派拉特的指引下得知自己真正的姓氏是所罗门,他是传说中会飞的黑人的后代。他认同了自己的民族身份,最终获得了超越自我的勇气,实现了精神上的"飞翔"。《柏油娃》的书名取自莫里森在幼年听过多次的一则民间传说。莫里森在接受采访时提道:"在我刚完成的书《柏油娃》中,我用了那个很老的故事,因为它尽管很滑稽,有个幸福的结局,但它曾经吓了我一大跳。传说中白人用柏油娃来逮兔子。我记得,'柏油娃'同时也是绰号,如同黑鬼一样,白人用它来称呼黑人小孩,称呼黑人小女孩。"④莫里森在《宠儿》中运用了传统的希腊神话、非洲神话和伊甸园神话,以众多人物对奴隶生活的回忆形成放射式的叙事方式。在奴隶制时期,肯塔基的"甜蜜之家"的种植园的女黑奴塞斯怀着身孕只身逃走。在逃亡的路上,为了使自己刚刚出生的女儿免遭奴隶主的残害,塞斯割断了刚刚学会爬行的"宠儿"的咽喉。她下决心永远不允许同样的命运再发生在孩子身上:"白人尽可以玷污她,却别想玷污她最宝贵的东西,她的美丽而神奇的、最宝贵的东西——她最干净的部分。"⑤这件事在塞斯心灵上留下了难以愈合的创伤。当一个和女儿同名、带有象征意义的半人半鬼女孩到来时,出于爱和赎罪心情,她接纳这个女孩进入了家庭,从此她的家便成了一个幽灵

---

① 王守仁,吴新云.性别·种族·文化——托尼·莫里森与二十世纪美国黑人文学[M].北京:北京大学出版社,1999:23.
② Eva Lennox Brich, *Black American Women's Writings: A Quilt of Many Colours*. London: Harvester Wheatsheaf,1994:165.
③ David L. Middleton,ed., Toni Morrison's Fiction: *Contemporary Criticism*. New York: Garland Publishing, 1997.
④ Danille Taylor-Guthrie,ed., *Conversations with Toni Morrison*. Jackson: UP of MIssissippi,1994:122.
⑤ 托妮·莫里森.宠儿[M].潘岳,格雷,译.北京:人民文学出版社,1996:299.

世界。作者用魔幻荒诞手法描写了死去女儿的愤怒、对母爱的渴望以及对确立自己人格的执著追求。《宠儿》另一个特点是充满了隐喻。隐喻的运用大大增强了小说的神秘性,反映了黑人在白人文化传统的压迫下寻找自我的方式。在《宠儿》中,宠儿是蓄奴制时期的所有冤魂,是蓄奴制被废除后黑人心理上仍无法摆脱的巨大痛楚,更是整部黑人苦难历史的深刻隐喻。多重视角叙述与复调叙述在莫里森的作品中运用自如。莫里森在《爵士乐》的上半部中,从旁观者的观察性描绘转入当事人的内部心理,即在叙述中随时切入小说人物的意识,而在后半部,叙述者的叙述出现了"跳角",即抛开叙述者的视角转为人物视角,叙述主体使用了完全不受叙述语境影响的直接引语。

在主题上,种族与性别是莫里森作品中最突出的两个方面。莫里森说:"身为作家的我之所以有价值,因为我是一个女人。在我看来,妇女看待一些事情、观察世界的方式以及她们自身的想象,都有特殊之处。"①她的八部长篇除了《所罗门之歌》以外全部以女性为主人公。莫里森从黑人、女人和美国人三重视角深刻揭示了黑人女性在种族压迫与性别歧视下心灵世界的冲突以及她们的抗争,描述了黑人女性探索自我的过程以及在追求自身价值时面临的困境,并批判了她们在寻求自我过程中所采取的错误方法。

莫里森取得了举世瞩目的文学成就,已经步入当代美国文学经典作家的殿堂,在非裔美国文学传统中起到了承上启下的作用,成为"黑人妇女文学的最高代表"②。莫里森明确表态:"我为黑人妇女而写作。我们不对男人讲话,就像一些白人女作家那样。我们不相互攻击,就像黑人和白人男子那样。"③她清楚地知道:"我知道自己无法改变将来,但我可以改变过去。不是将来无限,而是过去无限。我们的过去被挪用了,很多人想把它纠正过来,我是其中之一。"④身为非洲人的美国后裔,莫里森同非洲祖先有着割不断的情愫;而作为美国的非洲人后裔,她又与白色文化有着理不清的牵连。"正如我们能够和必须在更大的美国传统中褒扬黑人文本一样,我们能够和必须在它自己的传统中褒扬它,不是一种被种族生物化的伪科学,或者神秘地共享被称为黑人性的本质界定的传统,而是一种由重复和修正共享的主题、话题和转义来定义的传统。"⑤莫里森没有直接描写白人和黑人之间

---

① Nellie Y. McKay,ed. ,*Critical Essays on Toni Morrison*. Boston: G. K. hall 1988:54.
② 周长才.一个文学种类的诞生——漫说获得诺贝尔文学奖的黑人女作家托妮莫里森[J].外国文学.1994(1):3 – 10.
③ Nellie Y. McKay,ed. ,*Critical Essays on Toni Morrison*. Boston: G. K. hall 1988:46.
④ Harold Bloom,*Toni Morrison*. Philadelphia: Chelsea,1990:111 – 115.
⑤ Henry Louis Gates, *Jr.* ,*Loose Canons: Note on the Culture Wars*. New York: Oxford UP,1992:39.

的冲突,而是把创作视角聚焦在黑人社区。美国工业化和城市化时代的黑人男女虽然已获得了人身自由,但他们寻找自我与实践人生价值的道路依然曲折艰难。一方面,他们祖辈的经历已形成了他们的"集体无意识",他们的心灵仍然被过去的阴影所笼罩;另一方面,工业文明和白人文化的挤压和腐蚀使他们的精神世界扭曲变形。因此,莫里森小说中的主人公大多挣扎在黑人的信仰和白人的价值标准、传统美国黑人文化与现代文明之间的矛盾与冲突之中,并努力寻求自己的身份和位置。莫里森在她的作品中探索了黑人妇女追求自我价值追求解放的艰辛历程,表达了莫里森对美国黑人女性的生活与命运的思索。她笔下的黑人女性,大多挣扎在两种文化、两种性别、两个声音之间,通过各种方式努力跨越种族主义、性别主义的樊篱,尽管她们失败多于成功。通过描写生活在不同环境下的黑人女性的生活,以及对生存环境的抗争,莫里森表明了现代社会中非裔美国女性坚持自己的黑人、女人和美国人三重身份的重要性。黑人女性应该在强调民族性的同时坚持民族融和,在强调女性自主性的同时坚持两性和谐和宽容,为美国黑人女性分裂的灵魂找到属于自己的位置。莫里森以女性为载体,旨在探索黑人作为一个民族的历史及其历史的重构,颠覆了现代美国社会中不同肤色和不同性别之间的二元对立。在蓄奴制土崩瓦解、种族迫害遭法律禁止的当代社会,种族歧视与压迫更深地体现在思想意识形态领域。莫里森呼吁全社会,尤其是黑人妇女,要重新审视自身的审美观与价值观,挣脱白人价值观的桎梏,建构一种黑人独特的文化价值观。莫里森已经突破了自己的"黑人、女性"的双重身份,成为超越种族与性别的"美国作家"。莫里森在一个深受"白人至上"观念影响的文明中,把黑人看作和其他任何人一样,把黑人民族的基本人性视为理所当然。在《天堂》中最后一章,牧师梅斯纳一直关注小镇的发展,他意识到小镇的与世隔绝、愚昧落后终将导致它的消失。梅斯纳想:"在这个将来得到拯救的、把无价值的和陌生的统统拒之门外的来之不易的天堂里,人们如何能够凝聚在一起?谁会保护他们不受领导人的独断专行?"[1]强大的使命感促使他最终留了下来。融合必然成为小镇发展的趋势,这也正是莫里森所要表达的信念——黑人和白人、男性和女性必将从排斥走向融合,在承认各自传统和差异的过程中实现真正的共生。

---

[1] Toni Morrison, *Paradise*. London: Vintage, 1999: 237.

参考文献

[1] Anne Delong. The Cat's Cradle: Multiple Discursive Threads in Jeanette Winterson's Oranges Are Not the Only Fruit[J]. Literature Interpretation Theory,2006(17).

[2] Christopher Gillie. A Preface to Austen[D]. Beijing:Peking University,2005.

[3] Daniel S Burt. The Novel 100: A Ranking of the Greatest Novels of All Time [M]. New York: Checkmark Books, 2004.

[4] Elaine Showalter. A Literature of Their Own: British Women Novelists from Bronte to Lessing[M]. Beijing: Foreign Language Teaching and Research Press,2004.

[5] Harold Bloom. Novelists and Novels, Vol.1[M]. Philadelphia: Yale University Press, 2005.

[6] Jane Austen. Letter,The Cambridge Introduction to Jane Austen[M]. Shanghai: Shanghai Foreign Language Education Press,2008.

[7] Klein Carole. Doris Lessing: A Biography[M]. London: Duckworth, 2000.

[8] Mercy Famila. Humanisim in Dorris Lessing's Novels: An Overview[J]. IRWLE ,2011,7(1).

[9] Merja Makinen. The Novels of Jeanette Winterson[M]. New York: Palgrave Macmillan,2005.

[10] Mien Ozyurt Kilic. Demythologizing History: Jeanette Winterson's Fictions and Histories[D]. Canterbury: Bilkent University,2004.

[11] Wang Lili. A Study of Doris Lessing's Art and Philosophy[M]. Beijing: Social Sciences Academic Press,2007.

[12] 柏棣. 西方女性主义文学理论[M].桂林:广西师范大学出版社,2007.

[13] 包亚明. 后大都市与文化研究[M].上海:上海教育出版社,2005.

[14] 程锡麟,王晓路.当代美国小说理论[M].北京:外语教学与研究出版社,2001.

[15] 程正民.巴赫金的文化诗学[M].北京:北京师范大学出版社,2001.

[16] 郭曼.灵魂的影子——论《简·萨默斯的日记》中双人物的特征和功能[J].山东外语教学,2006(4).

[17] 何岳球,乐婵.《喧哗与骚动》的时空观[J].文学教育,2008(2).

[18] 侯维瑞,李维屏.英国小说史[M].南京:译林出版社,2005.

[19] 孔祥平.美国黑人文学的又一个里程碑[J].外语与外语教学,1994(6).

[20] 廖炳惠.关键词200:文学与批评研究的通用词汇编[M].南京:江苏教育出版社,2006.

[21] 沈洁.多丽丝·莱辛的《老妇与猫》中的赫蒂形象分析[J].忻州师范学院学报,2010(1).

[22] 王海霞.评美国当代黑人女作家托妮·莫里森[J].山东科技大学学报(社会科学版),2006(4).

[23] 王丽丽."后房子里的安琪儿时代":从房子意象看莱辛作品的跨文化意义[J].当代外国文学,2010(1).

[24] 王丽丽.时间的追问:重读《到灯塔去》[J].外国文学研究,2003(4).

[25] 王守仁,吴新云.性别·种族·文化——托尼·莫里森与二十世纪美国黑人文学[M].北京:北京大学出版社,1999.

[26] 杨静远.勃朗特姐妹研究[M].北京:中国社会科学出版社,1983.

[27] 杨静远.生平与书信[M].北京:中国社会科学出版社,1983.

[28] 张耘.荒原上短暂的石楠花:勃朗特姐妹传[M].北京:中国文联出版社,2002.

[29] 赵晶辉.殖民话语的隐形书写——多丽丝·莱辛作品中的"空间"释读[J].当代外国文学,2009(3).

[30] 周静.解读《纯真年代》情感外衣下的时代特征与社会现实[J].江汉论坛,2007(8).

[31] 朱刚.新编美国文学史(第二卷)[M].上海:上海外语教育出版社,2002.

[32] 朱虹.英国小说的黄金时代[M].北京:中国社会科学出版社,1997.